www.tredition.de

AF214609

S. Jones

Die Bruderschaft von Katendijk

© 2018 S. Jones

Verlag und Druck: tredition GmbH, Hamburg

ISBN
Paperback: 978-3-7469-6370-9
Hardcover: 978-3-7469-6371-6
e-Book: 978-3-7469-6372-3

… ist schmuck und schön von Gestalt,

aber bös´ von Gemüt

und sehr unbeständig…

Er übertrifft alle anderen in

Schlauheit

und in jeder Art von Betrug…

(Gylfaginnig)

Personen:

Amalie Pauls	Clevere ältere Dame vom Niederrhein
Bastian Raaf	Kommissar aus Amsterdam
Anton Muur	Bastians Deckname
Bruin	Hauptkommissar aus Amsterdam
Graf van het Brucht	Verwalter einer Spendenorganisation
Lizzy Wied	Nachbarin des Grafen
Pad	Fahrer des Grafen
Heinrick Bruks	Sohn der Unternehmerfamilie Bruks
Elli & Burghard Bruks	Die Eltern von Heinrick
Overmann & Boer	Polizisten aus Zandvoort
Reller	Polizist aus Amsterdam
Seebär	Hoteleigentümer
Trudi	seine Tochter
Piet Vrees	Matrose auf der Magdalena
Kristof Alker	Matrose auf der Magdalena
Anton Schopf	Matrose auf der Magdalena
Willhelm Claude	Metzger aus Zandvoort
Paul & Tom	Waisenkinder
Rat	Dealer vom Amsterdamer Bahnhof
Palle Hark	Pfarrer aus dem 18. Jahrhundert
Marie & Jennifer	… sind von zu Hause ausgerissen

Zum besseren Verständnis:

Niederländisch	Deutsch
Centraal (Station)	Bahnhof
Juist	richtig
Dat klopt	das stimmt
Hoe gaat het met u?	Wie geht es Ihnen?
Niks hoor	Auf keinen Fall
Overman	Übermann
Boer	Bauer
Bruin	Braun
Dag	Tag
Mevrouw	Frau
Ik baal als een stekker	So ein Mist
Van het Brucht	von dem…
Rookworst	Rauchwurst
aan Zee	am Meer
Kretenbol	Rosinenbrötchen
Hartelijk welkom	Herzlich willkommen
Goedendag	guten Tag
Pad	Kröte
Rat	Ratte
In godsnaam	in Gottes Namen

Hemels	Himmel
Abdij	Abtei
Nooit	Niemals
Gemeentehius	Gemeindehaus
Ziekenhuis	Krankenhaus
Goedemorgen	Guten Morgen

Kapitel 1:

vor einem halben Jahr

>>Kommen Sie schnell! Im Haus von Graf van het Brucht treibt sich ein Einbrecher rum!<<, rief die Frauenstimme aufgeregt am Telefon.

Jeder hier im Städtchen kannte das Haus vom Graf van het Brucht. Dieses schöne kräftige Herrenhaus mit den Ziertürmen auf dem Dach inmitten eines verwunschenen Märchenwalds. Etwas einsam in den Dünen versteckt, aber sehenswert in der besten Gegend hier.

Die zwei Dorfpolizisten Overman und Boer sprangen ins einzig vorhandene Polizeiauto, rasten mit Blaulicht und Horn zum Herrenhaus; gleich einem überzogenen Actionfilm mit ihnen in den Hauptrollen.

Sie heizten an dem alten rostigen Eisentor vorbei, blieben mit quietschenden Reifen vor dem Springbrunnen stehen. Die wilde Jagd endete inmitten einer riesigen Staubwolke.

Ein aufgebrachter Mann rannte laut schreiend aus dem Haus.

>>Er will mich umbringen! Er will mich umbringen!<<, schrie diese ärmliche Gestalt und lief den Polizisten regelrecht in die Arme. Zitterte am ganzen Leib, als habe er den Leibhaftigen gesehen.

>>Helfen Sie mir! Er will mich umbringen!<<

Seine Augen waren starr vor Angst. Er klammerte sich wie ein kleines Kind fest an Boer.

Die Polizisten schauten sich verwundert an und guckten dann ungläubig auf diesen stinkenden Mann, dessen Alkoholfahne einfach nur widerlich war. Polizist Boer drückte ihn von sich. Drehte angewidert, nach frischem Atem suchend, sein Gesicht zu den grünen Büschen hin.

Sie hatten schon längst Feierabend. Overman wollte es sich gerade mit einem kühlen Bier vor dem Fernseher bequem machen, als der Notruf auf sein Handy weitergeleitet wurde.

>>Helfen Sie mir!<<, rief der Mann und zehrte an der Jacke von Polizist Overman. Doch der grinste nur breit.

>>Nun mal gut, du Kleingangster. Was willst du hier?<<

Der Mann sah Overman mit großen Augen an, drehte sich zum Hauseingang und zeigte zitternd auf ein Stück dunklen Flur.

>>Da, das Monster, der Graf mit einer Axt!<<

>>Das Monster mit der Axt?<<, belächelte Overman ihn, packte schnell nach seinem anderen Handgelenk, drehte den Mann und mit einem lautem Klick stand er mit gefesselten Händen da. Mit einem festen Schubs landete er im Polizeiauto, die Tür knallte zu.

>>Wenn das Monster kommt, schrei einfach!<<, rief Overman durch das geschlossene Fenster und leuchtete kurz mit seiner Taschenlampe ins Auto.

Die zwei Polizisten gingen in das Herrenhaus und statt einfach mal Licht zu machen, fuchtelten sie lieber mit ihren Taschenlampen im Dunklen herum; sie waren ja immer noch in ihrem Actionfilm.

Gut, hier war absolut nie was los, und wenn hätte sofort das Hauptpräsidium im Amsterdam übernommen.

Lieber wären ihnen zwar die Kollegen von Haarlem gewesen, aber sie fragte ja niemand nach ihren Wünschen. Sie waren nur die Ordnungshüter vor Ort. Kleine Lichter in der Rangfolge ihres Kollegiums. Eigentlich hielten sie hier bloß ihre Stühle warm; so eine Abwechslung musste genutzt werden.

Sie suchten nach Herrn van het Brucht. Riefen seinen Namen und liefen durch die Zimmer des Erdgeschosses, die große weiße Schmucktreppe hoch in die Räume des Obergeschosses, vorbei an der Ahnengalerie, aber keine Antwort, kein Lebenszeichen.

>>Haben Sie den Übeltäter?<<, hörten sie plötzlich eine Frauenstimme aus dem Vorgarten rufen. Boer schaute aus dem Bibliotheksfenster nach unten.

Fräulein Lissy, eine ältere Dame um die sechzig stand mit wehendem Regenmantel draußen neben dem Polizeiauto und starrte gebannt auf das Haus. Die zwei Polizisten gingen runter zu der Frau.

>>Ist er das?<<

Sie zeigte auf das Autofenster.

>>Ja, und was machen Sie hier?<<

>>Ich? Ich bin doch die Nachbarin, Frau Wied, ihr kennt mich, ich hab euch angerufen. Ich habe den Einbruch gesehen!<<, erklärte sie mit viel empörtem Nachdruck in ihrer Stimme.

>>Wir können Herrn van het Brucht nicht finden<<, erzählte Overman mit einem auffällig gespielt besorgtem Gesicht.

>>Der ist seit drei Wochen in seinem Haus an der belgischen Grenze. In der Villa ist niemand. Und das hat dieser Unhold einfach ausgenutzt!<<

Overman legte fürsorglich seinen Arm über ihre Schultern. >>Gehen Sie lieber bei diesem fiesen Wetter wieder zurück ins Haus, morgen können wir auch noch reden. Soll ich Sie heimbringen?<<

>>Äh, nein<<, stammelte Frau Wied. >>Ich wohne immer noch nicht weit weg, sonst hätte ich ja nichts sehen können! Ich komme dann morgen zur Wache!<<

Ihre Stimme war spitz, ihre Augen zu kleinen Schlitzen geschlossen, ihre Gedanken formten das Wort Blödmann. Sie strich ihren Regenmantel glatt und stampfte mit ihren olivgrünen Gummistiefeln den kleinen Sandweg hinunter und verschwand in der Dunkelheit.

>>Nun erzähl mal.<<

Overman stellte dem Mann einen Kaffee hin. Der warme Duft stieg ihm in die Nase und er hielt mit beiden Händen die Tasse fest, wärmte sich.

>>Sie glauben mir ja eh nicht<<, flüsterte er und nahm einen großen Schluck Kaffee.

Overman setzte sich auf den hellen Holzschreibtisch und baumelte mit seinen Beinen auf und ab.

>>Du, wir beide haben schon seit Stunden Feierabend, wenn wir dir nicht glauben würden, dann wären wir nicht mehr hier, oder?<<

Er schaute zu Boer rüber, der seinen Kopf in der Hand abstützte und mit kleinen müden Augen von seinem Schreibtisch rüber sah.

Der Mann atmete tief durch und erzählte: >>Herr van het Brucht hatte mich am Bahnhof angesprochen. Er suchte einen Mann für alles, was so in seiner Villa anfällt. Gartenarbeit, Reparaturen und so. Er wollte mir ein Taschengeld zahlen, Kost und logieren frei.<<

>>Klar, Herr van het Brucht sucht sein Personal immer am Bahnhof. Hier an den wenigen Gleisen findet man ja massig Arbeitsuchende.<<

Der Mann schüttelte heftig verneinend seinen Kopf.

>>Nicht hier, ich meine den Amsterdamer Centraal. Dort hat er mich angesprochen. Und da er sehr nett aussah und ich eh nichts Besseres zu tun hatte, bin ich mitgegangen. Bei meinem Elend dachte ich, auch mal Glück zu haben und am Meer zu wohnen ist doch auch toll.<<

>>Und dann?<<, gähnte Boer.

>>Ich bin in sein Auto gestiegen, wir fuhren hier runter zu seiner Villa und dort hat er mir in der Küche Brote gemacht und Kakao. Der war richtig nett. Wir unterhielten uns, er hatte richtig Interesse an meiner Lebensgeschichte.<<

>>... und dann kam das Monster mit der Axt?<<, fiel Overman ihm ins Wort und grinste.

>>Nein!<<, tobte der Mann, endlich wieder Herr seiner Sinne. >>Ich hörte so ein Wimmern, ein Tier, ein Mensch, ich weiß es nicht und fragte ihn. Aber er lachte nur. Das

seien der Wind und das Rauschen des Meeres. Doch das war es nicht, ich schwöre!<<

Mit feinen Augenschlitzen erforschte er Overmans Gesicht, zog seine schäbige Mütze tiefer in seine verschmutzte Visage.

>>Da wimmerte was Lebendes! Herr van het Brucht stand auf und ging zum Herd hinter mir. Ich dachte, er wolle mehr Kakao holen. Doch aus dem Augenwinkel erkannte ich rechtzeitig noch, dass er eine Axt in der Hand hielt und ausholen wollte. Ich sprang auf und rannte durchs Haus. Ich kannte mich doch nicht aus, rannte und rannte, er hinter mir her. Einige Male spürte ich, wie die Axt an mir vorbeischlug. Das war schrecklich, ich habe jetzt noch Angst, dieser Irre!<<

Unberührt baumelte Overman mit seinen Beinen weiter. >>Dann kamen wir.<<

>>Stimmt! Ich hörte das Horn und lief einfach nur weiter, in Ihre Arme.<<

Overman stand auf, ging zur Kaffeemaschine, nahm die Glaskanne und kam zu dem Mann zurück. Er goss nach und sah ihn weiterhin belustigt an. Er glaubte ihm kein einziges Wort der Schauergeschichte. Der Graf mit der Axt. Nicht der Graf van het Brucht!

>>Ich erzähle dir mal, wie es wirklich war: Du hast von deinen Pennerbrüdern gehört, dass die Villa frei in den Dünen steht, hast gehofft, was klauen zu können, ein weiches Bett zu finden und die Vorräte zu plündern. Herr van het Brucht ist hier in der Gegend bekannt. Er leitet eine Organisation, die solche Helden wie dich unterstützt. Und wo findet er die? An Bahnhöfen! Dumm war nur, du wusstest nicht, dass das Haus nicht alleine in

den Dünen steht, sondern dass es noch Nachbarn gibt. Und die haben dich gesehen und uns angerufen.<<

Er sah der verlausten Gestalt tief in die Augen. Für ihn war dieser Mann Abschaum, den er hier nicht haben wollte, der ihn von seinem ruhigen Feierabend abhielt.

>>Und das ist der Dank dafür, dass er Zeit und Geld in euch verschwendet.<<

>>Nein!<<, schrie der Mann. >>Ich lüge nicht, wer gibt Ihnen das Recht, mich als Lügner hinzustellen?<<

Er sprang auf und schlug mit der Hand auf den Tisch.

Overman setzte sich auf den zweiten Stuhl. >>Setz dich, für ein Todesopfer bist du ziemlich munter.<<

Der Mann sah zu Boer rüber. >>Glauben Sie mir auch nicht?<<

>>Nun, das ist keine Glaubensfrage<<, antwortete Overman für ihn. >>Laut der Zeugin ist Herr van het Brucht gar nicht da, also kann er dich nicht mit einer Axt verfolgt haben. Du bist bei deiner Klautour gestört worden und hast dir die Axtgeschichte schnell ausgedacht. Man, wir waren selber im Haus, da war nichts, kein Wimmern, kein Tier, kein Mensch, nichts.<<

Der Mann setzte sich erschöpft wieder auf den Stuhl zurück. Legte seinen Kopf in beide Hände und starrte regungslos auf die Tischplatte. Er hätte auf alles, was im lieb und wert war, schwören können, doch die wollten ihm nicht glauben. Ihm, dem Penner in alten vergammelten Klamotten, ungepflegt und nach billigem Alkohol stinkend.

>>Schau ...<<, sagte Overman mit einem fast freundlichen Ton, >>... wir können dich ja verstehen, du hast Hunger,

dir ist kalt, da sucht man sich halt einen warmen Ort. Du hast ja nichts geklaut und wir konnten auch keine Beschädigung feststellen. Wir vergessen das alles. Du wirst nun mündlich verwarnt und gehst deiner Wege.<<

Der Mann sah zu ihm hoch, seine Augen sprachen: Was? Boer hob sein müdes Haupt und streckte seinen schläfrigen Körper wie eine Katze. Viel mehr hatte er zu diesem Fall nicht beizutragen, außer zustimmend leise vor sich hin zu gähnen. >>Ja, wir vergessen alles, geh und alles ist wieder gut.<<

Overman stand auf und packte den Mann auffordernd an seine Schulter. >>Du bist frei.<<

Der Mann musterte ihn ungläubig, aber verstand.

Er putzte seine Hände an seiner verschlissenen Jacke ab. Erhob sich, ging zur Tür und dreht sich noch einmal um. Sah beiden Polizisten an, direkt in die Augen. Er suchte nach einer vernünftigen Antwort, doch fand keine. Er war hier bloß ein verlogener Herumtreiber, ein Fremder und sie die Polizei vor Ort; die Herren über Recht und Ordnung, die ihrem Feierabend nachweinten. Dann schloss er leise die Tür.

Kapitel 2:

Heute

Amalie atmete tief die frische Meeresluft ein, spürte Salz auf ihrer Zunge. Sie genoss den kühlen Wind im Gesicht. Den kleinen Urlaub hatte sich die rüstige ältere Dame gegönnt. Mal weit weg von allem sein; einfach nichts hören oder sehen und die Seele baumeln lassen.

Etwas mehr als gute vier Stunden trennten sie von ihrem Städtchen am linken Rheinufer und ihrem geliebten Meer. Amalie liebte die ausgedehnten Strände, die hier wirklich endlos schienen und die Dünenlandschaften mit ihrer ganz eigenen herben Schönheit. Gut, die Fahrt war etwas holprig, denn, wie gesagt, sie wohnte in einem Städtchen am linken Niederrhein. Und ohne Führerschein war sie auf den Zug angewiesen und der fährt hier nach der Monduhr, was den Niederrheiner nicht wirklich aus der Ruhe bringt. Man ist das schon gewohnt und plant bei wichtigen Fahrten immer einen ordentlichen Zeitpuffer mit ein. Obwohl selbst der nicht immer ausreicht.

Es ist auch nicht so, dass Amalie manchmal etwas geizig ist, nein, sie achtet nur auf ihr Geld und geht lieber viele Schritte zu Fuß, statt sich ein Taxi zu gönnen. Selbst ein schwerer Koffer kann sie von dem Gedanken nicht abbringen, dass es ja auch gesund sei, viel zu laufen.

Sie sah sich den alten Bahnhof schon gar nicht mehr an. Eigentlich ein schöner Bau, der mit ein wenig Fantasie irgendetwas vom Wilden Westen oder diesen typischen Kleinoden-Eindruck eines Ferienortes hatte. Schon lange hatte man die Mitarbeiter durch einen stummen Kollegen ausgetauscht, der nur noch Fahrkarten ausspuckte. Sie fand den Niedergang des Bahnhofes sehr ärgerlich, denn benutzt wurde er von vielen Reisenden. Es gab also keinen Grund, ihn zu verändern. Jetzt war er eigentlich kein richtiger Bahnhof mehr. Zwar stand noch das alte Gebäude, aber man hatte ihn durch eine kleine Hütte ersetzt, die bei Regen kaum Schutz bot. Die paar Sitze reichten für die Fahrgäste nie aus, und im Winter fror man sich regelrecht was ab.

Als der Zug kam, natürlich gute fünf Minuten zu spät, setzte sie sich in ein recht modernes Abteil, stellte den Koffer an ihre Seite und wartete auf einen Schaffner, der nicht kommen sollte. Um sie herum saßen Leute jeglichen Alters. Eine Station weiter leerte sich ihr Abteil sichtlich, da die Schüler von den Berufsschulen ausstiegen. Ab Duisburg ging es dann zügiger und ohne Stopp bis Amsterdam weiter.

Amalie mochte den Amsterdamer Bahnhof nicht besonders. Zu viele Leute, zu laut, zu unübersichtlich. Dass er ein wirklich schönes Bauwerk war, eine Sehenswürdigkeit, nützt ihr inmitten dieses Gewühles reichlich wenig. Aber die nette Dame im Reisebüro hatte ihr ja die Verbindung ausgedruckt, sodass sie nur noch das passende Gleis finden musste. Da sie noch echtes rheinisches Platt sprach, das hatte sie der Jugend voraus, war es ihr schon immer ein Leichtes, sich in den Niederlanden zu verständigen.

Es ging an Haarlem vorbei, direkt weiter nach Zandvoort. Ihr Bauch kribbelte freudig, als der Zug in die ihr bekannte Dünenlandschaft einbog und die Welt sich von dem hektischen Treiben um sie herum verabschiedete. Ab hier roch es schon würzig-salzig, nach Nordsee. Als würde sie in eine andere Welt reisen. Für sie hatte die

Nordsee mit samt Dünen und dem eigenen herben Charme etwas Magisches.

Der Bahnhof war ein kleiner Prachtbau, typisch Nordsee; einladend gemütlich und vor allem überschaubar. Schön verwinkelt gebaut, mit einem ansprechenden Vorplatz. So sah ein Bahnhof aus. Ein gepflegter Bahnhof in einer kleineren Stadt.

Sie nahm ihren Koffer mit Rollen und schlenderte Richtung Strandallee, die nur einige Meter weit weg lag. Frischer Nordsee-Wind, das Rauschen der Wellen, gut, auch das Krächzen der Möwen, die ihr jedoch den ersten Urlaubsaugenblick nicht vermiesen konnten. Dann weiter den breiten, teilweise mit hellen und dunkleren Steinen geometrisch gemusterten Weg an den großen modernen Hotels vorbei, bis zur Mitte der Promenade, dort einmal über die Straße. Und schon war sie an ihrem Lieblingshotel, einem kleinen feinen Haus, gleich gegenüber vom Meer und dem berühmten Holland-Casino, nicht zu groß, nicht zu klein. Ihr Zimmerfenster lag zum Wasser hin und so hörte und roch sie den ganzen Tag und die ganze Nacht ihr so geschätztes Meer.

Sie saß an der Strandallee auf einer der Holzbänke und schaute entspannt auf die Wellen. Ihre feinen grünen Augen verfolgten den rauen Seegang, die weißen Wogen, die sich am Strand brachen. Möwen kreisten am Himmel und krächzten laut, von den kleinen Strandbuden lockte eine Mischung aus Pommesduft und frischen Heringsbrötchen Urlaubsgefühle herbei. Und wieder nahm sie sich ganz fest vor, öfters nach Zandvoort zu fahren, so wie jedes Mal, wenn sie hier war – zuletzt vor fünf Jahren.

Es störte sich auch nicht, dass absolut kein Badewetter war. In einer dicken Regenjacke mit festen Stiefeln saß sie dort und freute sich ihres Lebens. Schließlich, so fand sie, war sie jenseits des Alters, in dem man im Bikini am Strand lag und junge Männer anmacht.

>>Lijkontdekking aan het Vogelmeer!<<

>>Leichenfund am Vogelmeer!<<

Eine helle Stimme riss sie aus den Tagträumen. Ein junger Strandverkäufer hielt die Tageszeitungen in die Höhe und rief lauthals diese Schlagzeile.

>>Na, junge Frau, ne Zeitung?<<, sprach er Amalie an.

Junge Frau? Blöder Witz.

>>Ja, eine, alter Zottel<<, brummte sie und kramte aus der Jackentasche Geld, auch in der Hoffnung, dieser unsympathische junge Mann würde endlich weitergehen.

Auf der ersten Seite prangerte die Überschrift:

>>*Teddybeermoordenaar*<<

>>*Teddybärenmörder*<<

…in rosafarbigen Lettern. Darunter das Bild der Leiche. Ein junger Mann, vielmehr wohl eher ein Jugendlicher. Sein Gesicht, zart und schmal, die Augen geschlossen, als würde er schlafen. Keine Verletzungen, kein Blut, keine

Zeichen von Qual und im Arm ein rosafarbener Teddybär mit dunklen Knopfaugen, einer dunklen Stupsnase und einem von Hand gestickten Lachmund. Als hätte man ein Kind zum Schlafen gelegt. Wie eine liebevolle Geste, die nun überhaupt nicht zu einem Mord passen wollte.

Sie blätterte die erste Seite auf und versuchte zu lesen, doch der Meereswind drückte die Seiten immer wieder zu. Genervt schlug sie die Zeitung wieder zusammen und rollte sie ein. Dann eben nicht

>>Woher weiß die Presse das?<<, schrie Bruin mit zischender Stimme seinen Kollegen an.

Stumm, ohne Regung guckte dieser auf den Boden. Er hätte ihn auch fragen können, warum ist die Sonne heiß? Warum der Himmel blau?

>>Wer hat da mal wieder den Mund nicht halten können?<<

Bastian hielt seinem Chef, Bruin, einen Kaffee entgegen. Bruin schlug ihm die Tasse aus der Hand und der Kaffee klatschte an die Wand und lief in braunen Schlieren runter.

>>Die Putzfrau wird sich freuen<<, flüsterte Bastian.

>>Angeblich wissen ja nur wir davon!<<, fauchte Bruin ihn weiter an.

>>Ja, aber gemeldet hat uns die Leiche doch der Bademeister von diesem See…<<, wehrte Bastian ab.

>>Seit wann hat ein einfacher Dünensee einen Bademeister?<<, donnerte Bruin zurück.

>>Hey, wir haben mit niemanden darüber gesprochen!<< Ein weiterer, aber ebenso unnützer Versuch, sich zu verteidigen.

>>Dann sag mir, wer!<<

Bruin wedelte mit der Klatschzeitung in der Hand vor ihm rum.

>>Weiß ich doch auch nicht. Mensch, die Schnüffler sind doch überall, die hören doch schon den Polizeifunk ab. Die sind doch nicht blöd.<<

Er sah Bastian mit spitzen Augen an.

>>Wir waren die Ersten am Tatort!<<

>>Du warst fünf Minuten später da, ist dir jemand gefolgt?<<

Er hätte ihn in der Luft zerreißen können; elendiger kleiner Besserwisser! Ja, er hatte sich um einige Minuten verspätet. Und ja, Bastian war der bessere Autofahrer. Und ja, die Kollegen von der Streife waren auch schneller als er.

Bruin setzte sich an seinen mit Akten und Unterlagen chaotisch überfüllten Schreibtisch und blätterte hektisch in der Zeitung rum.

>>Ausgerechnet so ein Schmierblatt ...<<, murrte er. >>Wenn ich die erwische!<<

>>Wir sollten lieber den Täter finden<<, flüsterte Bastian unüberlegt vor sich her und konnte sich den nächsten Anschiss abholen. >>Lieb von dir, dass du mich daran erinnerst, was ich als Kommissar zu tun habe!<<, schnaubte Bruin zurück.

Bruin passte die ganze Situation nicht. Ein, sein Mordfall war zu einer Zeitungsattraktion geworden. Der Teddybärenmörder, welch ein Blödsinn. Dazu noch in diesem kitschigen rosa Schriftzug. Und ein Bild, das eher an eine Filmreklame erinnerte. Aber eine für einen schlechten Film. Gott, wenn es ein alter Penner gewesen wäre, den vermisst niemand, aber ein Kind?

Wie einen Engel zum Schlafen abgelegt. So was löst in der Bevölkerung Interesse aus und Druck auf ihn. Dieser Stoffbär sah aus, als habe man ihn auf einer sehr alten Maschine genäht. Jenen, die als Schmuckstück in einigen Wohnzimmern noch zu finden waren. Und weder auf dem jungen Körper noch auf dem Stofftier wurde ein einziger Fingerabdruck oder eine andere Spur gefunden. Nichts! Wie aus heiterem Himmel dort hingeflogen.

Es gab auch keinen passenden Täter in der Kartei und so auch keine schnelle Aufklärung des Falles und keinen schnellen Ruhm, sondern nur Ärger und Druck von oben. Dem ungeachtet war er sich sicher, der Teddybär war die Handschrift des Mörders. Und nur Serienmörder benutzen eine Handschrift, ein Zeichen ihrer Macht über Leben und Tod. Also war es nur eine Frage der Zeit, wann das nächste Opfer gefunden werden würde und eine Frage der Zeit, wann man ihm vorwerfen würde, er könne den Täter nicht finden, sofern es einer war.

Sein Glück war es, dass dieser Zeitungsfritze nicht alles mitbekommen hatte, denn es gab Verletzungen an dem jungen Körper. An beidem Armen und am Hals hatte er tiefe Einschnitte. Am linken Arme eine blaurot verfärbte Einstichstelle und wie der Gerichtsmediziner meinte, sei dort eine Kanüle von einem Laien eingeführt und der Junge durch diese regelmäßig angezapft worden.

>>Wie ein Bierfass<<, stellte der Kollege von der Spurensicherung fest. Wie ein Bierfass.

Der Körper war praktisch blutleer. Die kleine Pfütze in ihm reichte nicht mehr zum Leben, nur noch für einen schönen Schein. Aber vielleicht wollte der Täter sein Opfer ja auch schön aussehen lassen.

Bruin guckte auf die Landkarte hinter seinem Schreibtisch. >>Het Vogelmeer, nah bei Zandvoort.<<

>>Und?<<, fragte Bastian und nippte an seiner Kaffeetasse.

Bruin grinste seinen Kollegen breit an. >>Wolltest du nicht eh Urlaub machen...?<<

>>Nein, nee, is ´nicht!<<, fiel Bastian ihm lautstark ins Wort. >>Hey, ich wollte Urlaub an einem schönen warmen Ort machen, mit netten Bikinimädels, Party und nicht in so einem verschlafenen Oma-Kaff.<<

>>Tja, mein Lieber, Befehl ist Befehl. Oma-Kaff? Nettes Städtchen, wir Amsterdamer sind gerne am Wochenende da. Auch die netten Mädchen. Ich halte meine Augen und Ohren hier auf und du wirst mir den Rücken von Zandvoort aus freihalten. Einem netten kleinen Dorf am Strand. Dort wird dich niemand von deiner Arbeit abhalten können. Offiziell erklärst du jedem, du hast ...<< Er überlegte kurz. >>Ja, du hast Asthma und willst deinen Lungen mal was Gutes tun.<<

>>Haben Sie schon gehört ?<<

>>Am Vogelmeer haben sie den Toten gefunden?<<

Amalie schaute mit kauendem Mund von ihrem Abendessen hoch.

>>Kaffäää?<<, fragte sie Trudi, die Tochter des Hotelbesitzers ohne auf die Antwort zu warten. Sie stellte einfach eines dieser typischen Kännchen mit dem blau-weißen Hollandmuster ab und ging zum nächsten Hotelgast. Komische Frau, dachte Amalie und schaute ihr hinterher. Sie sprach jeden Gast mit derselben Frage an, aber gab niemandem die Chance zu antworten. Als sähe sie die Leute gar nicht.

Die paar Gäste um sie herum tuschelten über den jungen Toten. Für ein kleines Städtchen wie Zandvoort war es schon ein einschüchterndes Ereignis, denn sonst war es hier eher ruhig und gesellig.

Einige Einheimische saßen an der kleinen Gäste-Bar, die gleichzeitig eine Kneipe sein sollte und tranken Bier. Aus ihrem Reden konnte man hören, dass der junge Mann nicht aus der Nähe gewesen sein konnte, denn sie kannten ihn nicht und hatten ihn auch noch nie gesehen. Er hatte auch mit niemandem hier Ähnlichkeit, also musste er einer aus der Stadt sein und die Amsterdamer waren eh für sie hier ein Volk für sich.

So ein Fall in der Nachbarschaft schreckte die Bewohner auf. Trotz allem fand Amalie, dass Mord an einen Menschen nicht das richtige Thema für ein Abendgespräch war. Sie überhörte das Gerede an ihren Nebentischen und goss sich einen frischen Kaffee ein. Sie wollte hier entspannen und sich nicht ihren Urlaub vermiesen lassen.

>>Kommen Sie morgen mit?<<

Amalie schreckte hoch, spürte einen sanften Druck auf ihrer Schulter.

>>Oh, ich wollte Sie nicht erschrecken<<, lachte sie das freundliche Gesicht des Seebären an. Amalie atmete tief ein, er zwinkerte ihr zu.

>>Der Ausflug zur Villa der Grafen van het Brucht ist wirklich schön, möchten Sie auch mitkommen?<<

Amalie sammelte sich, lachte laut auf, fasste sich ans Herz. >>Man, Sie können aber schleichen.<<

Er lachte herzlich.

Die Zandvoorter nannten ihn Seebär, weil er als junger Mann lange zur See gefahren war. Er sah mit seinen hellen Augen, dem grauen Rauschebart, seiner bunten Mütze, die sein schütterndes Haar versteckte und der leichten Wampe auch wie ein Matrose aus einem Bilderbuch aus.

>>Ja, ich komme gerne mit, ist bestimmt ein schöner Ausflug, ja, ja, um 15 Uhr, habe ich schon an Ihrem Aushang gesehen.<<

>>Gut, dann sehen wir uns morgen, und nichts für ungut.<<

Amalie lächelte den großen Mann an und zwinkerte mit einem Auge zurück.

>>Lassen Sie sich nicht Ihren Urlaub durch dieses Gequatsche vermiesen. Dieser kleine See, den wir hier het Vogelmeer nennen, liegt in den Dünen von Zuid-Kennenmerland. Dort gibt es noch mehr davon, das Spartelmeer, t Wed. Sind eigentlich nette Ausflugsziele, aber bei den Urlaubern nicht wirklich bekannt. Dabei kann man dort stundenlang wandern, ohne einer

Menschenseele zu begegnen. Und einen Mord gab es hier noch nie. Nicht mal einen Überfall, und ich lebe hier schon seit Jahren.<<

Amalie überlegte kurz, spielte mit dem Zeigefinger am Tassenrand herum. >>Aber es hat die Menschen doch arg aufgeschreckt hier einen Toten zu finden. Und sie wohnen alle nicht so weit weg von Amsterdam, dort passieren doch oft schlimme Dinge.<<

Er stimmte ihr zu. >>Die Leute hier haben einfach viel Zeit. Sie wohnen in Deutschland, dort gibt es auch viel Schlimmes in Großstätten. Überall gibt es viel Schlimmes und überall reden die Leute darüber. Heute ist es ein Grund, um sein Haus zu verlassen, und morgen ist der junge Mann schon wieder vergessen.<<

Er lächelte Amalie an, goss ihr etwas Kaffee nach und streichelte ihr sanft über die Hand. >>Wie gesagt, genießen Sie Ihren Urlaub und lassen Sie sich von dem Geschnatter der Leute nicht erschrecken.<<

Du wolltest doch eh Urlaub machen, dachte Bastian grimmig vor sich hin und drehte die Musik im Auto lauter, und hier kann dich auch niemand stören. Er donnerte mit seinem schwarzen Golf über die Autobahn, als habe er Blaulicht angeschaltet. Ein Wunder, dass ihn keine Kollegen anhielten.

Spätabends erreichte er das Seestädtchen und war froh, dass sich hinter dem kleinen Hotel ein eigener Parkplatz befand. Denn das Erste, was er sah, waren die Parkplatz-Münzeinwerfer an der Strandallee. Alle zwei Meter eine neue Parkuhr und die Seitengassen hatte man auch nicht vergessen.

Willkommen im Urlaubs-See-Paradies Zandvoort aan Zee.

Laut polternd schleppte Bastian sein Gepäck ins Hotel.

>>Tut mir leid, dass ich so spät bin, Stau auf der Autobahn<<, witzelte er Seebär an der Rezeption zu, der einen leicht säuerlichen Eindruck machte. Ab zehn Uhr war hier strickte Ruhezeit und unnötigen Lärm konnte er gar nicht leiden.

>>Herr Anton Muhr, Patient von Dr. Bruin?<<, brummte er ihn kurz an.

Bastian ließ seinen Koffer und die Reisetasche lautstark auf den Boden knallen. Schön, dass er so zeitlich erfuhr, dass er unter einem anderen Namen eingecheckt worden war und, Dr. Bruin?

Seebär zuckte unter dem krachenden Lärm auf; genervt schüttelte er seinen Kopf. >>Sie haben Zimmer 5, erste Etage und bitte leise, hier schlafen schon einige, wir sind nicht auf einer Baustelle.<<

Bastian nahm den Schlüssel, verabschiedete sich und tippelte auf Zehenspitzen an Seebär vorbei.

>>Sie haben Ihr Gepäck vergessen!<<

Bastian drehte sich langsam zu Seebär zurück: Selber tragen? Klar, er war ja auch nur Gast. Aber was sollte er sich groß aufregen. Er nahm seine Sachen und schleppte diese die knarrende Holztreppe hoch.

>>Sie sind hier wegen Ihres Asthmas, oder?<<, rief Seebär ihm noch fragend hinterher.

>>Ja-ha!<<, rief Bastian leicht genervt mit hoher Stimme gleich einer Obersängerin zurück.

Amalie sah von ihrem Buch hoch. Was gibt es doch unhöfliche Menschen, die um diese Zeit noch so einen Lärm machen müssen. Vom Flur drang eine Lärmkulisse in ihr Zimmer, als zöge eine Horde Elefanten ein und die Stimme des Mannes konnte Tote wecken. Zu ihrer Freude zog dieser Palaver-Hannes auch noch genau in das Zimmer neben ihr.

Sie drehte sich im Bett auf die Seite. Hätte sie doch besser ein Zimmer in den oberen Etagen nehmen sollen? Aber dort hatten nur ältere Menschen Zimmer gebucht. Sie war ja nicht alt. Alt waren die anderen, sie war halt nicht mehr so jung. Sie war keine alte Frau!

   Die eiserne Fessel an seinem linken Arm brannte tief ins Fleisch. Fliegen tranken an der nässenden Wunde. Er öffnete mühsam seine schmerzenden Augen. Ein wenig Licht drang durch ein Gitter in der Türe rein.

Wo war er nur?

Was war geschehen?

Paul versuchte sich aufzurichten, doch sein Körper versagte und im Kopf hämmerte gnadenlos ein starker Schmerz. Er war benommen, leider nur benommen und hätte sich gewünscht, dass dieses Gefühl nicht der nun unbarmherzig aufkommenden Angst wich.

Angst!

Todesangst!

Kalt!

Eiskalt!

Wieder versuchte er seine verklebten Augen zu öffnen. Er rieb sie wund und zog an der Kette, die keinen Zentimeter nachgab. Es war so widerlich dunkel hier und in den kleinen Lichtstrahlen sammelte sich bloß fliegender Staub.

War er in einem Keller?

In einem Verlies?

Lebendig in einem Grab gefangen ?

Wahn im Kopf!

Wahnsinn in den Gedanken!

Er konnte nicht atmen, schnappte nach Luft, die in seiner Lunge brannte. Die Dunkelheit ließ nur Schemen erkennen. Ein Tisch, ein Eimer, Dreck und Spinnenweben. Es stank nach feuchtem Moos und alter Luft.

Kein Grab!

Gott sei Dank, kein Grab!

Paul drehte sich auf seiner Pritsche zur Mauer. Die Eisenkette roch nach Rost und eine breite Klammer umschlang sein ganzes Handgelenk. Eine Kette, wie aus dem Mittelalter, eine Mauer, wie in einem Hexenkeller.

Auch keine Gruft!

Nicht lebendig beerdigt!

Er wollte schreien, doch seine Kehle war trocken und er beherrschte seine Stimme nicht mehr. Nur kleine zitternde Laute glitten aus seinem Mund und verstummten sofort. Müdigkeit breitet sich aus, doch Paul weigerte sich einzuschlafen.

Unwissende Angst!

Dämonische Angst!

Höhnische Angst!

Sein Körper, sein Geist und seine Gefühle bündelten sich in einer irrewerdenden Angst!

…die Augen riss er weit auf, verkrampfte seine Hände und, weiß Gott, würde diese Angst ihn aufzufressen, er musste wissen, was mit ihm geschah. Wie ein blindes Kind, das nur dem Geruch folgen kann, suchte er nach der Wahrheit in der Dunkelheit. Nachdem, was er sein sollte.

Er strich sich zitternd über seinen linken Arm und blieb an einem Ding in seinem Arm hängen. Es schmerzte ihn, aber steckte fest in seinem Körper, festgeklebt unter dickem Pflaster. Spottisch sah ihn der baby-blaue Kanülen-Verschluss an.

Jeder Gedanke, der sich mit einem weiteren Gedanken zu einem Wissen zusammenlegte, löste nur eine noch größere, stärkere Angst aus. Er wusste bis jetzt nicht, dass es eine Steigerung von Angst und Panik gab. Aber die gab es und sie zerfetzte seinen Körper, keinen Millimeter ließ sie aus und ergötzte sich an seinem kläglichen Winden. Fast schon gnädig, befreite ihn diese unnatürliche Müdigkeit davor, wahnsinnig zu werden.

Träumen ist die Flucht in eine andere Welt…

Kapitel 3:

Die Villa van het Brucht

Bastian machte sich schon früh auf den Weg zu der hiesigen Polizeistation und staunte nicht schlecht, als er, wie er meinte, einen Strandpavillon mit Polizeimarkierung fand. Eine Eisdiele mit Amtszeichen.

Nun war ihm klar, warum Urlauber sich immer an die Rettungsschwimmer wandten. Ihr Domizil gleich am Strand beeindruckte.

Die Tür war zu. Er klopfte heftig an, doch niemand öffnete. Bastian schaute auf das Öffnungsschild. Seit einer halben Stunde hätten seine Kollegen im Dienst sein müssen und sicherlich waren sie nicht gerade im Einsatz, denn außer ihm liefen nur einige Spaziergänger mit ihren Hunden am Strand herum.

>>Sie wollen zu uns?<<, hörte er unerwartet eine männliche Stimme hinter sich, die klang, als habe man den Stimmeninhaber geknebelt.

Er drehte sich um und erblickte Boer hinter sich, der mit dem Türschlüssel auf ihn zeigte, in einer Hand eine Tüte mit Krentenbol hielt und eines dieser süßen Brötchen schon im Mund stecken hatte.

Bastian schloss die Tür auf. Das sollte eine Polizeistation sein? Eine offizielle Polizeistation?

Ein Raum proppenvoll mit Pflanzen, ein Dschungel. Das Radio dröhnte, die Mülleimer quollen über, es stank nach altem Essen und die Kaffeemaschine blubberte still vor sich hin.

>>Mein Kollege kommt auch gleich<<, schmatzte Boer.

Bastian setzte sich auf einen Stuhl vor einem der zwei Schreibtische.

>>Sie sind hier also der Dorfpolizist ?<<

Dorfpolizist, Bastian sagte dies absichtlich. Er wollte gemein und respektlos sein. Der dort vor ihm konnte kein normaler Polizist sein.

Boer nickte ohne das Teilchen aus dem Mund zu nehmen.

>>Und da gibt es noch so einen zweiten Typen wie Sie?<<

Hörte Boer in der Stimme des neugierigen Fremden etwas Sarkasmus? Er biss von seinem Brötchen ab, musterte Bastian von oben bis unten. Was wollte der Mann von ihm? Zu Glück kam Kollegen Overman auch schon wieder zurück. Der konnte ihm aus dieser komischen Situation helfen.

Overman sah Bastian leicht genervt an. Wieder so ein Urlauber, der ihn von seinen wichtigen Aufgaben neben der Arbeit abhalten würde. Wieder so eine dumme Angelegenheit, wie Geld weggekommen, er hatte es nicht geklaut oder Autoschlüssel, die er auch nicht hatte.

>>Sie wünschen?<<, fuhr er ihren Gast scharf an.

Bastian blickte sie erheitert an. Clowns in Uniform.

>>Sie sind also die Polizei hier?<<

>>Ja, ein Problem damit?<<, knurrte Overman.

>>Noch nicht, aber Sie haben gleich eins mit mir!<<

Overman und Boer verstanden nicht. Wer war er und was wollt er?

>>Ich bin Kommissar Bastian Raaf. Haben Sie das Fax nicht bekommen?<<

Overman sprang zum Faxgerät und zog ein Blatt Papier raus.

>>Ja, doch, hehe, gerade gekommen.<<

Er las es schnell durch.

>>Aha, hab ich mir schon gedacht, dass Sie wegen des Mordfalls hier sind. Ja, eine scheußliche Sache da am See. Und was haben wir damit zu tun? Macht doch Amsterdam oder Haarlem, oder so.<<

>>Ich denke, Sie haben das Fax gelesen?<<

Bastian stand auf, nahm eine Kaffeetasse, goss sich ein und zog dem verdutzten Boer einen Krentenbol aus der Papiertüte.

>>Ich bin hier, weil dieser See in den Dünen von Zandvoort liegt und wir so von zwei Seiten aus beobachten können und nun dürfen Sie mal raten, wer mir dabei helfen wird?<<

Da war nicht viel zu raten und vor allem, das roch nach Arbeit.

>>Was wissen Sie über den jungen Mann?<<

>>Nichts, den kennen wir hier im Dorf nicht, der ist nicht von hier.<<

Overman nahm sich auch einen Kaffee und tunkte sein Brötchen hinein.

>>Ohne diesen Zeitungsartikel hätten wir davon wohl nicht einmal erfahren.<<

Ohne die Presse hätten sie nichts davon erfahren? War hier die Wiedergeburt des Dornröschenschlosses? Hatte Bastian sich verhört oder meinte dieser dünner große Mann das, was er sagte?

Bastian war ja schon nicht gerade klein geraten, aber neben Overman – der Kerl war ein Riese. Boer sah mit seinen roten Haaren und dem kleinen Wuchs eher wie ein Kobold aus. Nur leider einer der verschlafenen Sorte.

>>Wieso? Liegt doch gleich vor der Tür und außerdem wurden Sie ja wohl verständigt, oder?<<, schnitt Bastian argwöhnisch ein.

>>Ja schon.<< Overman blies vorsichtig kalte Luft in seine Kaffeetasse. >>Sehen Sie, wir sind hier am Meer und Sie sind ein Stadtmensch, halt anders und leben in einer anderen Welt. Dort passieren viele schlimme Dinge. Mit denen wollen wir nichts zu tun haben. Wir leben hier ruhig und friedlich vor uns hin und tun keiner Fliege was zuleide. Außer einigen Missgeschicken bei einigen Badegästen passiert hier rein gar nichts.<<

>>Kann sein, aber ich werde mich auch hier umsehen müssen, wer weiß, ob sich unter der schönen Stille nicht eine schrecklich laute Dunkelheit befindet.<<

Ausreden, alles nur Ausreden, um weiterhin einen faulen Lenz zu schieben. Tun keiner Fliege was zuleide. Stadtmenschen? Sind halt anders? Die zwei waren anders. Ein Mord im eigenem Revier und keinerlei Gesinnung den Täter zu finden. Keine Berufsehre im Leib.

>>Ach, nun hören Sie auf. Wer sollte denn hier ein Mörder sein? Hier kennt jeder jeden. Und dieser Junge, der ist doch bestimmt eher einer von diesen Drogenabhängigen vom Amsterdamer Bahnhof und dort finden Sie niemanden von uns<<, wiegelte Overman ab und wollte Bastian schnellstmöglich loswerden.

>>Außer Herrn van het Brucht, der ist dort schon mal, aber nur, weil er dort Decken und warme Sachen an diese Bahnhofsratten verteilt.<<

Boer setze sich mit Kaffee und Frühstück an seinen Schreibtisch. >>Aber dann ist auch immer die Presse dabei.<<

>>Ist er dann alleine oder sind noch andere Menschen bei ihm?<<, fragte Bastian Boers, doch der reagierte nicht, sondern rührte unbeteiligt in seiner Kaffeetasse herum. Overman dachte kurz über die Frage nach und antworte für ihn.

>>Das ist schon eine kleine Organisation: er, sein Fahrer, aber der muss mit, dann Will, dem gehört die Fleischerei am Ende der Hauptstraße, ja, der Seebär und manchmal nehmen sie auch Trudi mit. Glaub ich wenigstens.<<

>>Seebär und Trudi?<< Der Kommissar wunderte sich über die beiden Namen. Sollte das ein Pärchen sein?

>>Ja, Seebär, dem gehört das kleine gemütliche Familienhotel mit Kneipe gleich am Strand. Das neben der Pommesbude mit den Snackkästen und Trudi ist seine Tochter. Aber die tickt nicht ganz richtig. <<

>>Ok, dann habe ich schon Bekanntschaft mit diesem Seebär gemacht. Gibt es hier etwas Besonderes oder ist hier in letzter Zeit etwas Sonderliches passiert?<<

Wer die nicht richtig tickende Trudi sein wollte, wusste er zu diesem Zeitpunkt noch nicht. Aber er ging auch nicht weiter darauf ein, wenn er die Art, wie Overman über diese Frau sprach, auch nicht sonderlich mochte.

>>Nein, wie schon gesagt<<, Boer winkte abweisend aber bestimmend mit einem knappen Handzeichen ab. >>Ohne Urlauber und der Rennstrecke wäre hier gar nicht viel los. Nur angenehme Einheimische. Die Villa van het Brucht ist ganz schön, die kann man besuchen, ist ein netter Garten drum herum, liegt etwas versteckt in den Dünen. Und unser Jutters-Museum ist ganz nett mit all dem Strandgut. Tja, dann noch der Leuchtturm und unsere alte Kirche in der Innenstadt, wenn Sie die sehen wollen.<<

Klar, Bastian war ja auch hier, weil er sowas Besonderes sehen wollte. Hatte er nicht gerade klar und deutlich von einem Mordfall gesprochen? Diese zwei Dorfhelden würden ihm bestimmt eine große Hilfe bei seiner Arbeit sein.

Er stellte mit einem tiefen Seufzer seine Kaffeetasse auf den Tisch. >>Ich schaue mich mal hier um und ganz wichtig, wir kennen uns nicht. Ich bin Urlauber, ich heiße Anton Muhr und Sie schauen bitte regelmäßig ob Faxe, Mails oder sonst was kommt, ok?<<

Es würde nicht klappen. Die würden nicht nach Faxen, Mails oder Sonstigem schauen. Die hielten einfach nur ihre Stühle weiterhin warm und freuten sich, dass sie den lieben langen Tag nichts tun mussten außer Kaffee trinken, Teilchen essen und was sie sonst noch während der Dienstzeit taten.

Bastian kehrte ohne Umwege ins Hotel zurück.

>>Schön, dass Sie kommen, dann kann ich Ihnen Ihre Tischnachbarin vorstellen<<, empfing Seebär ihn und führte den jungen Mann an Amalies Tisch.

>>Das ist Frau Amalie Pauls aus Deutschland und das ist Herr Anton Muhr, er kuriert hier sein Asthma aus.<<

Warum erzählte er der alten Dame nicht gleich unaufgefordert seine ganze Lebensgeschichte, dachte Bastian missgestimmt.

Amalie betrachtete ihren neuen Tischgast. Das musste der Palaver-Hannes von gestern Abend gewesen sein. Sie schob ihre silbern-umrandete Brille an der Nase hoch.

>> Dann auch eine nette Zeit.<<

Bastian setze sich zu ihr. Er sah sie an, sie ihn und beide versuchten den Anfang für ein Gespräch zu finden, aber es wollte sich kein guter Anfang finden lassen; also lächelten sie nur stumm.

>>Kommen Sie auch heute mit zur Villa?<<, erlöste die harte Stimme vom Seebär die beiden Schweigenden.

Bastian guckte erschrocken zu ihm auf.

>>Nein, ich wollte mich erst einmal so umschauen.<<

Er stellte ihnen ihr Frühstück auf den Tisch und Trudi reichte eine Kaffeekanne. Bastian schaute dem Mädchen nach, so auffällig, dass Amalie ihn darauf ansprach.

>>Ein komisches Kind, nicht?<<

Bastian zuckte ertappt auf. Das war also die nicht richtig tickende Trudi.

>>Sie wirkt auf mich, als lebt sie in einer anderen Welt, als nimmt sie uns andere Menschen gar nicht richtig wahr<<, erzählte Amalie einfach weiter.

Bastian stimmte ihr zu. >>Ja, ein komisches Mädchen, ich könnte nicht mal ihr Alter sagen, und ob sie überhaupt noch ein Mädchen ist.<<

Er beobachtete sie weiter. Welch eine Gestalt.

Von hinten hätte ihr Kreuz jeden Mann neidisch werden lassen. Keinerlei Weiblichkeit steckte in diesem gedrungenen, kastenförmigen Körper. Der Kopf saß ohne Hals auf den Schultern und die Hände glichen Pranken. Er wunderte sich, wie diese dicken Finger die zierlichen Kannen ohne zu zerbrechen auf die Tische stellen konnten. Nur ihr feines engelhaftes Gesicht wollte so gar nicht zu dem restlichen Körper passen. Sie lächelte wie ein kleines Kind.

>>Sie haben recht, sie könnte auch schon eine erwachsene Frau sein. Diese Villa soll sehr schön sein, wollen Sie nicht doch mit kommen, sonst ist hier nicht viel zu sehen.<<

Abgeneigt schüttelte er kurz mit seinem Kopf.

>>Ich glaube, Villen sind nicht das Richtige für mich, das ist doch eher was für alte Leute, wie…<<

Amalies Blick hätte töten können! Wollte der jetzt etwa sagen, wie Sie.

Gegen 15 Uhr fuhr Seebär mit einem kleinen kitschig-orange angemalten Bus auf den Hotelparkplatz.

>>Alles Einsteigen, der Zug hält an der Villa van het Brucht! <<

Amalie gesellte sich zu einigen anderen Gästen, die alle, wirklich alle, alt waren.

Das sollte ein amüsanter Nachmittag werden. Kaum im Bus erzählten diese Leute von ihren Krankheiten und Wehwehchen. Als hätten sie nur auf einen günstigen Zeitpunkt gewartet, ihre Leidenswege kundzutun. Amalie lächelte freundlich und versuchte ihr jammerndes Gerede zu überhören.

Der Bus fuhr eine kleine Sandstraße entlang. Dann durch ein Wäldchen mit teilweise silber-grauem Wuchs und hielt vor einem Springbrunnen in Form eines Mönchs aus schwarzem Stein, der in seiner Hand einen Wassereimer trug, aus dem eine hagere Wasserfontäne plätscherte.

Die Villa van het Brucht war schon fast ein Schloss inmitten eines dunklen Märchenwalds. Hier so nahe am Meer und zwischen den Dünen hätte sie nicht solch eine Oase erwartet.

Ein massiver Prachtbau, mit Seitenflügeln, die sich zu einem Ganzen zusammenschlossen. Nicht unbedingt alt, sondern eher klassisch gehalten. Die Front des Hauses zierte eine große Holztüre und dekorative Elemente. Amalie konnte das Haus zeitlich nicht zuordnen. In der Stadt gab es ältere Gebäude, die noch immer genutzt wurden. In einigen Nebenstraßen standen noch Reste des ehemaligen Fischerdorfes und in den Ausfallstraßen einige prachtvolle Jugendstilvillen. Das Anwesen schien jüngeren Datums zu sein. Hätte auch ein Gemeentehuis sein können.

Eine Steintreppe, die man von beiden Seiten begehen konnte, führte zum Eingangsportal, das schon beeindruckend war. Witzigerweise hatte der Graf an den Außenfenstern orange-weißen Sonnenschutz angebracht, der Amalie an eine Eisdiele erinnerte.

Draußen vor dem Eingang waren fein säuberlich hellbraune Sitzbänke aufgestellt worden, gleich neben den herrlich duftenden Herbstblumen. Hier waren Gäste willkommen.

Amalie betrat mit den anderen Urlaubern den Vorgarten. Sie war erstaunt über den üppigen Glanz so außerhalb. Vögel zwitscherten und keine einzige krähende Möwe hatte sich hierhin verirrt. Der Villengarten war sehr gepflegt, aber nicht militärisch ordentlich angelegt, sondern verträumt und verwinkelt. Hier hätten Elfen, Feen und Kobolde leben können. Ein Kleinod. Amalie gefiel es hier.

Der Graf Herr van het Brucht kam den Besuchern mit offenen Armen entgegen und schüttelte jedem persönlich die Hand.

>>Hartelijk welkom... schön, dass Sie da sind... goedendag… fühlen Sie sich wie zu Hause…hoe gaat het met u… was freue ich mich, dass Sie gekommen sind.<<

Amalie fand seine Begrüßungszeremonie reichlich übertrieben und seine helle singende Stimme klirrte in ihren Ohren schmerzhaft. Er überschlug sich fast vor Freundlichkeit. Nur zögerlich gab sie dieser dünnen, blassen Person die Hand. Seine fühlte sich kalt, staubtrocken, rau und alt an.

Amalie sah sich den Grafen genau an. Eine hohlwangige Person, dessen nicht vorhandene Hautfarbe durch seine schwarze Kleidung erst recht zur Geltung kam, leider nicht vorteilhaft. Seine Haare schienen schwarz gefärbt zu sein, denn sie passten überhaupt nicht zu seinen hellen Augenbrauen und den grauen, eisgrauen Augen.

Mit einer geschwungenen Handbewegung bat der Graf seine Besucher in die Villa.

>>Halt, warten Sie auf mich!<<, rief eine Frauenstimme der Gruppe zu. Frau Wied lief mit eiligen Schritten auf sie zu.

>>Ich komme auch mit!<<

>>Ah, Frau Wied, meine liebe Nachbarin, schön dass Sie auch wieder mein Gast sind<<, säuselte der Graf. Abermals konnte Amalie ihm sein Wohlwollen nicht als Wahrheit abnehmen.

Ein in Gold getunkter Saal begrüßte die erstaunten Urlauber, dicke Teppiche und edle dunkle Holzmöbel glänzend in der einfallenden Herbstsonne.

Mit leisen Schritten folgen sie den Grafen weiter hinein. Bloß nichts beschädigen, denn alles war hier sicherlich sehr kostbar und alt.

Wenn das mal nicht alles nur goldene Farbe ist, dachte Amalie still für sich.

Der Graf konnte zu fast jedem Möbelstück, jeder Vase und jedem noch so feingliedrigen Figürchen eine kleine Geschichte oder Anekdote erzählen. Er prahlte mit seinen Vorfahren, die alle diese Villa nur als Sommerresidenz benutzen und eigentlich aus Österreich und Ungarn kamen und dort viele Ländereien besaßen.

Amalie wunderte sich ein wenig. Van het Brucht und Österreich-Ungarn passte ja nun wirklich nicht zusammen. Wenn er da mal nicht einige Unstimmigkeiten in der Familienchronik hatte.

Der Graf führte sie an der Ahnengalerie vorbei, und sie folgten ihm über die weiße Marmortreppe eine Etage höher. Große Ölporträts derer van het Bruchts, Edelmänner und Edelfrauen. Die Künstler hatten ganze Arbeit geleistet und selbst feinste Gesichtszüge gezeichnet, welche den Bildern Leben und einen Zug von Ewigkeit gestatteten.

Amalie betrachtete die Porträts. Unbekannte guckten sie an. Keinen dieser Leute hatte sie je woanders gesehen und auch deren Titel hatte sie noch nie gehört. Jedoch, eigentlich kannte sie sich im österreichischen Adel auch nicht aus. Einzig Kaiserin Sissi und ihr Sohn Rudolf waren ihr ein Begriff. Sie kicherte leise vor sich, als ihr einfiel, dass Kaiserin Sissi schon Zandvoort einst besucht hatte.

Ein ständiges `Oooh´ und `Aaah´ begleitet Amalie bei der Besichtigung. Einige Damen waren ja so was von begeistert von all der Schönheit und der höflichen Art des Grafen, der einen kleinen Witz nach dem anderen auf den Lippen hatte. Nie ausfallend, sondern immer diskret und charmant.

Im Salon, bestückt mit dicken blauen Brokat-Tapeten lud der Graf zu Kaffee und Kuchen ein. Wie ein Kavalier rückte er jeder Dame den Stuhl zurecht und goss selber den Kaffee in Tassen aus edelstem Porzellan.

>>Dieses Porzellan hat meine Großmutter zu ihrer Hochzeit geschenkt bekommen<<, erzählte der Graf und hielt eine Tasse ins Sonnenlicht.

Für Amalie war dieses Getue um seine Ahnen und Verwandten einfach zu viel, sie vergrub ihr Gesicht hinter der Kaffeetasse und war gelangweilt.

>>Darf ich mich zu Ihnen setzen?<<

Amalie sah erschrocken hoch, Frau Wied lächelte sie an.

Manchmal ist es so, als gibt es da draußen jemanden, auf den man nur gewartet hat. Der genauso ist, wie man selber. Der die gleichen Gedanken hat, die gleichen Interessen, den gleichen Charakter.

Helle grünblaue Augen sahen Amalie hinter einer silber-umrahmten Brille, wie die ihrige, an. Das gleiche burschikose Lächeln und ein junger Geist hinter einer nicht mehr jungen Fassade.

>>Aber natürlich.<<

Frau Wied nahm sich ein großes Stück Kuchen.

>>Wie finden Sie die Villa?<<

>>Nett.<<

Frau Wied lachte sie aus. >>Ich habe Sie beobachtet, Sie können den Grafen nicht ausstehen und sein Schloss auch nicht.<<

>>Warum beobachten Sie mich?<<, fragte Amalie verdutzt.

>>Sie haben einen witzigen Akzent<<, stellte Frau Wied fest. Sagte ihr das, ohne sie anzuschauen. Der Kuchen lockte mehr ihr Interesse.

>>Ich bin Deutsche und spreche Platt, Links - Rheinisches Platt.<< Links - Rheinisch, betonte sie dabei ganz besonders.

>>Na ja, das kann passieren.<<

Amalie sah sich die vor ihr sitzende schmatzende Person genauer an. Gut, sie schienen vom gleichen Holz zu sein, aber war vorlauter als sie.

>>Rheinisches Platt, kommen Sie aus Köln?<<

Amalie verneinte kurz, wollte ihr aber nicht sagen, woher sie kam. Sie kannte diese Frau doch gar nicht.

>>Stimmt!<<, sie schnippte mit ihren Fingern, als hätte sie einen Geistesblitz abbekommen. >>Hört sich eher wie Holländisch an und links vom Rhein. Sie können nicht weit weg von den Niederlanden wohnen. Ist Venlo oder Nimwegen bei Ihnen in der Nähe?<<

Zu nahe, viel zu nahe war ihr diese Frau gekommen.

>>Wenn Sie doch eine Nachbarin sind, warum kommen Sie dann mit zu diesen Führungen?<<

>>Der Kuchen ist gut.<<

Das sollte Amalie nun glauben. Diese Dame vor ihr wollte doch was von ihr. Hier saßen einige andere Frauen, die gerne mit ihr Kuchen gegessen hätten, keinen gelangweilten Gesichtsausdruck machten und nur auf ein Opfer warteten, um erneut ihre Krankengeschichte loszuwerden. Nicht grundlos hatte sich Amalie den kleinen unscheinbaren Tisch am Fenster ausgesucht, weit weg von diesem Altersheim um sie herum.

Amalie schaute aus dem Fenster. Bewegte sich da nicht was? Sie rückte ihre Brille gerade. Dort huschte etwas Blaues im Gebüsch herum. Sie guckte genauer hin. Jetzt sah sie etwas Olivenfarbiges zwischen zwei Bäumen verschwinden. Sie rückte ihren Stuhl näher ans Fenster, aber konnte nicht mehr sehen. Also öffnete sie das Fenster und streckte sich weit raus. Dort unten im

Wäldchen huschte ein Mann umher. Und wen konnte sie dort erkennen? Ihren Tischnachbarn vom Hotel.

Komisch, hatte er nicht was Besseres zu tun gehabt? Hatte er sich nicht regelrecht geweigert, die Villa zu besuchen?

>>Es zieht hier!<<, zischte eine Frau Amalie vom Nebentisch an. Alte Schachtel, dachte Amalie, schloss das Fenster wieder und konnte so nicht mehr mitbekommen, warum der junge Mann dort in den Büschen Verstecken spielte.

>>Haben Sie auch diese schreckliche Geschichte über den Teddybärenmörder gelesen?<<, sprach Frau Wied Amalie ohne Vorwarnung an.

Auf dieses Thema war Amalie an einer Kaffeetafel nicht gefasst gewesen.

>>Haben Sie?<<

>>Ja, aber warum wollen Sie das wissen?<<

Amalie wunderte sich immer mehr über ihre Tischnachbarin. Was wollte sie?

>>Ich heiße übrigens Lissy und Sie?<<

>>Amalie, warum?<<

Lissy schob ein weiteres Stück Kuchen auf ihren Teller.

>>Na ja, Sie können den Grafen genauso wenig leiden wie ich, das verbindet doch.<<

>>Ich bin nur Urlauberin hier, was haben Sie davon, dass ich ihn nicht besonders leiden kann?<<

>>Glauben Sie, er ist so nett, wie er tut?<<, fragte Lissy weiter, ohne selber auf gestellte Fragen zu antworten.

>>Nein, glaube ich nicht, er ist ein Schleimer. Er spielt den Kavalier und kann damit diese alten Schachteln beeindrucken.<< Amalies Stimme schlug von freundlich auf leicht wütend um. Sie hatte nicht damit gerechnet heute noch in ein Kreuzverhör genommen zu werden.

>>Gut erkannt. Würden Sie ihn für einen guten Menschen halten?<<

Amalie verstand nicht. >>Ich kenne ihn doch nicht!<<, protestierte sie.

>>Würden Sie, liebe Amalie, glauben, dass er ein guter Mensch ist, so wie sie ihn einschätzen?<<

>>Nein, vom ersten Eindruck her nicht. Aber warum fragen Sie mich das alles?<<

Lissy überhörte Amalies Einspruch und fragte sie einfach weiter aus. >>An wen erinnert Sie der Graf?<<

Amalie schmunzelte: >>An einen Nosferatu für Arme. Aber warum diese ganzen Fragen?<<

Dieses einseitige Fragenspiel nervte Amalie. Sie bekam keine einzige Antwort von dieser Fremden, aber wurde selber regelrecht ausgequetscht.

Lissy stand breit grinsend auf. >>Weil Sie dann das Gleiche denken wie ich. Gut, dass ich mich nicht getäuscht habe. Ich wünsche Ihnen noch einen schönen Tag.<<

Sie ging und ließ die verdutzte Amalie am Tisch zurück.

Waren denn hier alle verrückt? Ihr Tischnachbar hüpft durch die Forstung und nun diese Frau. Das war zu viel für Amalie. Sie kam sich banal gesagt veräppelt vor, stand auf und rannte aus dem Saal. Die Treppe runter an die frische Luft.

>>Der junge Mann ist schon weg.<<

Lissy stand mit verschreckten Armen im Vorhof. Sie hatte ihn also auch gesehen.

>>Sagen Sie mir, was Sie von mir wollen!<<, herrschte Amalie die Frau an.

Lissy zog Amalie am Arm von der Villa weg.

>>Sie brauchen keine Angst vor mir zu haben. Ich glaube nur, dass ich seit langem jemanden gefunden habe, der sich von diesem Grafen, wenn er denn einer ist, nicht bezirzen lässt. Ich wohne gleich dort drüben.<<

Sie zeigte auf ein kleines altes Steinhaus, das von den Bäumen geradezu verschlungen wurde.

>>Ich kann nicht viel von der Villa sehen, aber was ich sehen kann, finde ich unheimlich. Vielleicht spinne ich, vielleicht bin ich einfach eine alte tüttelige Frau. So behandeln mich hier wenigstens die Leute, vorne weg diese Trottel, die sich hier Polizisten nennen.<<

Alte Frau. Nein, das konnte Amalie so nicht stehen lassen. Beide waren, wie gesagt, nicht mehr so jung.

>>Sie wohnen hier?<<

Lissy nickte.

>>Wollen Sie auf einen Kaffee reinkommen?<<

Amalie wusste nicht, warum sie es tat, aber sie ging mit.

Irgendwie war ihr diese fremde Frau sehr vertraut, als hätte sie eine alte Bekannte wieder gefunden ... und vor allem war Amalie sehr, sehr neugierig.

Ein kurzer staubiger Weg führte von der Villa zum kleinen Steinhaus. Gebaut anno wann auch immer. Es passte von der Bauweise nicht zur Villa und ließ darauf schließen, dass des Grafen Kleinod gar nicht so alt sein konnte.

Lissy führte Amalie in ihr Haus. In ihre sehr rustikale, aber gemütliche Küche. Das Gebäude war kalt und selbst der gut brennende Ofen schaffte es nicht, die alten Steinräume richtig aufzuheizen.

>>Sie sind doch nicht wegen mir zur Führung gekommen?<<

Lissy schüttelte den Kopf.

>>Nein, die besuche ich öfters und schaue mir die Leute an, wie sie auf den Grafen reagieren und wie er es immer wieder schafft, sie in seinen Bann zu ziehen.<<

>>Stimmt, er kann gut reden, aber Ihr Kaffee ist besser.<<

Lissy lächelte sie dankend an, dann verzog sich ihr Gesicht wieder in einen ernsthaften Ausdruck.

>>Sie sind mir aufgefallen. Sie haben Ihr Gesicht angewidert bei der Begrüßung verzogen und sich bei der Ahnengalerie doch sehr gewundert.<<

>>Tja, dieser Graf hat keinerlei Ähnlichkeit mit seinen Vorfahren ...<<, scherzte Amalie. >>Die sind wohl auch schon alle sehr lange tot, aber ich finde es eigenartig, dass er keine Bilder von seinen Eltern, Geschwister, Onkeln oder Tanten aufhängt. Nur diese alten Schinken.<<

Amalie hatte recht, nur gemalte Porträts, keine Fotos von verwanden Personen. >>Vielleicht stehen diese Bilder in seinen Privaträumen.<<

Lissy lachte laut auf. >>So wie der mit seiner Familie angibt, nooit!<<

>>Mir ist aber immer noch nicht ganz klar, was Sie von mir wollen .<<

So gut ihr Kaffee auch war, nun sollte sie doch endlich auch mal Amalies Fragen beantworten. Was wollte sie von ihr?

Lissy umschlang mit beiden Händen ihre Kaffeetasse, guckte etwas verschämt auf den Küchentisch.

>>Ich wohne schon etwas länger hier in dieser alten Hütte, sie ist wirklich schön und ich bekomme einiges mit, was dort auf dem edlen Gut so passiert und das kommt mir einfach seit einiger Zeit komisch vor.<<

>>Und wie kann ich Ihnen dabei helfen?<<

Amalie verstand immer noch nicht, was Lissy bezweckte.

>>Sie sind nicht von hier, Sie sind eine Fremde und denken genau dasselbe über diesen feinen Herrn. Alle hier im Dorf lieben, ja, vergöttern diesen Mann. Sie halten alle zusammen. Selbst unsere Polizei hebt ihn in den Himmel, ich bin nur eine Zugereiste, eine schrullige alte Frau, die ihren Frieden stören will.<<

>>Nur weil ich ihn eigenartig finde, muss er ja kein schlechter Mann sein<<, unterbrach Amalie ihren Erklärungsversuch.

Es war für Lissy plötzlich nicht mehr so einfach, eine verwandte, jedoch auch fremde Seele in ihre Gedanken und Überlegungen zu lassen. Lissy legte ihren Kopf etwas schief. Sie glich einem Kind, das sich freute und gleichzeitig unsicher war.

>>Vor einem halben Jahr rannte hier ein Mann aus der Villa und schrie, er will mich mit der Axt umbringen!<<

Amalie schluckte laut auf. Jetzt schien die Geschichte doch noch spannend zu werden.

>>Ich informierte die Polizei, weil ich Licht in der Villa gesehen hatte und weil der Graf mit samt seinem Fahrer Pad in seinem Haupthaus nahe Belgien war und sonst niemand dann dort lebt. Ich glaubte, Einbrecher würden ihr Unwesen dort trieben. Unsere Polizei kam und der Mann, ein Penner in zerlumpter Kleidung, rannte wie vom Teufel verfolgt aus dem Haus. Jemand wolle ihn mit einer Axt umbringen und ich habe ihm das auch geglaubt.<<

>>Wenn er einfach nur gelogen hat? Vielleicht wollte er ja bloß was klauen.<<

Lissy verneinte und sah Amalie besorgt und gleichzeitig ernst an. >>Sie hätten seine ängstlichen Augen sehen sollen. Das war kein Lügner! Außerdem, nur ein sehr dummer Dieb macht Licht an. Dass mit dem Licht, kam mir eigenartig vor. Unsere Polizei nahm ihn mit und ich sollte am anderen Tag für eine Zeugenaussage vorbei kommen, aber da war er schon weg und unsere Dorftrottel in Uniform meinten, es sei alles geklärt, alles sei nur ein Irrtum gewesen.<<

>>Und worin bestand dieser Irrtum?<<

Lissy lachte freudig auf. >>Aha, Sie denken genau wie ich. Ja, worin bestand der Irrtum? Keine Ahnung, das konnten mir Boer und Overman auch nicht sagen. Sie schoben mich alte dumme Frau einfach ab.<<

Das fand Amalie schon eigenartig. >>Ist Ihnen denn sonst schon mal was anderes in der Villa aufgefallen?<<

>>Klar, dieser Fahrer, der heißt nicht ohne Grund Pad.<<

>>Was heißt denn Pad?<<, fragte Amalie.

Lissy überlegte eilig. >>Kröte<<, und sprach das *Ö* wie ein *O* aus. >>Ein fieser unanständiger Geselle. Er ist immer da, wenn der Graf auch hier ist. Manchmal glaub ich, tragen sie etwas Schweres in die Villa, aber ich kann das von hier aus nicht so richtig sehen. Und immer spät abends, fast Mitternacht, dann traue ich mich nicht alleine dort hin. Wer weiß, was die da machen und was die mit mir machen würden.<<

Diese Vorsicht leuchtet Amalie ein.

>>Wann haben Sie das denn zuletzt gesehen?<<

>>Ist schon was her, einige Tage, ja einige Tage. Aber der Polizei brauche ich meine Beobachtungen nicht erzählen, die reagieren nicht. Die haben mir sogar gedroht, wenn ich nicht mit meinen Lügengeschichten aufhöre, dann kriege ich Ärger.<<

Amalie lehnte sich in ihrem Stuhl weit zurück.

Eigentlich machte diese Lissy einen vernünftigen Eindruck auf sie. Sie schien sich auch sicher zu sein, in dem, was sie gerade erzählte. Aber was war, wenn sie wirklich Dinge sah, die gar nicht so waren, wie sie im ersten Eindruck zu sein schienen?

Ein heftiges Pochen an der Haustüre riss Amalie aus ihren Gedanken. Ohne auf ein Herein zu warten, öffnete Seebär die Türe.

>>Ach, hier sind Sie?<<

Er guckte Lissy kurz grimmig an und schien keinen Gedanken daran zu verschwenden, sie zu grüßen.

>>Ja, hier bin ich.<<

>>Mevrouw Pauls, wir haben Sie schon gesucht. Wir wollen wieder zurück ins Hotel fahren und da fehlte doch glatt eines meiner Kinder.<<, witzelte er und gönnte Lissy dabei keinen einzigen Blick.

>>Die Villa ist ja nicht so weit von der Innenstadt entfernt, ich kann das Stück auch laufen. Wenn die anderen fahren wollen.<<

>>Nein, nein, nein!<<, schnitt er ihr ins Wort. >>Das kann ich nicht verantworten. Die Versicherung, wissen Sie. Kommen Sie bitte mit. Der Weg ist außerdem durch den feinen Dünensand sehr tückisch.<<

Lissy nickte ihr kurz zu, Amalie stand auf, verabschiedete sich und folgte Seebär zum Bus.

>>Was immer Ihnen diese komische Alte erzählt hat, glauben Sie ihr bloß nicht!<<, mäkelte er Amalie zu, ohne sie anzuschauen. >>Seit dem die hier wohnt, ist nur Ärger im Dorf.<<

Amalie fuhr mit den anderen Damen zurück zum Hotel. Was waren die doch begeistert von der Villa, dem Grafen. Welch ein reizender Mann und so freundlich. Amalie ging indessen ihr Gespräch mit Lissy nicht aus dem Sinn. Sie kehrte nicht mit den anderen Gästen ins Hotel zurück, sondern setzte sich auf eine der Bänke an die Strandpromenade, die hier wie ein Entree zum Meer gebaut worden war, und dachte nach. Sie spürte nicht mal den kühlen Wind in ihrem Gesicht.

Was war, wenn diese Lissy recht hatte und dieser Mann wirklich in Gefahr war? Schließlich war es ja auch ein junger unbekannter Mann, denn sie an diesem Vogelmeer gefunden hatten. Ein sehr junger Mann, eigentlich ein Jugendlicher. Aber männlich. Hätten die Polizisten nicht anderes reagieren müssen? Selbst wenn er nur ein kleiner Dieb war, hätten sie ihn doch verhaften müssen und die Aussage von ihr zu Protokoll nehme. Alleine schon, wenn er doch etwas geklaut hätte und dies erst später dem Grafen aufgefallen wäre. Der schien ja zu dieser Zeit nicht in seiner Villa gewesen zu sein. Aber wenn es alles nur Hirngespinste von Lissy waren? Sie nur eine alte einsame Frau war, die Gespenster sieht. Und die schweren Sachen, die nachts in die Villa getragen wurden, einfach nur neue Kunstgegenstände waren?

Diese Villa lief vor goldenen Sachen schon über und diese zig Bilder von Leuten, zu denen der Graf angeblich familiäre Bindungen hatte.

Und dann stand sie wieder am Anfang ihrer Gedanken. Diese vielen Gegenstände, kleine, große, allesamt wertvoll. Niemals hätte der Graf im ersten Augenblick erkennen können, ob was fehlt und wie hätten es dann diese Polizisten wissen sollen?

Es schien ihr immer klarer, dass Lissy keine Lügnerin war, sondern wie sie eine aufmerksame Frau, die mitten im Leben steht, der man kein `X´ für ein `U´ vormachen konnte.

Amalie sah suchend auf das tosende Meer hinaus. Hohe Wellen schwappten auf den Sandstrand, einige Möwen stritten in den letzten Wasserpfützen, die sich immer mit der Ebbe bildeten und nun langsam von der Flut verschlungen wurden.

Nanu, diese Kombination aus blauer Jeans und olivenfarbiger Jacke kam ihr doch bekannt vor. Ihr Tischnachbar schlenderte am Strand herum, und als er sie sah, winkte er ihr zu. Amalie winkte zurück, dann ihm zu, dass er zu ihr kommen sollte.

>>Was wollen Sie?<<

Der Wind zerzauste sein blondes Haar.

>>Setzen Sie sich doch.<<

Etwas verwundert setze er sich zu der alten Dame, rieb seine kalten Finger ineinander und sah sie fragend an.

>>Hatten Sie einen schönen Nachmittag?<<, fragte Amalie ganz scheinheilig.

Er nickte.

>>Die Villa hat einen schönen Garten, nicht?<<

Er stutze einen Moment. >>Weiß ich nicht, ich war nicht an dieser Villa.<<

>>Die Meeresluft tut gut, hm? Besonders bei Ihrem Asthma,<< redete Amalie einfach weiter.

>>Ja, ja, es gibt nichts Besseres, sagt mein Arzt auch.<<

>>Schön, scheint ja auch schnell geholfen zu haben.<<

Er sah sie mit seinen blauen Augen streng an.

>>Sie husten nie, nicht mal morgens, wenn Sie aufstehen. Einen Inhalierer haben Sie aber, oder?<<

>>Ja, es geht mir bedeutend besser. Meinen Inhalierer brauche ich gar nicht mehr.<<

>>Asthma kann ja sehr tückisch sein, das meldet sich nicht an. Aber wenn die Seeluft Ihnen so sehr geholfen hat und ein Hotel ohne Ärzte als Kursanatorium ausreicht, finde ich schön für Sie.<<

Bastian fühlte sich nicht sonderlich wohl neben der alten, ziemlich neugierigen Frau.

Er verabschiedete sich schnell. Angeblich hatte er noch etwas Wichtiges zu erledigen.

Was auch immer er so Wichtiges zu erledigen hat, dachte Amalie schelmisch und ihr Mund verzog sich zu einem kecken Grinsen.

Kapitel 4:

Paul

Am nächsten Morgen wurde Amalie von einem heftigen Husten aus dem Nachbarzimmer geweckt. Es hörte sich an, als ob jemand sich mit aller Gewalt die Lunge aus dem Körper pressen wollte.

>>Goedemorgen<<, begrüßte Bastian seine Tischnachbarin im Frühstücksraum am gemeinsamen Tisch.

>>Es geht Ihnen heute schlechter?<<, fragte Amalie und versuchte dabei besorgt zu schauen. Ihr verschmitztes Lächeln verriet ihre wahren Gedanken jedoch. Bastian betrachtete sie irritiert, dann nickte er mit einem mitleidvollen Gesichtsausdruck.

>>Wenn man vom Teufel spricht<<, und legte einen Inhalierer demonstrativ auf den Esstisch.

Aha, das hatte er also gestern so Wichtiges zu erledigen.

>>Ihr Husten, einfach schlimm, Sie sollten öfters Ihren Apparat benutzen.<<

Er pullte ungeschickt mit seinen Fingern ein Brötchen auf.

>>Nein, hab ich schon gemacht, heute Morgen. Der hiesige Arzt stimmt meinem da zu.<< Als wolle er seine Aussage beweisen, atmete er tief ein. >>Hören Sie, ganz frei.<<

Amalie stellte ihre Kaffeetasse auf den Tisch zurück.

>>Nein, nein, junger Mann, das hört sich gar nicht gut an. Sie unterschätzen die Meeresluft. Ja, sie ist salzig und

gesund, aber auch kalt und gefährlich für die Lungen. Ich höre ein klares Rascheln beim Einatmen.<<

Bastian sah sie prüfend an. Rascheln beim Einatmen?

>>Bestimmt nicht, alles frei.<<

>>Machen Sie einer alten Frau nichts vor. Es ist keine Schande als junger Mann schon gesundheitliche Probleme zu haben.<< Sie schob den Inhaliere näher zu ihm hin. >>Nun machen Sie schon. Mich stört es nicht und Ihnen geht es dann gleich besser.<<

Was sollte er machen? Er nahm ihr zwar die liebe alte Frau nicht ab, schon gar nicht, wenn er in ihre wachen, linkischen Augen schaute, und dieses Grinsen, aber seine Tarnung durfte nicht auffliegen. Umständlich drehte er an diesem fremden Apparat herum, etwas war mit einem Ratsch eingerastet.

Er umschlang mit seinen Lippen die Mundspitze und drückte auf den Auslöser... er hätte kotzen können! Sprang vom Stuhl auf. Innerhalb von Sekunden konnte er tief bis in seinen Allerwertesten Atem fassen. Luft in Gegenden seines Körpers, wo noch nie zuvor Luft gewesen war.

Seine Lunge blähte sich auf. Alles, wirklich alles war frei. Er krümmte sich vor Husten, der mehr klang, als umarmte er die Toilette gerade. Sein Mageninhalt fuhr die Speiseröhre wieder hoch, die Magensäure brannte, das Stückchen Brötchen schilderte aus dem Mund und der Schluck Kaffee suchte die Freiheit über seine Nase. Ein Höllen-Trip! Ihm wurde schwindelig, sein Herz raste, der Puls kochte und sein Husten glich einer Revolver-Salve.

Erst Minuten später sank er mit hochrotem Kopf auf seinem Stuhl zurück. Sein Hals brannte dank der Magensäure und die Nase zwiebelte dank des schön heißen Morgenkaffees rückwärts getrunken.

Seebär und die anderen Gäste guckten besorgt rüber.

>>Soll ich einen Arzt rufen?<<

Amalie winkte abweisend zu Seebär rüber. >>Nein, nein, der junge Mann hat sich nur die Lunge frei gehustet. Nicht? Ist doch bei einem Asthmakranken normal, oder? Das war nur die ärztlich empfohlene Morgendosis.<< Sie konnte sich ein breites Grinsen nicht verkneifen.

Gott, du altes Biest, du elendiges altes Zankeisen, dachte Bastian. Rutschte auf seinen Stuhl wieder hoch, versuchte eine vernünftige Haltung einzunehmen und lächelte verschämt die anderen Hotelgäste an.

>>Nein, alles gut<<, krächzte er heiser.

>>Das haben Sie doch mit Absicht gemacht!<<, brüllte er hinter Amalie her, die sich nach dem Frühstück einen Spaziergang am Meer gönnte.

Es war ein herrlich schöner Morgen, die Sonne schien und kein kalter Wind störte sie dabei. Sie drehte sich zu der meckernden Stimme um.

>>Ich weiß gar nicht, was Sie wollen!<<

Doch wusste sie! Bastian lief zu ihr, packte sie fest an der Schulter. >>Das mit dem Inhalierer meine ich!<<

>>Wieso? Als Atemkranker sollten Sie halt vorsichtig mit Ihrer Gesundheit sein. … und wenn Sie auch noch unter Pollen leiden, nicht zwischen Büschen herumturnen.<<

Ihre Stimme war nadelspitz, geradezu frech.

Er packte sie an der Hand und führte sie zu einem der wenigen noch am Strand verbliebenen Strandkörbe, die bei diesem Wetter keine Besucher hatten.

>>Gut, ich war an der Villa, und? Was soll das schon heißen. Hab ich es mir eben anders überlegt.<<

Sie sah ihm tief in seine blauen Augen. >>Sie können den lieben Gott anlügen, aber nicht eine kluge Frau.<<

>>Ich hab mir nur die Pflanzen angeguckt...<<

Amalie unterbrach sofort seinen Versuch, sich mit flüchtigen Ausreden rausreden zu wollen. Sie empfand das Verhalten des jungen Mannes schlicht unhöflich und respektlos ihr gegenüber.

>>Sie sind im Garten umher geschlichen und wollten nicht gesehen werden. Aber wir haben Sie gesehen...<<

>>Wer ist wir?<<, fiel er ihr barsch ins Wort.

>>Ist doch egal, wenn Sie nur die Pflanzen interessiert hat. Spielt das doch keine Rolle, oder?<<

Böse Falle. Er biss sich auf seine Unterlippe. Wie konnte er ihr jetzt die zweite Person entlocken ohne etwas von seinem wahren Grund zu erzählen?

Er räusperte laut auf.

>>Oh, schon wieder Atemprobleme? Sie sollten öfters Ihren Apparat benutzen <<, grinste Amalie ihn keck an.

>>Nein, ich habe genug Luft! Genügend für den Rest meines Lebens! Selbst mein Allerwertester weiß jetzt, wie sich Sauerstoff anfühlt!<< Seine Stimme zischte wie eine angriffslustige Schlange.

>>Also, ich sage Ihnen, warum ich hier bin, aber nur, wenn Sie mit niemanden darüber reden,<< sprach er weiter und versuchte dabei ruhig und gelassen zu sein. Was ihm in Gegenwart der kiebigen alten Lady sehr schwerfiel. Amalie guckte ihn erwartungsvoll an.

>>Ich bin Biologe und im Garten von der Villa vermuten wir eine neue...<< Er überlegte kurz aber angestrengt. >>Schmetterlingsart. Ja genau. Das ist noch geheim und wir wollen auch erst an die Öffentlichkeit, wenn wir ganz sicher sind. Deshalb muss ich wissen, wer mich auch noch gesehen hat. Das verstehen Sie doch?<<

Im Herbst, fast schon Winter nach Schmetterlingen suchen? Hatte er nicht gerade noch behauptet, nur Interesse an den Pflanzen gehabt zu haben?

>>Ihr hochwohlgeborenes Fräulein von der Klippe.<<

>>Wer?<<, schrie der Kommissar gereizt auf.

>>Ihr hochwohlgebornes...<<

>>Wollen Sie mich verarschen?<< Wütend sprang Bastian aus dem Strandkorb und baute sich vor der alten Frau breitbeinig auf.

Sie sah ihn mit einem milden Lächeln an.

>>Was glauben Sie, wie lange wird es dauern, bis alle Strandspaziergänger sich hier einfinden, wenn ich ganz laut schreie. Ich arme alte Frau. Belästigt von einem rüpelhaften jungen Mann. Und verarschen kann Sie nur ihres Gleichen. Da wo ich herkomme, spricht man kultiviert. Verstehen Sie mich?<<

Hinterhältiges Biest, dachte Bastian. Aber wo sie recht hatte, hatte sie recht. Selbst wenn er sich als Kommissar zu erkennen geben würde, hieß es, junger Kommissar belästigt kleine alte wehrlose Urlauberin. Inclusive Beleidigung. Obwohl er sich sicher war, dass diese kleine ältere Urlauberin alles andere als wehrlos war.

Lügen und Ausreden? – nicht bei dieser Frau. Diese Lady war mit allen Wassern gewaschen. Von der konnte er höchstens noch was lernen. Und auch Bruin. Hotel bei einem Asthmakranken. Normaler Urlauber wäre glaubhafter gewesen und vor allem weniger aufgefallen. Aber es konnte ja niemand ahnen, dass er so eine Tischnachbarin bekommen würde.

Widerwillig setze er sich wieder zu ihr in den Korb, kramte in seiner Jackentasche und zeigte ihr seinen Dienstausweis.

>>Ist der echt?<<

Er guckte sie genervt an. >>Nee, habe ich gerade aus einem Keks gebastelt!<<

>>Junger Mann, einen anderen Ton. Ich könnte Ihre Mutter sein!<<, herrschte sie ihn an.

Mutter? Wohl eher Großmutter! Bastian schmunzelte verträglich, flüsterte: >>´tschuldigung.<<

>> Seit wann verhaftet die Polizei Schmetterlinge?<<

Bastian war sicherlich nicht ein Meister in Nerven bewahren und kommentierte diese dreiste Frage mit drei arrogant lang gezogenen: Ha! Ha! Ha!

>>Oder sind Sie wegen dem Toten hier?<<

Das musste er ihr lassen, sie war immer ein Schritt schneller, als er sie laufen sehen wollte.

>>Sagen Sie mir nun, wer mich auch gesehen hat, bitte?<<

Auch wenn er in ihren Augen eher ein angriffslustiger dummer Junge war, er war von der Polizei.

>>Sie heißt Lissy Wied und wohnt gleich neben der Villa in einem alten Steinhaus. Sie sprach mich bei der Kaffeerunde einfach an. Wissen Sie, warum?<<

Woher sollte er?

>>Weil ich klar zu verstehen gab, was ich von diesem Grafen und seinem Kitsch-Schloss hielt. Sie lud mich zu einem Kaffee zu sich ein und hat mir erzählt, dass seit einiger Zeit komische Dinge in der Villa passieren und dass vor gut einem halben Jahr ein Landstreicher schreiend aus der Villa lief und behauptet hat, der Graf wolle ihn mit einer Axt ermorden. Lissy hatte die Polizei gerufen, weil sie einen Einbruch vermutet hatte. Aber die Polizei hier spielte alles runter, die wollte am anderen Tag nicht mal ein Protokoll schreiben. Alle hier halten sie für eine alte schrullige Frau.<<, erzählte sie dem jungen Kommissar.

>>Und was halten Sie von ihr?<<, horchte er sie aus.

>>Ich weiß es nicht. Eigentlich finde ich, sie hat Ähnlichkeit mit mir. Ich habe über ihre Geschichte nachgedacht. Sie könnte stimmen. Sicherlich hat sie recht, dass nur ein dummer Einbrecher Licht an machen würde. Das mit dem Licht kam ihr eigenartig vor.<<

>>Und warum erzählt sie das alles einer Fremden?<<, fragte er sie weiter aus. Hinter ihrer Kaffeebekanntschaft schien mehr zu stecken. Und er konnte in dem Fall jede noch so kleine Information gebrauchen.

>>Weil sie eine Zugereiste ist und die Leute meinen, sie wolle den Dorffrieden stören. Die loben diesen Grafen in den Himmel.<<

Bastian überlegte und sortierte in seinem Kopf, was Amalie ihm gerade anvertraut hatte. >>Wenn ich Sie jetzt richtig verstanden habe, hat diese Lissy Wied vor einem halben Jahr die Polizei wegen eines Einbruches in der Villa gerufen. Der vermeintliche Einbrecher hatte dann Angst, mit einer Axt erschlagen zu werden und die Polizei vor Ort hat nichts von diesem Fall aufnehmen wollen?<<

>>Ja, so hat sie es mir erzählt. Und das sie das Licht in der Villa eigenartig fand.<<

Bastian schüttelte seinen Kopf energisch.

>>Kann nicht wahr sein!<< Er guckte ihr tief und ernst in die Augen. >>Jetzt müssen Sie mir wirklich versprechen, mit niemanden über mich und dem allen zu sprechen.<<

In diese schönen blauen Augen hätte sie alles versprochen...

...und außerdem war eins sicher, dieser unbeholfene junge Mann brauchte tatkräftige kriminalistische Unterstützung.

Bastian kochte innerlich vor Wut. Diese Deppen in Uniform! Hier ist ja nie was los! Nur einige schusselige Urlauber, die mal ihre Autoschlüssel verlieren.

Er schlug die Eingangstür der Polizeistelle mit Wucht auf. Boer und Overman guckten erschrocken hinter einigen Seiten der Tageszeitung hervor, die sich teilten.

>>Hier ist also in letzter Zeit nichts Außergewöhnliches passiert?<<, brüllte er sie an.

Boer guckte Overman an, Overman Boer und dann zuckten beide bloß mit den Schultern.

>>Ihr macht mich wahnsinnig! Was war mit dem Mann, den ihr in der Villa von diesem Grafen festgenommen habt?<<

>>Ach der?<<, winkte Overman lässig ab. >>Das war doch nur ein kleiner Fisch. Der hatte sich hier runter verlaufen.<<

>>Kann ich den Bericht haben?<<

Bericht? Es gab keine Berichte hier und nur eine Art Tagebuch, in dem die zwei ihren Wochenablauf festhielten.

Bastian schlug mit der Faust hart auf einen der Schreibtische ein. >>Wo bin ich hier? Wer hat euch zwei Helden zu Polizisten gemacht?<<

>>Ich weiß gar nicht, wo Ihr Problem ist. Wir haben den Mann festgenommen. Er hat gestanden, es ist nichts geklaut worden und wir haben ihn gehen lassen und seitdem ist er nicht mehr aufgetaucht,<< verteidigte Overman die gut funktionierende Ordnung in ihrem Polizeibüros.

>>Und wenn er nicht mehr auftauchen kann!<<, keifte Bastian und spürte, wie seine Nerven im Gehirn Feuer fingen.

>>Wieso, wir wissen nichts von einem Badeunfall. Bei den Temperaturen geht doch keiner im Meer schwimmen. Stadtmenschen!<<, brummte Boer, ohne von seiner Zeitungsseite hoch zuschauen.

Gott, wo bleiben meine Nerven?!

>>Laut einer Zeugenaussage hat sich dieser Mann bedroht gefühlt. Der Graf habe versucht ihn in der Villa mit einer Axt zu ermorden!<<

Overman lachte auf. >>Ach, die Geschichte haben Sie bestimmt von der Alten da oben! Herrje, die sieht doch Gespenster. Die behauptet auch, dass bei unserem Grafen in der Villa komische Dinge passieren. Aber das haben wir schon unter Kontrolle.<<

>>Wie unter Kontrolle?<<

Als ob diese Schnellmerker überhaupt wussten, was Kontrolle bedeutet.

>>Na ja, wir haben ihr höflich zu verstehen gegeben, dass sie mit diesen Märchen aufhören soll. Und wer hätte denn der Mörder sein sollen? Das Haus war leer, wir haben selber nachgeguckt. Da war niemand und diese Frau Wied hat sogar bestätigt, dass der Graf mit seinem Fahrer an der belgischen Grenze war. Dann ist das Haus menschenleer, darum.<<

>>Kümmert sich denn niemand um die Villa?<<

Overman schüttelte abweisend seinen Kopf.

Das kam Bastian eigenartig vor. Eine Villa voll mit Schätzen alleine in den Dünen. Das spricht sich doch rum. >>Auch ihr nicht? Hat der Graf niemals darum gebeten, wenigstens vorbei zu schauen?<<

Nun schüttelten beide verneinend ihre Köpfe.

>>Nein, der Graf will niemanden zur Last fallen, das ist ein ganz Netter. Der ist vom Stamm `gib´, kein Nehmer, wenn Sie verstehen? Wir haben ihn auch nicht mit dieser dummen Geschichte belästigt. Witzig war auch die Story von dem Penner. Angeblich hörte der ein Wimmern im

Haus. Wer soll den dort wimmern, wenn niemand da ist...<<, lachte Boer Bastian an als hätte er einen tollen Witz erzählt.

>>Ich bring euch beide um!<<, schrie Bastian blitzartig mit hochrotem Kopf auf. >> Nichts hier los? Ein Mann wird mit einer Axt bedroht. Er hört ein Wimmern in einer leeren Villa und kein halbes Jahr später findet man einige Meter von hier eine Leiche! Zufällig die eines jungen Mannes! Eines Jugendlichen! Eines Kindes! Und ihr Experten seht darin keinen Zusammenhang?<<

>>Nee, wieso? Ist doch ein halbes Jahr und der Tote ist doch noch ganz frisch.<<, wunderte sich Boer und schaute Overman fragend an. Er konnte überhaupt nicht verstehen, warum sich Bastian so aufregte. Von einem Kommissar hatte er stärkere Nerven erwartet. Und ein bedachtes Wesen.

>>Vielleicht kam aber das Wimmern von ihm?<<, brüllte Bastian zurück mit dem letzten Hauch von einem intakten Nervenkostüm. Dieses kampfunfähige In-Sich-Ruhen beider Kollegen machte ihn wahnsinnig. Die begrüßten sich morgens mit einem entspannenden `Ohm´ und verabschiedeten sich mit einem selbigen.

Overman nahm eine aufrechte Haltung in seinem Stuhl an. >>Nun hören Sie mal. Nicht bei dem Grafen van het Brucht. Da leg ich meine Hand für ins Feuer. Gut, da war dieser kleine Penner mit seiner Axtgeschichte, aber er hat nie und nimmer was mit diesem Mord zu tun.<<

>>Und wie hieß dieser angebliche Penner?<<

>>Wer?<<

>>Der Dieb aus der Villa!<<

Musste man denen denn alles aus der Nase ziehen?

Overman guckte zu Boer rüber. >>Keine Ahnung, danach haben wir ihn nicht gefragt.<<

Gott, gib mir nicht nur neue Nerven, sondern auch die Kraft, dass ich diesen Helden nicht nach dem Leben trachte!

Hier war nichts so, wie es sein sollen und deshalb ging Bastian einfach aus der Polizeistation ohne ein weiteres Wort zu verlieren. Und die beiden ließen ihn auch ohne ein weiteres Wort gehen. Wozu auch noch mehr Nerven vergeuden? Hier hätte jedes Kind ihm besser helfen können.

Bastian lief mit eiligen Stritten die Strandpromenade herunter. Kühler Wind preschte in sein erhitztes Gesicht. Keinen Blick für die Pavillons. In Gedanken war er noch ganz bei diesen Hohlköpfen und ihrer so fachmännischen Arbeitseinstellung als plötzlich sein Handy klingelte.

>>Bastian?<<, hörte er Bruins Stimme.

>>Es gibt ein zweites Opfer, wieder hier an diesem See in Kennemerland. Nur einige Meter weiter tiefer ins Gebüsch abgelegt.<<

Bastian blieb stehen, presste das Handy dichter ans Ohr.

>>Spaziergänger haben ihn heute Morgen gefunden. Ihr Hund hatte die im Schlamm versteckte Leiche ausgespürt.<<

>>Wieder ein Jugendlicher?<<

>>Eher noch ein halbes Kind, aber mit diesen Malen an den Unterarmen und am Hals. Auch ihm hatte man das

Blut quasi per Hahn raus gezogen. Es gibt bis jetzt nur einen Unterschied, eine schwere Wunde an seinem linken Arm, wie von Fesseln.<<

>>Hat er auch einen Teddybär im Arm gehabt?<<

>>Ja, der war zwar durch Schlamm sehr in Mitleidenschaft gekommen, aber auch er hatte einen rosa Teddybär im Arm und lag dort wie ein Kind, das man schlafen gelegt hatte. Nur der dunkle Schlick störte seine Ruhe. Aber er passt genau ins Schema und müsste dieser Paul sein, der vermisst wurde. Aber dieser Spur gehen wir noch nach. <<

Bastian guckte wütend zum Himmel hoch. Dunkle Wolken, gleich seinen Gedanken, breiteten sich über der hellen Sonne aus.

>>Und ich bin hier umgeben von Idioten!<<

>>Warum?<<, erkundigte sich Bruin.

>>Weil ich so nebenbei erfahren habe, dass vor einem halben Jahr hier ein Einbrecher mit einer Axt bedroht wurde.<<

>>Kann ja sein, dass der Hausherr sich verteidigen wollte.<<

>>Nein, angeblich war es dieser Graf, dem die Villa gehört. Aber der war laut diesen Dorfhelden gar nicht im Haus. Die behandeln ihn wie einen Heiligen. Lassen nichts auf ihn kommen. Van het Brucht heißt der und ist so durchgeknallt. Er verreist ständig und lässt seine Villa und seine Schätze ohne Aufsicht. Niemand, der sich kümmert. Begreif ich nicht.<<

>>Schön, und was hat das mit den Toten zu tun?<<

>>Man, lass mich ausreden, ich bin eh genug genervt! Der hat ein Wimmern in dieser Villa gehört! Kann das nicht von einem der Opfer gewesen sein?<<

Bruin antwortete nicht sofort.

>>Bist du noch dran? Kannst du dafür sorgen, dass ich mir diese Villa mal genauer angucken kann?<<

>>Die Villa von Graf van het Brucht?<<, murrte Bruin vor sich her. >>Graf van het Brucht aus Zandvoort. Das dürfte schwer werden, denn der versteht sich gut mit einigen hohen Tieren hier in der Umgebung. Er ist ein großer Spender, wenn es um die Bahnhofsratten hier in Amsterdam geht. Die lachen alle mal gerne mit ihm in die Kamera, um den eigenen guten Ruf zu polieren…<<

>>Heißt das Nein?<<, donnerte Bastian ins Handy.

>>Ich kann es versuchen, wie gesagt, wird schwer werden. Wunder mich, dass du den Namen nicht kennst!<<

>>So einen Unsinn lese ich nicht!<<

Eigentlich las er überhaupt nie was.

>>Hast du sonst was in der kurzen Zeit rausbekommen?<<

Bastian atmete schwer ein und aus. >>Nein, nicht wirklich. Nichts Halbes und nichts Ganzes.<<

>>Gut, dann melde ich mich, wenn ich mehr von dem Toten oder dem vermissten Jungen erfahren habe.<<

Bastian hörte in Klick in der Leitung. Enttäuscht, genervt und wütend über die zweite Leiche schlug er gegen einen Laternenpfahl.

So ein verfluchter Mist. Eine Spur, der er nicht folgen konnte, weil dieser Graf von Protz und Co gute Bekannte in Amsterdam hatte. Zwei Poldertrottel, die Hinweise verschusselten und sonst nichts in der Hand. Und als Zugabe eine zweite Leiche, ein Kind, das erst niemand wirklich vermissen wollte und von der ersten Leiche hatten sie auch nur eine Handvoll Informationen.

Steven, gerade mal 17 Jahre alt. Rumgereicht von einer Pflegefamilie zur nächsten, dazwischen wieder zurück ins Heim und lebte zuletzt in einer betreuten Einrichtung bei Rotterdam. Wenn er denn mal da war. Er war ein Meister im Ausbrechen und Verschwinden.

Wohin verschleppten sie die Kinder?

Wann würden sie den nächsten toten Körper finden?

Wenn er etwas nicht hatte, dann war es Zeit!

Kapitel 5:

Tom

Amalie machte sich schon früh auf, um Lissy zu besuchen.

Nach einer knappen Viertelstunde zu Fuß durch die idyllische Innenstadt hatte sie die Sandstraße, die zur Villa führte, erreicht. Von einem tückischen Weg konnte sie nichts erkennen, da hatte Seebär aber mächtig übertrieben. Ganz im Gegenteil, die Straße war gut zu begehen und sie folgte der Abzweigung zum alten Steinhaus.

Sie klopfte an die Haustüre und drehte sich zur Villa. Von hier aus konnte man wirklich kaum was sehen, nur vielerlei erahnen. Sie sah zu den Fenstern hoch. Der Blick von dort aus schien auch nicht besser zu sein. Einen Dachboden gab es nicht. Das Haus wurde vom Dach eingenommen und jeder verfügbare Zentimeter zum Wohnen benutzt. Sie fragte sich, wie alt wohl diese Hütte sein und warum sie vom Stil her gar nicht den typischen Landhäusern entsprach.

Sie klopfte abermals, rüttelte an der Tür.

>>Ja, ja, ich komme schon...<<, hörte sie ein Flüstern hinter sich. Wie auf Zehenspitzen tippelte Lissy über die kleine Wiese vor ihrem Haus.

>>Nicht so laut.<<

>>Warum muss ich denn an Ihrer Türe leise sein?<<, flüsterte Amalie zurück.

Lissy schloss ihre Haustüre auf.

>>Weil ich sehen wollte, was dort an der Villa passiert.<<

Pad, eine fragwürdige Gestalt und seines Zeichens der Fahrer des Grafen, lud einige Koffer in die dunkle Limousine.

>>Haben Sie auch an meine Tasche mit der Kosmetika gedacht?<<, rief der Graf ihm von einem Seitenfenster aus zu. Laut genug, dass die zwei Damen es im Steinhaus hören konnten.

>>Kosmetika? <<, kicherten sie.

>>Bitte, vergessen Sie nicht wieder meine Fellhausschuhe. Im Familienschloss ist es sehr kalt um diese Jahreszeit! Aber die mit dem Kaninchenfell bitte. Sie wissen doch, wie empfindlich meine Füße sind!<<

>>Hier kann man ja jedes Wort hören.<< Amalie war begeistert.

>>Ja, aber fast nichts sehen, dafür muss ich mich immer unter den Büschen verstecken, was in meinem Alter auch nicht mehr so leicht ist .<<

>>Auch Probleme beim Runterkommen?<<

>>Nein, eher beim Hochkommen,<< antwortete Lizzy und stellte eine Kanne mit frischen Tee auf den Esstisch.

>>Haben Sie auch die Decken für meine armen Kinder vom Bahnhof?<<

>>Ja-ha!<<, murrte Pad zurück.

>>Auch die schöne Kleidung, die wir gesammelt haben?<<

>>Ja, und die Presse ist auch informiert und wird um Punkt 14 Uhr am Bahnhof sein.<<

>>Ach, die Presse, die Presse...<<, fiel ihm der Graf ins Wort und trug einen kleinen Karton in seinen Wagen.

>>Als ob ich das alles für die Presse mache. Diese Geier, nein, mir ist es eine Herzensangelegenheit.<<

>>Der Graf fährt also wieder zu seinem Familiensitz nach Belgien?<<, fragte Amalie, als die Stimmen aus dem nachbarlichen Villenvorgarten verstummten.

>>Und wie ich vor einigen Tagen am Markttag erfahren habe, bleibt er gute zwei Monate dort. Angeblich hat er was Geschäftliches zu erledigen. Pad, sein Fahrer, hat es dem Pfarrer erzählt. Aber er hat ihm nicht gesagt, was. Und der Narr hat ja auch nicht gefragt.<<

>>Geht der Graf eigentlich auch runter ins Dorf?<<

Amalie atmete den frischen Teeduft ein. Lissy rührte in ihrer leeren Tasse verspielt mit einem Löffel herum.

>>Manchmal, aber nicht, wenn Markt ist, dann schickt der Pad zum Einkaufen. Solche einfachen Dinge macht ein Graf nicht. Er geht aber schon mal spazieren und seine graziöse Körperhaltung kann man schon vom Weiten erkennen.<< Lissy versuchte seine graziöse Körperhaltung nachzumachen, aber sie stand vor Amalie wie ein verdrehter Affe, der nicht mehr wusste, wo vorne und hinten war.

>>Er grüßt uns dann in seiner freundlichen, übertriebenen Art. Wie gut wir doch aussehen und er, wie die Jahre ihm mitgespielt haben. Der arme alte Mann. Alt werden scheint für ihn eine Qual zu sein, aber die Parfümerie vor Ort verdient sich eine goldene Nase an ihm. Er lässt keinen Versuch und keine Creme aus, um wieder jung auszusehen, der alte Pfau mit seiner ausgetrockneten staubigen Haut <<, lästerte sie mit spitzer Stimme.

>>Dann steht die Villa leer?<<

Lissy zog das silberne Tee-Ei aus der Kanne und schenkte Amalie ein.

>>Ja, dann ist niemand hier. Er hat außer Pad kein Personal. Ist ja auch nicht so billig und der alte Kasten wird schon genügend Geld verschlingen. Ich wohne jetzt seit…<<, sie dachte einen Moment angestrengt nach, als sei ihr der Gedanke entfallen. >>Etwas weniger als einem Jahr hier. Und offiziell passt dann niemand auf, was ich aber nicht glaube.<<

>>Warum auch? Eine Villa voller Schätze, einsam und verlassen, da kann er seinen Besitz ja gleich aus dem Fenster schmeißen, kommt dann auch weg. Hat er denn Sie nie gefragt? Sie wohnen doch gleich da neben.<<

Diese lockere Einstellung zu seinem Besitz wunderte Amalie schon. Sie selbst hatte ihre kleine Wohnung fachmännisch verriegelt. Einbruchsicher!

>>Nein, komisch, nicht? Er ist sogar mein Vermieter. Viel will er aber nicht haben, der Menschenfreund. Diese Hütte gehört zu seinem Anwesen, aber er kümmert sich nicht darum. Gut, er bezahlt den Handwerker, wenn mal was kaputt ist, aber ansonsten bucht die Bank meine Miete ab und das ist auch der einzige Kontakt, den er zu mir pflegt.<<

>>… und Ihre Villenbesuche!<<, grinste Amalie breit über ihr ganzes Gesicht.

>>Aber ich glaube nicht, dass es ihm recht ist. Er hat es mir noch nie verboten, er guckt nur immer so verdutzt.<<

Amalie nahm sich einen Keks und tunkte ihn in den Tee. >>Ist es denn dunkel in der Villa? <<

Lissy verzog ihren Mund spitz und noch spitzer als Amalie mit langen Fingern einen Keks nach dem anderen aus der Dose fischte und im Tee ertränkte.

>>Weiß ich nicht so genau, also ich meine, ab und zu schwaches Licht zu sehen. Aber ich bin mir nicht sicher, ob es nicht einfach nur Mondlicht ist, das sich in den Fenstern spiegelt.<<

>>Hört man was?<<, schmatzte Amalie unbekümmert weiter.

>>Dieser alte Kasten mit samt meiner Hütte flüstert ständig. Es kracht hier, es knackt dort. Manchmal glaube ich sogar schon an Geister.<< Sie kicherte und versteckte ihr rot werdendes Gesicht in ihren Händen. >>Dann höre ich Stimmen, die aus dem Keller kommen, dabei habe ich gar keinen Keller.<<

Amalie nahm die Keksdose und schüttelte sie, so, dass die unten liegenden Kekse nach oben rutschten. >>Diese Stimmen können auch aus der Villa kommen, die hat doch bestimmt einen guten Hall.<<

Lissy antwortete nicht, sondern beobachtete weiter, wie Amalie sich mit den Keksen vergnügte. >>Sie wissen schon, dass es in Holland als unhöflich angesehen wird, mehr als einen Keks zu essen?<<

Amalie guckte belustigt über ihre Brillengläser hinweg zu ihr rüber. >>Sie wissen schon, dass es in Deutschland als unhöflich angesehen wird, nicht mehr als einen Keks zu essen. Noch Tee da?<<

Als der Graf den Amsterdamer Bahnhof mit seiner Limousine erreichte, wartete dort schon ein

Empfangskomitee auf ihn. Einige gut betuchte Geschäftsleute hatte es sich nicht nehmen lassen, ihn persönlich zu begrüßen und dabei mit samt dem großen Gönner in eine der Pressekameras zu lächeln. Eilig packten ihre Angestellten die Kartons und Säcke aus und liefen brav hinter ihnen her, umgeben von den Fotografen, in den Bahnhof. Pad folgte ihnen schlecht gelaunt.

Von Jahr zu Jahr, von Besuch zu Besuch wurde dieses Schauspiel immer wilder. Anfangs interessierte sich niemand für die Spendenfreude des Grafen. Doch im Laufe der Zeit erkannte die Spitze der Stadt und des Landes, dass man hier gute Eigenwerbung machen konnte und aus der Versorgung der armen Kinder, wie der Graf sie nannte, wurde ein Presserummel, als sei ein Hollywoodstar vorbei gekommen.

Seine armen Kinder, der Graf nannte alle Armen vom Amsterdamer Centraal so. Er unterschied sie nicht nach dem Alter und er meinte auch nicht nur die Kinder und Jugendlichen, ihm waren alle gleich gut und willkommen. Er gab jedem was ab. Dennoch konnte Pad sich den Gedanken nicht verkneifen, dass neben dem wachsenden Presseinteresse auch die Armen ihm immer ausgesuchter vorkamen. An Laienschauspieler musste er denken. Artig und brav lächelten sie in die Kamera, wenn sie eine Decke oder etwas Kleidung bekamen. Niemand ekelte sich in irgendeiner Form vor diesen Subjekten und der Ort, an dem das Treffen stattfand, war jenseits der Orte, an dem sich die Bahnhofsratten wirklich aufhielten. Sie wählten einen gut aus. Es stank nicht nach altem Urin; die Geschäftsleute waren alle so glücklich über den Spender, noch glücklicher als die armen Seelen. In den Schaufenstern lag ihre Ware und so verkam die Aktion zu einer kostenfreien Werbesendung. Aber ihn fragte ja niemand. Er stand abseits, rauchte und schaute sich das Spektakel an.

Als der Graf seine gute Tat erledigt hatte und alle Fotos gemacht worden waren, stieg er mit einem frohen Herzen in seine Limousine ein.

>>Haben Sie gesehen, Pad? Alle haben mitgeholfen.<<

>>Ja<<, flüsterte er gleichgültig.

In welchem Traum lebte sein Graf eigentlich? Er merkte gar nicht, dass er nur ein Spielball in den Wünschen dieser hohen Tiere geworden war. Sicherlich nahm der Graf seine Spenden-Aktion ernst, all die anderen bestimmt nicht. Pad richtete den Innenspiegel so, dass er das Gesicht des Grafen sehen konnte. Zufrieden mit einem milden Lächeln saß er in seinem dunklen Ledersitz. Mit sich und der Welt im Reinen.

Er fuhr den Grafen in einen kleinen niederländischen Ort an der belgischen Grenze. Eine dieser Grenzstädte, in der die einen Häuser, dem einen Land und die anderen schon dem anderen gehörten. Die eine Straße gehörte zur Niederlande, die andere schon zu Belgien. Dort stand das Haupthaus seiner Familie. Das Familienschloss.

Der Graf mochte die Gegend hier. Das Wandern im eigenen kleinen Familien-Forst mit herber Natur. Er war kein `Meermensch´ und sichtlich froh, endlich wieder einige Tage meersalzfreie Luft schnuppern zu können.

Die salzige Luft ließe ihn vorzeitig altern, selbst die teuren Cremes könnten seine zarte Haut davor nicht schützen. Zu Altern sah er als Strafe Gottes an, als eine Gemeinheit des Teufels.

Pad hatte ihn nie gefragt, warum er nicht mit dem Zug fuhr, was sicherlich schneller und bequemer war. Es war sein Job und der Graf bezahlte gut. Pad fand seinen Chef einfach nur sonderlich. Er hasste das Meer, aber hielt sich diesen teuren Kasten dort. Er sah sich als edler Geist der Armen und war blind für die Wirklichkeit. Ein Träumer in der Welt der Realen. Er war angeblich ein Spross österreichisch-ungarischer Abstammung mit einem niederländischen Namen und sprach in einem grausamen Akzent und konnte sich nicht festlegen, welches seine Muttersprache war: Holländisch oder Deutsch und einige Worte in Französisch. Dazu dieser unendliche Kampf mit dem Altern. Für das Geld hätte man Wertvolleres kaufen können und jünger ist bis dato noch niemand geworden. Doch es war gut so, wie es war.

>>Wissen Sie schon, der Graf ist einige Wochen nicht in seiner Villa?<<, flüstere Amalie Bastian beim Abendessen leise zu. Er zog amüsiert die rechte Augenbraue hoch. >>Das weiß ich von Lissy.<<

>>Kaffäää?<<

Trudi knallte eine volle Kanne auf den Tisch und ging zum nächsten Tisch.

>>Kaffäää?<< Rums, die nächste Kanne hatte ihren Bestimmungsort erreicht.

>>Was glauben Sie, wie alt ist sie?<<

Amalie sah ihr hinterher. >>Keine Ahnung, ich weiß es nicht. Ich frage mich, an welch einer Art von Behinderung sie leidet.<<

>>Ob sie wohl mehr kann, als nur die Kannen rund bringen?<<

>>Mehr hab´ ich von ihr noch nicht gesehen. Bei den Zimmern hilft sie nicht mit. Tagsüber hört und sieht man sie nicht. Warum, vermuten Sie in ihr die Mörderin?<<

Er guckte sie belustig an, schob seinen halb vollen Teller von sich.

>>Keinen Hunger heute?<<

>>Nein, der Koch ist eine Katastrophe, hier schmeckt alles fad. Ich schau mich mal in der Pommesbude neben an um.<<

Dass das Essen nicht schmeckte, hatte Amalie noch nicht festgestellt. Eher, dass den jungen Kommissar etwas bedrückte. Auch hatte sie gehofft, die Abwesenheit des Grafen würde mehr Reaktion bei ihm auslösen als ein fadenscheiniges Interesse an Trudi.

Bastian war zu dem kleinen Büdchen neben dem Hotel gegangen und stocherte nun in seiner Pommesschale herum.

Die knusprigen Sticks lagen wie Blei in seinem Magen. Bruin hatte sich auch noch nicht gemeldet, also gab es noch keine Neuigkeiten von dem zweiten Toten und seine Hoffnung schwand, dass er einen Durchsuchungsbefehl für die Villa bekommen würde. Er war sich so sicher, dass die Morde etwas mit der Villa und mit diesem Grafen zu tun hatten. Aber eher brachte er einer Fliege das Tangotanzen bei, als dass er Unterstützung bekommen würde.

Nichts passte hier zusammen. Ein stilles Dörfchen am Meer, einfältige Leute. Ob er den Vorfall mit diesem

Penner zu ernst nahm? Vielleicht hatte der ja wirklich nur eine warme Bleibe gesucht, etwas zu essen und einige Wertgegenstände, die er später verhökern wollte.

Es ärgerte ihn, dass er nicht doch zu dieser Villenbesichtigung mitgefahren war, denn so hätte er ohne großes Aufsehen den Grafen in die Augen schauen können, sich selber ein Bild von ihm machen. Von seinem Garten aus hatte er ihn nicht sehen können. Er musste sich bei diesem Unbekannten auf die Meinungen Fremder verlassen, er hasste das. Zumal die einen ihn ablehnten und die anderen ihn vergötterten...

... und dass er sich darauf verlassen musste, dass diese Amalie seine Tarnung nicht auffliegen ließ, sorgte für weitere Magenschmerzen.

Es gibt Orte, an denen man nicht sein möchte. Orte, bei denen man glaubt, in einer anderen Welt zu leben.

Hässlich, schmuddelig, verwahrlost.

Entseelt, ausdruckslos, abgestumpft.

Grau in grau, ohne ein Zeichen von Menschlichkeit.

Es waren die dunklen Nebengänge des Hauptbahnhofes, die nie freiwillig ein normaler Fahrgast besuchte und aus denen man sich fernhielt, wenn man nicht Opfer eines Verbrechens werden wollte. Selbst die Polizei mied diese Orte, wenn sie konnte.

Hier hausten die Bahnhofsratten. Menschen, die nur der Abfall der Großstadt waren. Menschen, die nicht mehr zur Gesellschaft gehörten. Abschaum.

Wenn sich hier zweimal am Tag die Streife mit ihren Hunden sehen ließ, waren sie alle verschwunden. Denn wie richtige Ratten, kannten sie alle Schlupflöcher und Verstecke. Die Polizei war machtlos gegen die Bahnhofsmenschen. Sie konnten ihr Dasein nur ahnen und selbst wenn einer der Hunde mal anschlug, konnten sie die Ratte im Versteck nicht ausmachen. Wollten sie auch nicht.

Diese Nebengänge waren berühmt-berüchtigt. Hier hielt sich niemand auf, der nicht zu dieser besonderen Familie gehörte. Und hier zeigte auch keiner der Bahnhofsgeschäftsinhaber jemanden an, wenn er mal wieder beklaut wurde, denn die Rechnung folgte prompt.

Hier war das Reich der Straßenkinder, Penner und Billignutten, denen man die Geschlechtskrankheiten und Drogensucht schon vom Weiten ansehen konnte. Hier trieben sich schmierige Zuhälter und unterernährte Strichjungen herum. Hier war der Ort, an dem die Spendengala des Grafen nie stattfand und wo sich noch nie ein Direktor oder wichtiger Geschäftsmann hat sehen lassen. Hier wären die Decken, die Kleidung und die Zuwendung wichtig gewesen, aber hier konnte man keine Werbung für den saubereren Bahnhof mit samt den tollen Geschäften machen.

Tom zog den Kragen seines schmutzigen Anoraks über seinen Mund. Es war bitter kalt und der Wind peste in seinen Schlafplatz rein. Er lebte erst seit kurzem am Bahnhof. Deshalb stand ihm kein besserer Platz zu. Schließlich gab es auch hier eine Rangordnung.

Tom war von zu Hause abgehauen. Von seinen Eltern hatte er noch nie was gehört oder gesehen. Zuletzt hauste er bei seiner Oma, dessen einzige Beachtung ihrer ständigen Sammelleidenschaft galt. Sie brauchte alles und konnte sich von nichts trennen. Und niemanden interessierte es, dass Ratten und andere Viecher den verwucherten Garten ihr Eigen nannten und dass es überall stank wie eine Jauchengrube.

Genauso wenig interessierte sich jemand für Tom. Er war nur eine unnütze Seele. Ein schmächtiger Junge um die 15 Jahre, der nicht wusste, wohin und zu wem er gehörte. Ziellos war er durchs Land gereist. Manchmal hatte er Glück und LKW-Fahrer nahmen ihn ein Stück mit. Denen erzählte er die liebevolle Geschichte, er wolle seine Oma besuchen, vor der er doch geflohen war. Sie teilten mit dem netten Jungen dann ihr Essen. Wenn nicht, nun klauen konnte er schon seit seinem fünften Lebensjahr.

Wenn er auch nicht viel aus seinem jungen Leben bis heute gemacht hatte, Überleben, das hatte er schmerzhaft gelernt.

Oma? Dieses alte ungepflegte Miststück. Sie hatte ihm nie was über seine Eltern erzählt. Er wusste nicht, wer sie waren oder wie sie aussahen. Alles gab es in ihrem verwahrlosten Haus, nur keine Bilder seiner Eltern. Keinen einzigen Hinweis über sie. Jede dieser Bordsteinschwalbe hier hätte seine Mutter und jeder dieser stinkenden Penner hätte sein Vater sein können. Sie hatten ihn einfach nach seiner Geburt wie eine lästige Sache abgegeben. Tom taufte man ihn. Tom, einfach nur Tom ohne Familienname. Wo sollte der auch herkommen, er hatte ja keine Familie.

Er steckte seine Hände überkreuz in die Jackenärmel. Sie schmerzten in der Kälte. Sein Magen knurrte und er war müde, doch die Kälte ließ ihn nicht schlafen.

Von der großen Familie der Bahnhofsmenschen hatte er sich mehr versprochen. Keiner wollte mit ihm teilen. Die schenkten ihm nicht mal Beachtung. Er war der Neue, der sich seinen Platz erst erkämpfen sollte.

Er wollte einige Zigaretten schnorren, doch sie gaben ihn nur einen kräftigen Stoß, was so viel wie Hau ab, heißen sollte. Als er sich zu ihnen in eine windgeschützte Ecke setzten wollte, machte man ihm klar, er habe sich in den zügigen Winkeln zu verkriechen.

Scheiß dreckige Hurensöhne! Für ihn stand fest, gleich am nächsten Morgen würde er den Bahnhof verlassen und sich eine andere Bleibe suchen.

>>Ist dir kalt?<<

Tom grub sich etwas aus seinem Anorak hervor.

Vor ihm stand eine hagere Person mit feinen Gesichtszügen. Er nahm sein Parfüm war. Es roch gut und teuer. Klar war ihm kalt. Blöde Frage, wieso sollte ihm hier auch warm sein.

Der Mann hockte sich zu ihm, so dass er mit Tom auf gleicher Höhe war und in sein Gesicht gucken konnte.

>>Ich bin der Graf van het Brucht<<, stellte sich der Fremde vor und lächelte ihn freundlich an.

Tom konnte einen goldenen Zahn im Mund erkennen. Er hatte Mut, sich mit so einem Klunker hier blicken zu lassen.

Von diesem Grafen hatte er schon einmal flüchtig gehört. Obwohl ihn hier niemand kannte, hatte er mitbekommen, wie sie über ihn redeten: Die schwule Tunte sei wieder am Bahnhof gewesen. Der Idiot, der nicht merkt, dass er gelinkt wird. Der sucht bestimmt noch einen zum Arschbumsen. Hier hatte man keine guten Worte für den Wohltäter.

>>Weiß du, wer ich bin?<<

Tom grinste breit. >>Ja, der Messias des Bahnhofs.<<

>>Nein, kein Messias. Aber ihr Armen liegt mir am Herzen. Woher kommst du?<<

Tom sah sich um. Keiner der anderen schaute zu ihnen rüber. Auch wenn sie ihn nicht leiden konnten, den Neuen, war er sich sicher, wenn von diesem grotesken Typen vor ihm eine Gefahr ausgehen würde, dann würde sie eingreifen.

>>Von der deutschen Grenze,<< antwortete der Junge. Absichtlich ungenau. Was ging es einen Fremden an, woher er kam.

>>Möchtest du was Warmes trinken?<<

Er zog eine Thermoskanne aus seiner Umhängetasche und goss ihm einen Becher heißen Kakao ein. Ohne Argwohn nahm Tom den Becher und trank. Das tat gut. Er spürte seine Hände wieder, sein dünner Körper wärmte auf.

Der Graf setzte sich zu ihm in die windige Ecke.

>>Von der Grenze? Suchen deine Eltern dich nicht?<<

Er goss nach.

>>Nein, ich kenne meine Eltern nicht, bin ein Heimkind… und die im Heim sind froh, wenn sie einen weniger durchfüttern müssen.<<

>>Glaubst du nicht, die vermissen dich?<<

Tom lachte gemein auf. Was ein Schwachmat.

>>Klaro, für die war ich nur eine Last. Ein Klaubruder, der nicht hören wollte und der sich von den Pflegern nicht piesacken ließ. Oder anderes ...<<

>>Armer Junge.<< Er strich wie ein Vater über sein dunkles Haar, doch der Junge riss angewidert und erschrocken seinen Kopf weg. Nicht nahe kommen!

>>Dann bist du ganz alleine auf dieser Welt. Niemand, der dich braucht. Das tut mir leid.<<

Tom guckte in seine Augen. Er sah ehrlich aus, reich, gepflegt und intelligent. Aber eben ein Idiot. Was säuselte er sich da mit tragender Stimme zusammen?

>>Nein, niemand. Wenn ich morgen sterbe, würde es die Welt nicht mal wissen, dass es mich gegeben hat. Meine Oma ist eh beschränkt.<<

>>Ich brauche noch einen kräftigen Jungen, der mir bei meinem Garten zu Hand geht. Weiß du, ich habe eine schöne Villa am Meer, nicht weit von hier und leider keinen grünen Daumen. Wie wär's, du kümmerst dich um den Garten, nur so lange du willst, und ich gebe dir ein schönes Zimmer und eine gute Bezahlung.<<

>>Und weiter?<<

Das hörte sich etwas zu schön an. Nichts ohne Gegenleistung. War er nicht ein Arschficker?

>>Gutes Essen und einen warmen Ort. Sagen wir erst einmal für den Winter und dann entscheidest du, ob du länger bleiben willst.<<

Sollte er doch einmal im Leben Glück haben? Geld, Essen, eine warme Bleibe und so einen Verrückten, der eh nicht mitbekommen würde, ob er im Garten was erledigte. Schon gar nicht, wenn der Winter vor der Türe stand. Ob der Alte überhaupt noch regelmäßig einen hochkriegte?

Gartenarbeit im Winter. Tom grinste in sich rein. Der hatte nicht alle Tassen im Schrank.

>>Sonst nichts?<<

>>Was sonst noch?<<

>>Sie suchen nicht einen kleinen Jungen für die Heia? Für ein nettes Blas-den-Schwanz-Spiel?<<

Der Graf lachte verlegen. >>Nein, bestimmt nicht. Ich habe einen bekannten Namen in Holland. Was glaubst du, würde passieren, wenn ich mir hier einen Jungen fürs Bett zulege? Nein, ich will dir nur eine Chance geben, aber wenn du nicht willst, dann frage ich einen anderen. Fortuna wartet nicht.<<

Er stand auf und ging, ohne Tom noch einen Blick zu gönnen.

>>Nein, nein!<< Tom sprang von seinem dreckigen Sitzplatz auf. >>Ich kann mir ja mal Ihren Garten mit samt dieser Fortuna anschauen.<<

>>Gut, dann komm, mein Fahrer wartet schon auf uns. Wir haben noch eine nette Strecke vor uns.<<

Tom lief neben dem Grafen her. Die anderen um ihn herum beachteten sie kaum. Für Tom war dieses Desinteresse ein gutes Zeichen. Immer noch sicher, sie würden ihn nicht ins Unglück laufen lassen, ging er mit dem Fremden mit und stieg in dessen Limousine, die etwas weiter weg vom Bahnhof stand. Und, ja, es stimmte, der Graf konnte es sich nicht leisten als bekannter Mann was Unrechtes zu tun. Tom schien sich seiner Sache sicher, er hatte endlich ein Stück Glück abbekommen.

Kapitel 6:

2 Mädchen aus Friesland

Bastian fühlte sich wie ein Tiger in einem zu kleinen Käfig eingesperrt. Seine Gedanken drehten sich ziellos im Kreis herum. Es gab keinen Anfang und kein Ende. Hilflos und schlecht gelaunt saß er frühmorgens auf einer der Sitzbänke an der Strandallee und starrte in die Wellen hinein. Er hatte sich die ganze Nacht den Kopf zerbrochen. Zerpflückte das Internet mit allen noch so fadenscheinigen Begriffen, die zu diesen Fällen passen könnten, aber fand keinen Ausweg aus dieser Geschichte. Wie ein Blinder, der die Sonne sucht. Als Dank brummte sein Schädel. Aus dem Augenwinkel konnte er eine Person auf sich zulaufen sehen. Overman, der mit einigen Blättern in der Luft wedelte.

>>Schauen Sie, ein neues Fax, ein zweiter Toter Namens Paul.<< Atmete er schwer und ließ so auf eine nicht gute sportliche Verfassung schließen. >>Komisch, ich habe gar nichts davon in der Zeitung gelesen.<< Er ließ sich regelrecht auf die Bank neben Bastian fallen, keuchte und kämpfte um Luft.

>>Was machen Sie eigentlich, wenn Sie jemanden verfolgen müssen?<<

>>Schon mal was vom Auto gehört?<<, schnaufte Overman kurzatmig.

Bastian nahm das Fax und las es sich durch.

>>Es wäre mir lieb, wenn Sie die Informationen nicht so rausbrüllen würden. Und in der Zeitung haben die auch nichts zu suchen.<<

>>Besonders bemerkenswert ist, dass es sich bei der zweiten Leiche wieder um ein Waisenkind handelt, das vom Heim als vermisst gemeldet worden war.<<

Bastian sah Overman zornig an. >>Lesen Sie immer die Faxe anderer Leute?<<

>>Wieso, wir sind doch Kollegen und unterstützen Sie bei dem Fall.<<

Bastian verkniff sich eine Antwort darauf.

>>Eigentlich nicht dumm. Ein Waisenkind vermisst niemand so schnell, besonders wenn das Heim etwas weiter weg ist. Wenn diese Kinder abhauen, nun die halten sich ja dann nicht bei Verwandten auf, sondern irgendwo auf der Straße, wo sie wiederum auch niemand vermisst. Oder sammeln sich an bestimmten Orten, dort kann man sie dann wie Obst pflücken. Ein leichtes Spiel für so einen Perversen.<<

Bastian sah von seinen Faxblättern hoch, so viel Scharfsinn hatte er Overman gar nicht zugetraut.

>>Na ja, bei jedem anderen Kind würde es doch auffallen, wenn es am Tag verschwindet.<< Overman blinzelte mit den Augen und lehnte sich gemütlich auf der Bank zurück.

>>Wo würden Sie so ein Waisenkind suchen?<<, unterbrach Bastian ihn bei seinen wohligen Urlaubsgefühlen.

>>Dort, wo sich diese Gestalten aufhalten. Hier in der Umgebung fällt mir nichts ein. Haarlem oder Ijmuiden. Glaub ich jedoch eher nicht. Die nächste große Stadt ist Amsterdam und dort finden sie genügend dunkle Ecken und Hinterhöfe. Ja, ich würde wohl in einer großen anonymen Stadt nach ihnen suchen.<<

Amsterdam? Bastian dachte nach.

>>Wissen Sie schon, dass der Graf seine Villa für einige Tage verlassen hat?<<

Overman schüttelte seinen Kopf gelangweilt.

>>Nein, warum auch?<<

>>Hält der sich nicht oft am Amsterdamer Bahnhof auf?<<

>>Hey!<<, fiel Overman Bastian ins Wort. >>Schon wieder den Grafen verdächtigen? Ja, er ist öfters am Bahnhof. Aber ein Mörder, nie und nimmer! Kann ja sein, dass Sie ihn etwas eigenartig finden, aber der kann keiner Fliege was zuleide tun. Und woher wissen Sie überhaupt, dass er nicht in der Villa ist?<<

>>Ich weiß es eben<<, antwortet Bastian einsilbig.

>>Von der Alten da oben?<<, fragte Overman findig.

>>Ist doch egal von wem, ich weiß es. Wenn Sie so viel auf den Grafen halten, dann haben Sie doch bestimmt kein Problem mir dabei zu helfen, seine Unschuld zu beweisen.<<

Das hörte sich für Overman gar nicht gut an.

>>Wir können uns die Villa mal ja mal anschauen. Von außen nur, oder auch von innen?<<

>>Auch von innen, von außen nützt ja nichts.<<

Logischerweise auch von innen. Schließlich hängen Mörder weder ihre Opfer noch öffentliche Bekanntmachungen draußen gut sichtbar am Gemäuer auf.

>>Ich nehme an, Sie haben keinen Durchsuchungsbefehl, oder?<<, grinste Overman.

Dieser Dorfheini hatte doch etwas auf der Polizeischule gelernt. Bastian verzog genervt sein Gesicht.

>>Nein, habe ich nicht, aber es geht doch um seine Unschuld.<<

Overman sah ihn belustigt an. >>Wenn Sie glauben, er ist unschuldig, dann brauchen Sie seine Villa nicht zu besuchen, Herr Kommissar. Und ich werde bestimmt nicht einfach dort einsteigen. Sie gehen nach dem Fall wieder nach Amsterdam zurück, aber ich muss hier weiter leben und arbeiten.<<

Musste er gerade heute seinen klugen Tag haben? Bastian versuchte ihn auf eine andere Weise zu bekommen. Denn alleine hätte es zu viel Zeit benötigt, sich alle Räume in der Villa und im Keller anzuschauen. Außerdem, so glaubte er, würde sich ein Einheimischer sicherlich in dem alten Haus auskennen und so einiges zu erzählen haben.

>>Warum sind Sie eigentlich Polizist geworden?<<

>>Nun, hier sind die Lehrstellen dünn besiedelt und ich wollte nicht zur See fahren, werde schnell seekrank. Fischen ist auch nicht so mein Ding, Allergie gegen diese Schuppentiere. Na ja, besonders christlich bin auch nicht, und...<<

>>So genau wollte ich es gar nicht wissen!<<, raunzte Bastian Overman an. Der ihn mit fragenden Augen ansah. Hatte der Herr Kommissar nicht gerade wissen wollen, warum er Polizist werden wollte? Und nun schnitt er ihm barsch in seine Erklärung.

Für Bastian war Versuch mit der Berufsehre völlig fehlgeschlagen. Es interessierte ihn auch nicht, dass er Overman in diesem Moment irriete. Er nahm seine Faxblätter und ging, ohne ein weiteres Wort zu verlieren.

Eigentlich ärgerte er sich jetzt schon darüber, dass er Overman von seinem Vorhaben erzählt hatte. Dass er die Villa besuchen würde, stand für ihn fest, nur noch nicht wie und wann. Insgeheim hofft er immer noch auf eine gute Nachricht von Bruin bezüglich des Durchsuchungsbefehls.

>>Sie sind ziemlich kaltschnäuzig!<<, rief Overman ihm nach. Bastian drehe sich halbherzig zu ihm um.

>>Warum?<<

>>Der Graf ist ihnen wichtiger als Paul.<<

Overman stand kopfschüttelnd auf. Polizist zu sein war für ihn mehr als ein Beruf und mit diesen Karrieretypen konnte er nichts anfangen. Schließlich ging es in seinem Beruf um Menschen und in diesem Fall um eine menschliche Tragödie. Um Kinder, die noch ihr ganzes Leben vor sich gehabt hätten. Nur eine teuflische, sinnlose Laune der Natur brachte Menschen hervor, die sich daran freuen, andere zu quälen. Deren Selbstbewusstsein nicht für Gleichgesinnte reicht. Die Opfer müssen wehrlos und hilflos sein. Kleine feige Wesen und man weiß nie, wann sie einem begegnen.

>>Wollen Sie eigentlich Karriere machen oder diesen Fall lösen?<<

Bastian rannte auf ihn zu. >>Geht es noch lauter?<<, fauchte er ihn an.

>>Wer soll uns denn hören, die paar Leute, die ihre Hunde verschlafen Gassi führen, oder die alte Frau da unten, die mit Gummistiefeln im Schlick watet?<<

Ja, genau diese alte Frau, die sich als niemand anderes entpuppte als seine liebe Tischnachbarin Amalie. Sie winkte ihnen zu.

>>Können wir in Ihr Büro gehen?<<

Bastians Nerven waren wie Drahtseile gespannt.

>>Ja können, wir. Boer kocht gerade lecker Kaffee.<<

Boer hatte nicht nur lecker Kaffee gekocht, nein, er war auch gerade fleißig am Brötchen schmieren.

>>Oh ein Gast<<, säuselte er, als sie in das Büro kamen. >>Kalter Wind heute, oder? Schon gefrühstückt?<<

Bastian nahm sich einen Kaffee und ein Brötchen. Boer hätte besser eine Pension eröffnen sollen statt zur Polizei zu gehen.

>>Sie haben mir nicht geantwortet.<<

Overman sah Bastian genau in seine streng schauenden Augen. >>Wie wichtig ist Ihnen Paul?<<

Bastian wollte auf diese Frage nicht antworten. Er war Kommissar und nicht die Dorfseelsorge.

>>Was wissen Sie eigentlich über diese Lissy Wied?<<, schmatze er vom Thema ablenkend.

>>Die Alte von…?<<

>>Lissy Wied!<<, unterbrach er Overman rüde.

>>Gut Lissy Wied. Sie ist vor fast einem Jahr hier her gezogen. Früher hat sie mal mit Kindern gearbeitet und verbringt nun ihre alten Tage bei uns.<<

>>Und warum kann man sie im Dorf nicht leiden?<<

Overman biss von seinem Brötchen ab.

>>So würde ich es nicht sagen. Wir haben nichts gegen sie, sie nervt nur. Wissen Sie, wie oft wir schon im letzten Jahr bei ihr oben waren?<<

Bastian schüttelte verneinend seinen Kopf. Wie sollte er?

>>Ich weiß es auch nicht mehr, aber oft. Anfangs fanden wir es nicht schlimm. Eine alte Frau, alleine im Haus. Aber die hörte nicht auf. Angeblich hatte sie Stimmen im Keller gehört, hat aber keinen Keller und dann fing sie an, den Grafen zu verdächtigen, angeblich passierten dort in der Villa unheimliche Dinge.<<

>>Welche Dinge denn?<<

>>Das kann sie uns auch nicht sagen. Mal hat sie gesehen, dass, obwohl niemand in der Villa war, zwei Männer was rein trugen. Wir hin, niemand dort. Dann hat sie mal Schreie gehört, wir hin, niemand dort. Dann soll dort die reinste Versammlung stattgefunden haben, wir hin, niemand dort. Die sieht Gespenster.<<

>>Versammlungen?<<, flüsterte Bastian nachdenklich.

Wer sollte sich denn hier versammeln und warum?

>>Ja, ganz viele Menschen treffen sich dort. Aber nie war jemand anwesend. Wo sollen sich die denn jedes Mal so schnell verstecken? Nur einmal dieser Penner, der war wirklich in der Villa gewesen.<<

>>Mir fällt ein, vor gut drei Jahren ab ich mal was über zwei Opfer in Friesland gelesen. Denen hatte man auch das Blut über die Hauptschlagader an den Armen entnommen<<, schmatze Boer gedankenlos in den Raum rein.

Aha, er hatte das Fax auch schon gelesen.

>>In Friesland?<<

Von diesen Fällen hatte Bastian noch nie was gehört.

>>Ja, bei zwei Mädchen: Die lagen nackt im Schlick. Aber den Täter haben sie nie gefunden. Warum informiert Sie Ihr Chef eigentlich so kurz ab? Will der die Lorbeeren alleine einsacken?<<

Bastian verschluckte sich am heißen Kaffee. Was sollte das denn heißen? Bruin kam doch in Amsterdam keinen Schritt weiter als er. Im Gegenteil, vor Ort stand er unter Druck, denn es schien, als würden die Taten genau unter seiner Nase passieren und er tappte gedankenlos im Dunkeln herum.

>>Was wissen Sie genau über die zwei Mädchen?<<

Boer rührte gelangweilt in seinem Kaffee rum.

>>Nicht viel, wie gesagt, hab ich in einer Zeitung gelesen. Fiel mir gerade so ein. Weil die Tötungsart dieselbe war. Aber Friesland ist ja mal weit weg.<<

>>Sie haben hier Internet und sind mit dem Hauptarchiv verbunden. Können Sie denn nicht mehr raus finden?<<

Musste man denen denn alles vorkauen?

>>Ja, wenn der Computer will.<<

Der hatte zu wollen! Boer tippte wild auf der Tastatur herum. Bastian traute seinem Kollegen außer Kaffee kochen und Brötchen schmieren nicht besonders viel zu. Es wäre ein Wunder gewesen, wenn der was finden würde.

Ein Wunder! Schneller als erhofft, nur einige Tassen Kaffee und einige Nervenzusammenbrüche später, hatten sie die ersten Informationen.

>>Da! Ja, vor gut drei Jahren an der Küste in Friesland. Zwei Mädchen, beide 16 Jahre. Sie waren auf einem Sommerfest und haben dann wohl zu viel getrunken.<<

Boer druckte den Bericht aus. Eilig griff Bastian nach den Seiten.

Zwei Mädchen um die 16 Jahre. Beide waren ein halbes Jahr zuvor von ihren Eltern im Raum Niedersachsen in Deutschland abgehauen und als vermisst gemeldet worden, weil ihre Schule das Wegbleiben dem Jugendamt mitgeteilt hatte. Von den Eltern keine Meldung. Wohnten in einem sozialen Brennpunkt.

Ihre Leichen hatte man in Norddeutschland, Katendijk, gefunden. Marie und Jennifer. Sie lagen nackt und fast blutleer am Strand. Mit einer sehr hohen Dosis Restalkohol, den man noch in dem wenig verbliebenen Blut fand. Nicht mal besonders sorgfältig verbuddelt. Die Körper waren verdreht, als habe man sie einfach weggeworfen. An den Unterarmen und am Hals klaffte jeweils eine dicke Wunde wie bei einem Aderlass. Keine Spuren von sonstigen Gewalteinwirkungen.

Damals wurde ein Mann namens Anton Schopf verdächtigt, aber wieder freigelassen, weil es nicht genügend Beweise für seine Täterschaft gab.

Zwei Jugendliche, die ebenfalls an dem Besäufnis am Strand teilgenommen hatten, behaupteten, Schopf habe mehrfach versucht, Kontakt zu den Mädchen aufzunehmen. Aber für die Tatzeit hatte er ein Alibi und sei auch sonst noch nie auffällig geworden. Schopf war Matrose und gab Katendijk als Wohnsitz an, jedoch hielt er sich, nach Aussage der Nachbarn, selten in seiner Wohnung auf.

Bastian sah sich sein Bild an. Ein langes Gesicht, harte Züge und eiskalte Augen, eine Gangstervisage; es war jedoch ein Unbekannter, der ihn vom Papier anschaute.

>>Schon mal gesehen?<<

Boer und Overman schauten flüchtig zum Ausdruck hin. Nein, noch nie gesehen.

>>Geben Sie den Namen doch mal in den Computer ein.<<

Boer tippte los und nach wenigen Minuten erklärte er gleichgültig: >>Nein, ist nur im Zusammenhang mit diesem Mord was zu finden. Danach verliert sich seine Spur.<<

Mist, Bastian drückte die Papierseiten zusammen. Das hätte ein Anhaltspunkt sein können. Wieder stand er dort, wo er angefangen hatte, vor einem großen Nichts, das immer größer wurde.

>>Steht in diesem Bericht eigentlich was von rosa Teddybären?<<, fragte ihn Overman.

Bastian verstand erst nicht, blätterte dann aber noch mal die Seiten durch. Nein, von rosa Teddybären stand dort nichts.

>>Scheint eher ein Zufall zu sein, dass die Mädchen auf dieselbe Weise umgekommen sind, wie die zwei Jungs.<<

Konnte das denn wirklich alles nur Zufall sein?

>>Aber immer junge Menschen aus sozialen Unterschichten!<<

>>Und?<< Overman winkte ab. >>Wer schnappt sich schon ein behütetes Kind, wenn er sich einem Supermarkt gleich bei den rumstreunenden Kindern bedienen kann? Was wissen wir schon, was in deren Welt täglich an Gewalt passiert? Wir bekommen doch auch nur die Spitze des Eisbergs mit.<<

>>Aber auch durch eine Art Aderlass gestorben!<<

>>Gut, aber es waren Mädchen und bei uns sind es Jungen. Wer weiß, was die manchen wollten? Blutsfreundschaft oder solche Blutgeschichten. Was wissen wir schon von den kranken Gehirnen um uns herum? Da gibt es Teufelsanhänger, Sekten, schwarze Messen. Wir wissen nicht mal, ob die sich im Einzelnen kennen oder zusammenarbeiten.<<

Bastian drückte die Seiten in seiner Hand fester zusammen. >>Wer macht heute noch einen Aderlass?<<, brummte er vor sich hin.

Bastian kam Overman wie eine wild gewordene Tarantel vor. Für ihn sprang der Kommissar aufgebracht von einer Ecke zur anderen und jeden noch so absurden Hinweis an. Selbst wenn offensichtlich keinerlei Zusammenhang zu den hiesigen Morden bestanden. Er suchte, wo nichts zu finden war. Gleichgütig beantwortet er Bastians, wahrlos in den Raum gestellte Frage.

>>Heilpraktiker vielleicht. Die setzen dann so schwarze glibberige Tierchen auf Arme und Beine. Trotzdem, ich glaube kaum, dass das so wichtig ist. Sie verrennen sich da bloß in was.<<

Overman durfte nicht recht haben! Nein! Bastian war innerlich geladen. Diese Information enthielt eine Spur, das fühlte er ganz genau, nur welche?

>>Ich schau mir mal diese Frau Wied an<<, schmollte er still vor sich hin.

>>Soll ich mitkommen?<<, bot sich Overman an.

Bastian lehnte schroff ab.

>>Aber nicht zufällig die Abbiegung zur Hütte verpassen und in der Villa landen!<<

Nein, er hatte nicht zufällig die Abbiegung zu dem alten Steinhaus verpasst. Dort angekommen sah er sich um. Eine verwilderte Wiese begrüßte ihn und ein kleines Steinhaus, das vom Efeu zusammengehalten wurde. Sonst fiel ihm nichts besonders auf.

Er ging um das Haus herum. Selbst von hier aus konnte er das Rauschen des Meeres noch leise wahrnehmen und wenn der Wind durch die silbrigen Bäume huschte, hörte man unbekannte Geräusche, die schon beängstigend waren. Alles erinnerte ihn an einen Märchenpark.

Auch er stellte fest, obwohl um einiges größer als die zwei älteren Damen, dass man reichlich wenig von der Villa erkennen konnte. Nur einige helle Flecken zwischen dem dunklen Baum- und Buschwerk. Wie konnte die alte Frau all diese Dinge dann gesehen haben?

Bastian nahm nicht an, dass sie in ihrem hohen Alter noch durch den Sand auf allen vieren kroch. Aber nur in der Hocke zwischen den Büschen hatte man einen guten Blick auf das Anwesen. Doch das schien absurd.

Ansonsten war es sehr ruhig hier oben. Gerade zu erholsam. Er klopfte an die Türe, aber keine Reaktion auf seine Bemühungen. Dann sah er durch einige Fenster, das Haus war leer.

Er schlenderte zu Villa rüber. Friedlich, majestätisch stand sie vor ihm. Auch hier herrschte diese erholsame Ruhe. Nur das Flüstern des Windes war zu hören. Welch ein gepflegter Ort im Vergleich zu der Wildnis an der Steinhütte. In den Sandboden hatten sich im Laufe der Zeit zig Reifenspuren eingefressen. Bastian konnte nicht wirklich erkennen, ob diese nun alt oder eher jüngeren Datums waren. Die Villa war ein beliebter Ausflugsort. Selbst im Winter verirrten sich einige Strandgäste hier hoch. Reifenabdrücke würden ihm keine neue Spur sichern.

Er schlich um die ungeschützte Villa herum. Kein Laut, menschenleer. Alle Fenster waren verschlossen. Er rüttelte vorsichtig an den Seitentüren, abgeschlossen. Dann rüttelte er an der Garage hinter der Villa und an einer kleinen Holzhütte. Alles war fest verschlossen. Wie hätte es auch anders sein können? Hier war keine Menschenseele.

Bastian wollte sich unter seine Bettdecke verkriechen und nachdenken. Zu viel passierte hier um ihn herum.

Jemand klopfe erst zaghaft an seiner Zimmertür, dann stürmischer.

>>Ja, herein.<<

Amalie steckte schüchtern ihren Kopf durch einen Spalt, lächelte charmant und trat ein.

>>Na, schon neue Erkenntnisse in Ihrem Fall?<<

Sie schloss die Türe fest zu und setzte sich zu ihm in die Sitzecke. >>Genauso unbequem wie bei mir<<, motzte sie leise vor sich hin und knuffte die hässlichen braunen Kissen zusammen.

Bastian wurde aus der grauhaarigen Frau nicht sonderlich schlau. Eine kleine wissbegierige ältere Dame. Neugierig und etwas zu kess für ihr Alter.

>>Ja und nein<<, murmelte er.

>>Ja und nein hört sich nicht besonders gut an. Diese zwei Polizisten sind wohl keine gute Hilfe?<<

Bastian lachte missmutig. >>Nein, sind sie nicht. Die können nicht mal eine Kindergartengruppe überwachen. Obwohl, diesem Boer fiel eine ähnliche Geschichte aus Friesland, Katendijk, ein. Dort sind vor drei Jahren zwei junge Mädchen auf dieselbe Weise ums Leben gekommen. Nur fehlt der Teddybär.<<

Amalie rückte ihre feine Brille gerade. >>Und? Es können neue Mitglieder in dieser Bande aufgenommen worden sein. Irgendeine Bedeutung müssen diese Bären doch haben.<<

>>Aber welche?<<

>>Rosa steht für das Weibliche, Zarte, Liebe, Friedliche und ein Teddybär ist ein Kinderspielzeug...<<

>>Die Morde sind aber nicht zart und lieb und die Jungs sind keine Mädchen, also nicht weiblich.<<

Bastian richtet sich im Bett auf. Er war müde und seine Gedanken konnten sich nicht zu einer vernünftigem Antwort zusammenfügen lassen. Er wusste nicht einmal, warum er mit Amalie über all dies sprach. Sie war nicht seine Kollegin.

Amalie dachte ernsthaft nach. Sie zog ihren Mund dabei spitz und kullerte etwas mit den Augen.

>>Und wenn der Täter weiblich ist? Wenn eine Frau oder ein Mädchen diese Teddybären herstellt und damit ein Zeichen setzen will?<<

Die Teddys kamen aus keiner Fabrik und laut Untersuchungsbericht hielten grob, nicht besonders feine Nähte den Stoff zusammen. Jedoch schienen hier trotzdem Profis am Werk zu sein. Keine kleinen Mädchen die Teddybären herstellten. Denn die Leichen mit samt den Stofftieren waren völlig spurenfrei, nicht der kleinste Hinweis auf den Täter oder einer Tätergruppe.

>>Vielleicht benutzt diese Bande ein behindertes Mädchen für die Schmutzarbeit...<<

Ein behindertes Mädchen? Bastian musste sofort an Trudi denken und war mit einem Glockenschlag hellwach. Ein Mädchen gebaut wie ein Schrank mit einem Gemüt eines Kleinkindes.

>>Meinen Sie Trudi könnte dieses Mädchen sein?<<

Amalie erschrak. >>Nein, nein!<<, winkte sie ab.

>>So etwas würde ich ihr niemals unterstellen. Nur, vielleicht ein Mädchen mit einer geistigen Behinderung, das kann jedes andere sein.<<

>>Sie wissen auch nicht, wo sie hier wohnt?<<

Amalie fühlte sich unsicher. An das arme Mädchen hatte sie bei ihren Überlegungen wirklich nicht gedacht.

>>Seebär und Trudi haben eine Wohnung hier im Hotel, hinter der Rezeption, meine ich.<<

Schlecht, dort konnte Bastian nicht ungesehen einfach mal reinschauen.

>>Katendijk? Schon was über den Ort rausbekommen?<<, versuchte sie ihn vom Thema Trudi abzulenken. Er schüttelte verneinend seinen Kopf. Dachte weiter über Trudi nach und überhörte Amalie völlig. Sie redete weiter, aber seine Ohren waren verschlossen. Nur noch ihr: >>… bin dann mal wieder weg<<, bekam er noch mit. Trudi würde perfekt ins Schema passen!

Katendijk, für Amalie war das eine viel interessantere Spur, statt auch nur einen müden Gedanken an die arme Trudi zu vergeuden.

Zwei junge Mädchen waren auf dieselbe Weise ermordet worden, das musste doch einen Zusammenhang haben.

Sie lief, so schnell ihre alten Beine sie trugen hoch zu Lissy ins Steinhaus. Diese Abgeschiedenheit hatte einen Vorteil, denn hier hörte niemand zu. Während alle anderen Lissy für eine alte Verrückte hielten, zeugte für Amalie ihr ehrlicher Charakter von einer klugen ehrenhaften Frau.

Katendijk, von diesem Ort hatte Lissy auch noch nie gehört. Friesland, weder das holländische noch das deutsche, hatte sie je besucht, noch sich großartig damit beschäftigt.

>>Aber im Dorf haben wir ein Internetcafé<<, triumphierte sie.

Internetcafé? Schon mal was von gehört. Das hatte jedoch nicht viel mit einem Café gemeinsam. Amalie grausten es bei dem Gedanken. War das nicht eher was für junge Leute und überhaupt, ein Computer? Noch nie benutzt.

>>Was die Jungen können, können wir Alten viel besser!<<, bestimmte Lissy und wunderte sich über Amalies ablehnende Haltung.

>>Na, ich weiß nicht. Reicht es denn nicht aus, wenn ich diesem Kommissar Bescheid gebe?<<

>>Welcher Kommissar? Hier gibt es keinen Kommissar!<<, rief Lissy schnittig auf.

Amalie schluckte laut auf. Gemein. Einmal die Gedanken nicht zusammengehalten. Dabei hatte sie ihm doch fest versprochen, seine Identität geheim zu halten.

>>Welcher Kommissar?<<, fragte Lissy bestimmend.

>>Nun ja ...<<, Amalies Gesicht lief verlegen rot an. >>Bastian heißt er. Aber ist inkognito hier und untersucht die Fälle mit den toten Jungs, die man an diesem See in den Dünen gefunden hat; mit den rosa Teddybären.<<

Lissy setze sich zu ihr. Diese Information schien sie nicht besonders aus der Ruhe zu bringen.

>>Aha, inkognito, soll heißen?<<

>>Offiziell kuriert er sein Asthma aus und heißt Anton Muhr.<<

Lissy kicherte leise. >>Wäre auch ein Wunder gewesen, wenn sich unsere zwei Deppen um den Fall kümmern würden. Aber warum unter einem anderen Namen? Ist doch klar, dass untersucht werden muss. Mit diesem Hintergrund in ein einfaches Hotel abzusteigen? Als Kranker? Wäre Urlauber nicht einfacher gewesen?<<

Amalie zog die Schultern hoch. In alles hatte er sie nicht eingeweiht. Lissy war mit ihren Gedanken schon einen Schritt weiter. Wenn das mal nicht mit den komischen Geschehnissen in der Villa zu tun hatte. Sie fühlte sich bestätigt und endlich ernst genommen. Es konnte gar nicht anders sein. Heimlich hatten die Dorftrottel ihre Informationen weitergeleitet und dem Kommissar den Weg gewiesen. Sie konnte sich eine innerliche Freude nicht verkneifen.

>>Aber Sie dürfen mit niemanden darüber reden<<, unterbrach Amalie sie in ihren Gedanken.

>>Nein, wo denken Sie hin!<<, antwortete sie beinahe erbost. >>Ich werde bestimmt meinen Mund halten! Wir werden dem Kommissar helfen, damit diese Morde ein Ende haben!<<

Kapitel 7:

Blut

Tom wachte in einem kühlen dunklen Raum auf. Er war vom Schlaf benommen und konnte nur schwer seine Augen öffnen. Immer wieder fielen sie zu und nur diese Kälte ließ ihn langsam wach werden.

Er packte sich an seinen Kopf, der ihn mit dumpfen Schmerzen peinigte. Die Stirn glühte und ihm war übel. Er wollte sich umzusehen, aber in der Dunkelheit konnte er nur Schemen erkennen. Tom machte einen Tisch vor sich aus und ein Eimer schien in der Ecke zu stehen.

Er versuchte von seinem Lager hochzukommen, aber seine Glieder schmerzten und waren von der Kälte steif.

Wo war er?

Verdammt!

Er guckte sich verzweifelt um und je mehr der Schlaf aus ihm wich, desto gnadenloser schlich sich brüllender Zorn ein. Sein Atem wurde abgeschnürt, das Herz pochte schnell.

Wo war er nur?

Wo?

Er konnte nicht schreien. Nur in seinen Gedanken formte seine Stimme:

>>Ich will hier raus!<<

Er tastete die Wand neben sich ab. Steine, grob geschlagene Steine, kalt und feucht. An was für einen fürchterlichen Ort war er nur? Er musste wissen, wo er war und was mit ihm passieren würde.

Tom stand auf, aber kam nur einige Schritte weit von dem harten Feldbett weg. Erst jetzt bemerkte er die breite Handschelle an seinem linken Arm und die rostige Kette, die ihm Einhalt gebot.

Was war geschehen?

Scheiße!

Verfluchte Scheiße!

Er versuchte sich zu erinnern. Doch das Letzte, was in seinen Erinnerungen auftauchte, war, dass er mit diesem Grafen zu seiner Limousine ging und beide einstiegen. Den Fahrer hatte er nicht gesehen. Er saß hinten und der Graf bei seinem Fahrer, was ihm nun eigenartig vorkam.

Dann fühlte er sich müde, aber dachte sich nichts dabei. Im Auto war es herrlich warm und seine Müdigkeit hielt er für eine Reaktion auf die Wärme. Er schlief ein und das Nächste, was er sah, war dieses Loch hier, in dem er angekettet war.

>>Ich will hier raus!<<

Er spürte seinen Puls in den Armen klopfen. Tränen schossen in seine Augen und brannten im Gesicht. Dabei war der Graf doch ein guter Mensch. Warum behandelte er ihn so? Und warum hatten ihn die anderen scheiß Hurensöhne nicht gewarnt? Die wussten doch, was der wollte.

>>… lasst mich hier raus!<<

Tom ließ sich bitterlich weinend auf das Feldbett fallen. Verzweiflung, Hoffnungslosigkeit, Zorn, und wieder entmutigt.

Niemand würde ihn hier suchen.

Niemand würde ihn vermissen.

Wo auch immer er jetzt war.

Die alten Müllsammler waren doch froh, ihn los zu sein und wer von diesen Bahnhofsmenschen würde schon die Polizei informieren, dass er mit dem Grafen die Bahnstation verlassen hatte?

Niedergeschlagen.

Er war alleine an diesem kalten stinkenden Ort. Wer auf dieser verdammten Welt, die ihm nichts geschenkt hatte, würde einen Cent für ihn geben?

Hass und Entmutigung kroch in ihm hoch. Er war nicht mehr wert als Fliegendreck an der Wand.

Was hatte er getan? War es sein Verbrechen, dass es ihn gab? Dass eine blöde Notgeile ihn geboren und weggeworfen hatte? Musste er jetzt dafür zahlen?

>>ICH WILL HIER RAUS !<<

>>Hast du endlich meinen Durchsuchungsbefehl?<<, raunzte Bastian Bruin morgens am Handy an. Der Seewind fuhr ihm kalt durch seine blonden Haare. Er fror in der dünnen Jacke.

>>Ähm, bin ich noch dran<<, antwortete Bruin einsilbig am anderen Ende.

>>Ach ja, willst du mich verarschen?<<

>>Nein, bestimmt, bin ich dran. Du weißt doch, ist bei dem Grafen nicht so einfach.<<

>>Wer es glaubt! Schon was Neues rausgefunden?<<

Er höre ein Rascheln. Dann gähnte Bruin ihn ins Handy: >>Nein, leider nicht. Hier tut sich nichts bezüglich der zwei Jungs.<<

>>Was sagt dir Katendijk in Friesland?<<

Der Wind rauschte in seinen Ohren und machte es schwierig, Bruins Worte zu hören.

>>Katendijk? Wie bist du denn darauf gekommen?<<

>>Egal! Sagt dir der Ort was?<<

>>Ja, dort sind vor gut drei Jahren zwei junge Mädchen auf ähnliche Art ums Leben gekommen.<<

Bastian hätte am liebsten vor Wut sein Handy in die Wellen geworfen.

>>Schön, dass ich das auch erfahre!<<, donnerte er zurück. Bruin blieb ganz ruhig.

>>Hey, weiß ich doch erst seit kurzem, habe mal im Archiv gesucht. Es stimmt ja auch nicht alles überein. Außer, dass die Mädchen auch keinerlei Anzeichen von einem Kampf oder einem Wehren aufwiesen...<<

>>Wie jetzt?<<, unterbrach Bastian ihn.

>>Hab ich dir das denn nicht gefaxt? Nein, die beiden Jungen haben sich beim Blutabzapfen nicht gewehrt. Keine Kampfspuren, keine Kratzer, nichts unter den Fingernägeln, gar nichts.<<

>>Gibt es sonst noch was, was ich wissen sollte und was du eventuell vergessen hast?<<

Bastian spürte, wie sich seine Nerven zusammenzogen.

>>Mach mich nicht an! Außerdem dachte ich, du weißt das schon!<<, brüllte Bruin zurück. >>Warte mal!<<

Er hörte abermals ein Rascheln, dann Bruins Stimme.

>>Hier, hab ich dir gestern Abend gegen Mitternacht noch zugefaxt. Alles, damit du auf den neusten Stand bist. Müsste auch in Zandvoort angekommen sein. Sind denn die Polizisten nicht 24 Stunden im Dienst?<<

Die sind nicht mal 24 Minuten am Tag im Dienst.

>>Nein, noch nicht bei mir angekommen.<<

>>Kann ich auch nichts für. Außerdem hast du die erste Leiche doch gesehen. Sah doch nicht wie nach einem Kampf aus, oder? Was soll´s, die Leichen wurden weiter untersucht und, wie gesagt, keinerlei Kampfspuren. Nur eine starke Schürfwunde wie von einer Fessel oder Schnalle am linken Arm und eine blutunterlaufene Einstichstelle von der Kanüle. Im Körper konnten noch Reste von einem Schlafmittel gefunden werden. Einem sehr starken, meint der Mediziner, einem, dass man sich nur verschreiben lassen kann. Das muss den Kindern regelmäßig gegeben worden sein. In großen Mengen kann man es wohl nicht schlucken, dann muss man automatisch kotzen.<<

Bastian hatte keine Lust zu diesen Trotteln in die Polizeistation zu gehen. Die fehlenden Informationen hatte er ja jetzt.

>>Aber du hast mir noch nicht gesagt, wie du auf Katendijk gekommen bist?<<

>>Einfach mal im Archiv geschaut...<<

Dann drückte Bastian ihn weg. Bruin versuchte ihn noch einmal ans Telefon zukriegen, doch Bastian drückte den Versuch einfach ein zweites Mal weg.

War es nun ein Trost, dass die Opfer von ihrem Tod nichts mitbekamen? Dass man sie gnädig schliefen ließ?

Er lief langsam am Strand weiter. Die kommende Ebbe formte kleine Becken. Der kühle Wind wehte seine Gedanken frei. In seinem Kopf fing er an, sein Wissen zu sortieren. Da gab es einen Penner, der in der Villa mit einer Axt bedroht wurde. Eine Lissy Wied, die ständig Unheimliches in und an der Villa wahrnahm, aber immer wenn die Polizei kam, Gott diese Deppen, wen wundert es, niemanden finden konnten. Dann zwei männliche Leichen im Wasserschutzgebiet, beide fast blutleer, ohne Kampfspuren, aber voller Schlafmittel. Und vor drei Jahren passierte sowas Ähnliches mit zwei Mädchen.

Jedes Mal junge Menschen, eigentlich noch Kinder, die, wenn sie überhaupt vermisst gemeldet wurden, dies aber eher halbherzig geschah. Der rosa Teddybär fehlte bei den Mädchen, der war neu. Wenn er überhaupt mal so wichtig bei den letzten Mordfällen war.

Dann dachte er erneut an Trudi. Er sah sie immer nur, wenn sie morgens und abends den Kaffee herum brachte. Sonst nie. Nicht die kleinste Spur. Die musste sich doch hier irgendwo aufhalten! Das kleine Hotel war keine zehn Schritte vom Strand entfernt, aber er hatte sie noch nie hier oder in der Innenstadt gesehen. Überhaupt hatte sie nicht sonderlich viel Ähnlichkeit mit Seebär und die beiden sollten doch Vater und Tochter sein.

Große, große verdammte Kacke; er kam nicht in die Villa, er kam nicht in die Wohnung von diesem Seebär ....

...er kam überhaupt nicht weiter in dem Fall

>>Können Sie mich bitte mit Frau Amalie Pauls verbinden?<<
>>Mit wem spreche ich denn?<<, fragte Seebär freundlich lachend.
>>Mit Frau Lissy Wied.<<

>>Ach, Sie!<<, knurrte er gar nicht mehr so freundlich und drückte auf die Tastatur des Telefons, in Amalies Zimmer schellte es.

>>Frau Lissy Wied will Sie sprechen<<, kündigte er sie einsilbig an. Sie hörte ein Knacken in der Leitung und dann die nette Stimme von Lissy.

>>Und, meine Freundin, gehen wir heute ins Internetcafé?<<

Ach herrje, den Gedanken hatte Amalie aber ganz weit weg verdrängt.

>>Meinen Sie wirklich, dass das eine gute Idee ist?<<

Ja, meinte sie.

>>Die jungen Leute, die gucken bestimmt.<<

Wenn schon? Sollten sie doch. Außerdem war nicht Sommer und so befanden sich sicherlich kaum Jugendliche im Café. Lissy bestimmte 10 Uhr nach dem Frühstück.

Amalie war das überhaupt nicht recht. Es gab da so einige Dinge, für die sie sich nicht mehr jung genug fühlte. Internet war so ein Ding. Wie sollten denn alle diese Informationen in so einen kleinen Kasten gelangen?

Solche Cafés mied sie. Genauso gut hätte sich Lissy mit ihr im Circus verabreden können.

Der Circus, ein buntes Gebäude, welches einem Zirkuszelt nachempfunden war. Mitten im Zentrum, nicht weit von ihrem Hotel entfernt. Unterhaltungsspiele und Automaten. Durchaus ein Vergnügen für Jüngere und Familien. Aber kein Ort für sie. Spielhölle! Das Casino gegenüber wäre ihr lieber gewesen, oder wenigstens eines der Strandcafés.

Sie legte sich voller unguter Gedanken einen Schal um ihre Schultern und ging runter in den Frühstücksraum, vorbei an der Rezeption.

>>Sie sollten nicht so viel Zeit mit dieser Lissy Wied vergeuden.<<, sprach Seebär sie an. Amalie nickte nur erschrocken und lief weiter zu ihrem Frühstückstisch. Was ging es ihm denn an, mit wem sie ihre Zeit verbrachte?

Bastian hatte sich schon an ihren Tisch gesetzt und winkte ihr zu.

>>Was wollte Seebär von Ihnen?<<, fragte er Amalie, als sie zu ihm an den Tisch kam. Amalie wunderte sich über seine Frage. >> Sie haben so erschrocken geguckt!<<

Sie setzte sich zu ihm, zupfte an der Serviette und atmete tief aus. >>Lissy hat mich hier angerufen und er wies mich darauf hin, dass ich nicht so viel Zeit mit ihr verbringen soll.<<

>>Kaffäää!<<

Trudi stellte eine weiße Kanne mit hellblau aufgemalten Wasserträgerinnen als Motiv auf den Tisch. Bastian versuchte in ihr Gesicht zu schauen. Er wollte ihre Augen sehen.

Er sah sie. Gebrochen ohne jeglichen Glanz. Ohne Leben. Wie die kalten Augen einer Puppe. Jetzt fand er ihr Gesicht überhaupt nicht mehr engelhaft und das schöne Lächeln schien ein unbewusstes Zucken zu sein. So lächelte niemand.

Trudi schien ihre Gesichtsentgleisungen gar nicht wahrzunehmen. Genauso, wie sie die Leute um sich herum nicht wahrnahm. Als habe man bei ihr eine Feder aufgezogen und sie lief los.

>>Lassen Sie doch das arme Kind<<, flüsterte Amalie ihm zu. Wer weiß schon wie arm dieses Kind ist.

>>Was haben Sie denn mit Lissy heute Schönes vor?<<

Amalie errötete. >>Sie will mit mir ein Cafe´. In einer Nebengasse, wenn ich sie richtig verstanden habe.<<

Amalie war keine gute Lügnerin. Immer wenn sie es musste, und sie hasste es zu lügen, kroch ein scharlachroter Film über ihr Gesicht. Erst wurden die Wangen rot, dann die Nase und zuletzt das ganze Gesicht.

>>Ist Ihnen nicht gut?<<, erkundigte sich Bastian besorgt über den erdrückten Gesichtsausdruck. Amalie winkte ab und versuchte zu lächeln. Nein, er sollte nicht wissen, dass sie mit Lissy eine eigene Spur verfolgte. Er hatte ihr sein Vertrauen gegeben und sie ihm doch versprochen, mit niemanden zu reden. Außerdem fand sie ihn viel zu aufbrausend. Der hätte bestimmt kein Verständnis dafür, dass sie sich doch nur versprochen und, reine Altersfrage, mehr Ahnung vom Charakter ihrer Mitmenschen hatte.

Nach dem Frühstück machte sich Amalie auf zum Rathausplatz, wo Lissy auf sie wartete. Der Gang fiel ihr schwer, war sie sich doch sicher, der Vormittag würde einfach nur peinlich enden. Sie zwischen all den Jugendlichen.

Lissy strahlte übers ganze Gesicht als sie Amalie die Geschäftsstraße runter gehen sah.

>>Hätte gedacht, Sie kneifen.<<

Nein, feige war Amalie nicht.

Lissy hackte sich bei ihr im Arm ein und zog sie durch die kleine gemütliche Innenstadt in eine Seitengasse hinein. Das Internetcafé hatte seine Räume etwas außerhalb. Hier wollte so gar nichts mehr nach einem idyllischen Seedorf aussehen. Draußen hatte sich ein Künstler versucht, aber lediglich Farben übereinander geschmiert und einige Fratzen an die Wand gesprüht. Eines der schmucken Hotels oder Villen wäre ihr lieber gewesen. In Amalie zog sich alles zusammen, aber Lissy ließ nicht locker. Dass alte Leute auch immer so dickköpfig sein müssen.

Unsicher, geradezu misstrauisch betrat Amalie den Laden. Glück gehabt, nur zwei Jugendliche waren da und die sahen manierlich aus. Lissy schubste sie weiter rein und suchte einen Platz am Fenster aus. Ein Platz hinten in der dunklen Ecke hätte es auch getan. Gott, was waren die kleinen Stühle unbequem.

Amalie guckte sich diesen Kasten vor sich ganz genau an, während Lissy ganz fachmännisch einige Knöpfe drückte und mit: >>Wir können!<<, loslegte.

Sie gab Katendijk in eine Suchmaschine ein.

Aha, Suchmaschine! Was man auch immer darunter nun verstehen sollte. Anscheinend hatte die liebe Lissy auch nicht so viel Ahnung von so einem Ding, denn, das wusste Amalie genau, war ein Bildschirm und eine Tastatur und keine Maschine, die suchen konnte. Maschinen können nicht suchen!

1700 Einträge zu Katendijk! Lissy fand das toll, aber Amalie sah nur Text vor sich. Lissy klickte die einzelnen Posten an. Katendijk am See, Ferienwohnungen zum Mieten, ein Campingplatz, Hotelanlagen, private Pensionen, etwas zur Stadtgeschichte mit dem Bild des jetzigen Bürgermeisters.... wenig Brauchbares.

Und das sollte jetzt 1700 Posten so weiter gehen?

>>Das bringt nichts<<, murmelte Amalie leise vor sich hin. War ja auch, in ihren Augen, vom ersten Moment an, eine Schnapsidee. Woher sollte denn so ein Computer zufällig genau das Wissen haben, das sie brauchen. Das hätte ja jemand vorher dort eintragen müssen und wer tut so was?

So kläglich hatte sich Lissy die Ausbeute nicht vorgestellt. Sie musste Amalie Recht geben. Das mit dem Internetcafé war wohl doch keine so gute Idee gewesen.

>>Kommen Sie, wir gehen zum Strand in ein richtiges Café.<<

Guter Gedanke! Amalie nahm prompt ihre Handtasche und freute sich hier wegzukönnen. Überstanden!

Lissy hackte sich in Amalies Arm und schlenderte mit ihr zurück in die Stadtmitte, vorbei an den kleinen Geschäften und Essbuden.

>>Sie haben mir eigentlich noch immer nicht gesagt, wo Sie in Deutschland wohnen.<<

Bei einem Mordfall kann man niemandem trauen!

>>Gleich an der Grenze, Sie kennen die Stadt eh nicht<<, versuchte Amalie sich aus der Situation rauszureden.

Lissy stoppte kurz und sah sie mit kleinen fragenden Augen belustigt an.

>>Da gibt es aber viele Orte. Stellen Sie sich nicht so an, Sie wissen ja auch, wo ich wohne.<<

>>Wie gesagt, kennen Sie nicht, kennt niemand, nicht mal wir Deutschen.<<

>>Gibt es was Besonderes in Ihrer unbekannten geheimen Stadt?<<

Amalie verneinte schnell.

>>Jemand Besonderes?<<

Gab es, gab es mehrere, doch Amalie verneinte abermals.

>>Etwas zu essen oder zu trinken, wie Bier, Schnaps, Likör?<<

Diese Frage fand Amalie viel zu direkt und fühlte sie sich plötzlich auf den Arm genommen.

>>Sie wissen ja eh, woher ich komme!<<, raunzte sie die verwunderte Lissy an, entzog ihren Arm und stapfte wie ein wütendes Kind in Richtung Strandpromenade.

>>Hier, dein Essen!<<, weckte Tom eine kalte männliche Stimme, die in dem eisigen Raum mit einem dumpfen Hall verstärkt wurde. Er wischte sich den Schlaf

aus den Augen. Ein kleiner Lichtstrahl kam durch die geöffnete Türe rein. Neben seinem Bett stand eine große dunkle Gestalt und stellte ein Tablett auf den Tisch.

>>Lass es dir schmecken.<<

>>Wo bin ich hier, du Drecksau?<<, brüllte er die Gestalt an, doch sie lachte ihn wie der Teufel nur aus.

>>Du bist der Graf, du schwule Ratte!<<

>>Und wenn, was nützt dir das?<<

Es war nicht der Graf. Jemand anderes, Unheimliches antwortete ihn mit einem leisen überheblichen Ton, der in seine Glieder kroch und ihn noch zorniger machte. Hätte die Gestalt nicht schreien können? Nein, wie ein Wesen aus der Hölle schien er ihm egal zu sein. Er lachte ihn aus.

>>Das Zeug ist vergiftet, das esse ich nicht! Und warum habe ich so einen Stöpsel in meinem Arm? Macht ihr Versuche mit mir?<<

Die Gestalt ging. Im wiederkehrenden Lichtstrahl erkannte er eine Kutte mit Kapuze. Als würde ein Mönch die Zelle verlassen. Ohne ein Gesicht, nicht mal einen genauen Körperumfang. Scheiß Teufel!

Der Duft von heißer Suppe, frischen Brot und warmen Kakao kroch erbarmungslos in seine Nase. Er drehte dem Essen den Rücken zu, wollte es nicht sehen, nicht riechen müssen, aber Duft lässt sich nicht aufhalten.

Er drehte sich zurück. Schaute auf eine Flasche Wasser. Sein Magen knurrte und er hatte Durst, aber sicherlich stimmte was mit dem Essen nicht. Er setzte sich auf, die

Fessel an seinem Gelenk schmerzte, doch stärker war der Schmerz in ihm drin. Die Gewissheit, diesen Ort niemals lebend verlassen zu werden und niemanden, der ihn vermisst.

Der kalte Raum füllte sich mit Essensduft. Tränen liefen an seinem Gesicht runter, er versuchte sie mit seinem Jackenärmel wegzuwischen, aber sie wollten fließen.

Eine dämonische innere Stimme befahl ihm zu essen, denn wenn das Essen vergiftet sein sollte, wäre es ein schneller Tod und er wusste ja nicht, was sie mit ihm sonst so vorhatten.

Er zog sich den Tisch ans Bett und trank erst einmal vorsichtig aus der Wasserflasche. Schmeckte ganz normal. Dann probierte er mit Verachtung die Suppe. Warm und lecker, selbst der Kakao, der nun gar nicht zu dem Menü passte, schmeckte herrlich süß. Etwas zu süß, das war ihm schon am Bahnhof aufgefallen. Das Brot war frisch wie gerade erst gebacken.

Welch ein verteufeltes Spiel trieben die mit ihm? Ob sie eine Kamera in seine Zelle installiert hatten und sich nun an ihm ergötzten?

Er aß die Suppe und leerte die große Tasse warmen Kakao. Sein Körper wärme etwas auf und für einen kleinen Moment fühlte er sich wohl, doch dann überkam ihm wieder diese unerklärbare Müdigkeit. Er sackte zusammen, kroch unter die dicke Decke und schlief ohne noch einen weiteren Gedanken zu überlegen, in seinem Verlies ein.

>>Haben Sie eigentlich ein Handy?<<

Lissy rührte in ihrem Eisbecher herum. Die beiden Ladys saßen geschützt hinter hohen Glaswänden eines Hotelcafés und genossen die letzten Strahlen der Herbstsonne.

Ein Handy? Natürlich hatte Amalie kein Handy. Was sollte sie mit so einem Ding denn auch schon machen?

Lissy legte ihres auf den Glastisch. Sie fand so ein Ding sehr praktisch und stellte fest, das Amalie nicht auf dem neusten Stand sei.

Frechheit!

Außerdem wäre es für sie leichter, Amalie zu erreichen, denn Seebär gab ihr seine Ablehnung bewusst zu verstehen. Amalie überhörte ihre, so fand sie, spitze Zunge und schaute hinaus aufs Meer. Ein paar Spaziergänger liefen unten am Strand entlang. Einige Möwen stolzierten auf einer schmalen Sandbank und suchten dort nach kleinen Krebsen.

>>Wie gut kennen Sie Seebär eigentlich?<<

Lissy dachte kurz nach. Eigentlich kannte sie ihn kaum und wusste auch nicht so sonderlich viel über ihn. Er sei mal zu See gefahren, deshalb sein Name und führte wohl schon seit einigen Jahren das kleine Hotel gleich an der Strandpromenade. Sie fand ihn unfreundlich, obwohl die Dorfbewohner ihn mochten.

>>Er trifft sich öfters mit dem Fleischer von hier, Wilhelm, aber die nennen ihn nur Will. Angeblich sind sie zusammen zur See gefahren und er war der Koch auf dem Schiff. Der Smutje<<, grinste sie breit übers Gesicht.

>>Und seine Tochter, die Trudi?<<

>>Von ihr ist mir kaum was bekannt. Seebär hat sie irgendwann mitgebracht und sie hilft ihm im Hotel. Vorher hat sie wohl in einem Heim für geistig Behinderte gewohnt. Von einer Mutter habe ich nie was gehört. Armes Ding.<<

Amalie blinzelte mit den Augen ins Sonnenlicht.

>>Wohnt sie eigentlich im Hotel?<<

>>Glaub schon.<<

Lissy schlürfte hörbar das flüssig gewordene Eis aus ihrer Schale, was Amalie sichtlich nervte und sie dieses mit einem grimmigen Blick kommentierte.

>>Wo sollte sie sonst wohnen? Tagsüber sieht man sie nie. Auch komisch, aber wer weiß schon, was in ihrem Kopf so vorgeht. Seebär redet nie über sie. Ich glaube, die fuhren beide auf einem Containerschiff von Rotterdam aus in die ganze Welt oder anders herum.<<

Sie schnipste hastig mit den Fingern in der Luft herum. >>Ik baal als een stekker, mir fällt doch jetzt nicht der Name des Schiffes ein. Das war was Ausländisches.<<

Sie legte die Stirn in Falten, doch dieser verflixte Name wollte einfach nicht in ihren Gedanken auftauchen.

>>Trudi fuhr mit?<<

Lissy sah Amalie komisch an.

>>Nein, Will und Seebär. Trudi war doch in einem Heim.<< Dass alte Leute aber auch nie richtig zuhören können!

Bastian saß gelangweilt in dem familiär eingerichteten Frühstücksraum und rührte gedankenlos in seinem Kaffee herum. Wenigstens tat er so. In Wirklichkeit beobachtete er Seebär und hoffte auf eine gute Gelegenheit, sich seine privaten Räume mal genauer anzusehen.

Seebär war beschäftigt. Er räumte an seiner Anmeldung Ordner und Zettel von rechts nach links, telefonierte und beachtete seinen Gast nicht. Von Trudi hatte er seit dem Frühstück nicht mehr gesehen oder gehört. Wie vom Erdboden verschluckt.

>>Brauchen Sie noch was?<<, rief er Bastian zu ohne den Kopf zu heben. >>Ich muss einige Besorgungen machen.<<

>>Nein, ich genieße den Ausblick.<<

Sehr gute Antwort, besonders wenn man bedenkt, dass Bastian mit dem Rücken zum Panorama-Ausblick Richtung Meer saß und seine Augen auf die kleine Rezeption gerichtet waren – welch ein Ausblick.

>>Das Telefon habe ich umgestellt, bin dann mal eben weg.<< Er ging und würdigte seinem Gast keines Blickes.

Bastian blieb noch einen Moment ungeduldig sitzen. Eilte dann zur Eingangstüre und schaute aus dessen Fenster. Seebär lief runter in die Stadt. Sehr schön.

Leise schlich er hinter die Rezeption und horchte an der braunen Türe, hinter der er die Privatwohnung vermutete. Er hörte keinen Ton.

Vorsichtig rüttelte er an der Türklinke. Die Türe war nicht abgeschlossen. Wie unvorsichtig, dachte Bastian und guckte vorsichtig durch einen Spalt in Seebärs Wohnzimmer hinein. Ein liebevoll eingerichtetes kleines

Zimmer, in dem das Bild eines Schiffes dominierte. Bastian ging weiter rein. Magdalena hießt das gute Teil. Kein majestätischer Segler, sondern ein hässliches graues Containerschiff, aber wohl sein ganzer Stolz. An den Wänden hatte er Taue mit Seemannsknoten aufgehängt und in der Ecke stand ein Zieranker. Seebär war der Seefahrt treu geblieben.

Mittig verdeckte ein einfacher Vorhang den Weg zu den restlichen Zimmern der Wohnung. Bastian zog ihn vorsichtig zu Seite und vor ihm öffnete sich ein länglicher Flur. Hier fand er jeweils auf der linken Seite, zur Straße hin, das Badezimmer und das Schlafzimmer von Seebär. Alles einfach aber mit Geschmack eingerichtet. Selbst das Bett hatte er ordentlich zurechtgemacht.

Am Ende des Ganges befand sich noch eine Türe. Bastian versuchte sie zu öffnen, doch sie war verschlossen. Er fummelte an der Klinke herum, aber bei dem alten Schloss, Marke Ritterburg, versagte er. Bastian legte sein Ohr an die Türe und meinte, ein leises Summen und Knattern zu hören. Er presste sein Ohr fester an die Türe, die eigenartigen Laute verstummten. Von draußen drang nur noch der Straßenverkehr rein und so war er sich nicht sicher, über das, was er dort zu hören meinte.

Warum mussten auch ausgerechnet jetzt Autos fahren? Er presste sein Ohr noch fester an die Türe, da war was….

…dann hörte er das Knarren der Eingangstüre und das brummige Räuspern vom Seebär.

Verdammter Mist! Er musste hier raus. Bastian sah sich um. Seebärs schwere Schritte kamen näher. Er rannte ins Schlafzimmer, öffnete das Fenster und sprang raus.

Wie gut, dass die Wohnung im Erdgeschoss lag. Bastian lief um die Ecke, damit er nicht doch noch vom Seebär draußen gesehen werden konnte. Er hielt diesen Riesen nicht für sonderlich schlau, aber selbst er müsste misstrauisch bei seinem Anblick vor seinem Schlafzimmerfenster werden.

Seebär trug einige Taschen in sein Wohnzimmer. Ein lautes Geklappere empfing ihn. Er ging diesem eigenartigen Geräusch nach und zu seiner Verwunderung musste er feststellen, dass das Schlafzimmerfenster vom Wind hin und her aufgeschlagen wurde. Er schaute fragend raus auf die Straße, aber konnte sich das geöffnete Fenster nicht erklären.

Bastian konnte sehen, wie Seebär die Fenster wieder schloss und lief um das Haus herum. Stand vor einer Hauswand ohne Fenster. Hier irgendwo hinein musste die verschlossene Türe geführt haben. Ein Zimmer ohne Fenster. Vielleicht nur eine Abstellkammer.

Fehlte nicht ein Zimmer? Trudi kam ihm wieder in den Sinn. Wo war denn ihr Zimmer? Hatte er in der Eile ein Zimmer übersehen? Wundern tät es ihn nicht. Aber gesehen hatte er sie auch nicht und sie ihn wohl nicht bemerkt. Ob Seebär sie zu ihrem Schutz in ihr Zimmer einschloss, wenn er mal kurz weg musste? Und dieses Summen und Knattern? Könnte auch von einer alten Tiefkühltruhe, Klimaanlage oder sowas kommen.

Bastian dachte einen kurzen Moment nach. Irgendetwas in ihm weigerte sich, noch mehr unbeantwortete Fragen aufkommen zu lassen. Die schon vorhandenen waren mehr als genug.

Tom schlief tief und fest, als die Gestalt in seine Zelle zurückkehrte und das Tablett wieder mitnehmen wollte. Er sah nicht nach den Jungen. Er war sich sicher, dass er schlafen würde und von ihm keine Gegenwehr zu erwarten war. Er war eines Blickes nicht mehr würdig, sie hatten mit ihm, was sie wollten.

Sein Blut.

Des Lebens kostbare Flüssigkeit.

Er zog eine kleine Spritze aus einer Jackentasche seines dunklen Gewandes. Zog den Verschluss von der Kanüle ab und setzte die Spritze daran. Als würde er eine Weinprobe nehmen, zapfte er den Jungen an und dies nicht zum ersten Mal. Er zog seine schwarzen Handschuhe aus, nahm die volle Spritze und tropfte sich etwas von Toms Blut auf seine nun freiliegenden Hände. Verrieb es sorgfältig und hielt seine Hände dann in einen der Lichtstrahlen.

Aus Alt wird Jung,

aus Gestern Heute,

aus Tod Leben,

aus Wissen Macht,

aus Liebe Hass...

Er legte die Spritze an seine Lippen, ein wohliges Schaudern in der Kehle. Das Leben ist sinnlich und süß, ein Geschenk der Götter an die auserwählten Menschen dieser Erde.

Sie warteten bis es Abend wurde und holten den unschuldigen Körper aus der Zelle raus. Wie ein Engel schlief er und ahnte nicht, dass nun die letzten Minuten seines jungen Lebens verstreichen würden.

Einer von ihnen trug den Jungen in eine Halle aus festem grauem Stein, behelligt mit schwarzen Kerzen, die dem Raum eine unheimliche Aura gaben. Schatten tanzten an den Wänden einen Totentanz.

Er lud ein...

...einen schönen jungen Mann mit langem vollem Haar. Dazu ein spitzes feines Gesicht mit hohen Wangenknochen und einem verwünschten starren Blick, der sich in die Seele bohrte, die Gedanken bestimmte.

Ein spöttischer Mund, arrogant, anziehend, abstoßend,...

... er nimmt dein Herz

und lässt dich mit dem flammenden Schmerz zurück...

seine Liebe ist purer kalter Hass...

ihn zu lieben wird mit Hass gedankt...

ihn zu hassen mit dem Wahnsinn...

Neben ihm flackerten zwei tiefrote Kerzen und es roch betörend nach Weihrauch. Nebelschwaden krochen über dem Fußboden und zeichneten Fratzen auf. Der Duft des heiligen Krautes betäubte die Sinne. An beiden Wänden thronten zwei blutrote Wappen. In einem ruß-schwarzen Farbton war der Name Loki eingebrannt worden.

Sie waren die Diener Lokis, jenem Gott, der sich durch seine Untaten einen Platz im Reich der Götter geschaffen hatte und einen neuen im Reich der Menschen suchte.

Loki, der Schönling, der Lügner und Heuchler, der Gott der Listigkeit und Gemeinheit hatte es geschafft ins 21. Jahrhundert zurückzukehren und sich eine Kirche aufzubauen.

Seine Jünger! Sein Reich! Sein Gesetz!

Kein Ton, kein Geräusch drang hinein. Todesstille.

Starr und erbarmungslos.

Vier weitere Gestalten in dunklen schwarzen Kutten warteten um einen Steinaltar aus grauer Vorzeit auf das Opfer. Sie legten die Innenseiten ihrer dunklen Stoffgürtel frei, in Gold gestickt ruhte dort nun sichtbar der Name Loki, sonst gut in der breiten Endkerbe versteckt.

Feiglinge!

Ihre Hände versteckten sie in schwarzen Handschuhen, unrein wie so noch waren. Zusammen entkleideten sie das arme Kind und legten es auf den kalten grauen Stein. Ein makelloser junger Körper, dem man die Spuren des ärmlichen Seins nicht ansah. Ein kräftiger Körper voller Leben und Energie in ihren Händen. Ein schöner Körper, denn ihr Gott wollte nur schöne Körper haben. Darauf mussten sie achtgeben, denn sonst würde er sein Versprechen nicht halten.

Sie legten seine Arme vom Körper weg, die Innenseiten der Oberarme lagen offen. Streckten seinen Hals und ein Kuttenträger zog einen scharfen messerartigen Dolch aus seiner Kutte. Ohne zu zögern, nicht mal einen Gedanken verschwendend über das Opfer, stach er in die Pulsadern und öffnete sie damit. Blut floss in dicken Strömen an den Händen des Jungen runter in zwei rote Glasgefäße unter ihm. Gierige Augen sahen dem Fluss des Blutes zu.

Wein des Lebens.

Lieblicher Duft.

Der Duft des Lebens.

Der Duft der Ewigkeit.

Das Blut, der Duft des Weihrauches, das Flackern der dunklen Schatten an den alten Mauerwänden und der Wahn in diesen Minuten verwandelte Menschen zu seelenlosen Dienern des Bösen. Nichts in ihnen war noch menschlich. Wie ausgehungerte Tiere lechzten sie nach dem Blut ihres Opfers.

Für einem Moment in der Hölle sein.

Versteckt unter den Kapuzen der Kutten.

Feige Monster.

Sicher, dass er schlafen würde, doch zu feige einem Sterbenden das Gesicht zu zeigen.

Das Blut sickerte langsam in die rot schimmernden Glasgefäße, zu langsam und drohte fast zu versiegen. Der Kuttenträger mit dem Dolch fluchte leise vor sich hin, das bisschen Blut würde nicht für alle reichen. Ein Narr, aber in seinem Handwerk sicher, schnitt er dem Jungen noch die Leiste auf und hielt weitere rote Glasgefäße an die sprudelnde Wunde.

In seinem Tun unachtsam geworden, bemerkte er nicht, dass an einem Arm ein Stück Kutte hochgerutscht war. Etwas Blut spritzte auf die ungewollt freie Haut. Er spürte das warme Leben des Jungen und wie seine runzelige Haut glatt und fein wurde.

Er hielt den roten Trank in das mystische Licht und es leuchte klar wie ein Diamant auf.

Er nahm den ersten Schluck.

Ekelhaft, bitter und doch so süß und metallisch.

Er durfte weder würgen noch sich ekeln, denn es war das Geschenk des ewigen Lebens, der ewigen Jugend. Und der Gedanke, nein, das Wissen dieser Kunst, ließ jegliches menschliche Gefühl verstummen. Kein Mitleid mit dem Opfer.

Tom atmete ruhig, doch dann begann sein Körper, den Blutverlust zu merken. Sein Leib bäumte sich zuckend hoch. Er riss die Augen weit auf. Als wolle der geschändete Junge seine Mörder sehen, doch sackte dann leise zusammen. Das infernalische Schauspiel war zu Ende.

Der Teufel lachte und war stolz auf seine braven Diener.

Tom hatte seinen Zweck erfüllt. Sein Blut gab ihnen das ewige Leben und langsam die Jugend zurück. Das war Lokis Versprechen an seine Jünger.

Denn er, der schöne Gott, kannte das Geheimnis des ewigen Lebens und der nicht endenden Jugend. Den Unterschied zwischen den sterblichen Menschen und den Göttern.

Vier von ihnen tranken sein Blut aus den alten Glaskelchen. Warm wie ein Lava-Fluss. Es schmeckte in ihren Mündern und jeglicher Gräuel, Degout war bei dem Gedanken der Verwandlung erstickt. Sie spürten die neue Kraft in sich wachsen. Das junge Blut berauschte sie. Nur die fünfte Gestalt stand wie ein Hohepriester am Rande und schaute ihnen zu.

Er brauchte das Blut nicht.

Er war, was er war und immer sein würde!

Den leblosen, jetzt nutzlosen Körper legten sie gleich Müll in einige blaue Plastiktüten und zerrten ihn wie totes Vieh aus der heiligen Halle. Trugen ihn raus in die kalte Nacht und warfen ihn in einen Kofferraum.

Zwei von Ihnen fuhren mit der Leiche weg. Doch nur einer musste entweihten Körper in sein nasses Grab bringen. Befreite ihn von den Tüten, deckte ihn liebevoll mit einigen Schiffgräsern zu und steckte ihm als letzten Gruß ein rosafarbiger Teddybär in seinen Arm. Sorgsam räumte er die Ruhestätte auf und konnte im Schutz der Dunkelheit ungesehen verschwinden. Niemand hatte was gesehen oder gehört.

Kapitel 8:

Das Tagebuch von Pastor Palle Hark aus Katendijk

Amalie wurde durch das laute Schellen des alten Telefons geweckt. Verschlafen nahm sie den Hörer ab und wurde von Seebärs barscher Stimme begrüßt.

>>Frau Wied will Sie mal wieder sprechen!<<

Sie hörte ein Knacken in der Leitung und dann die fröhliche Stimme von Lissy.

>>Einerlei, was Sie heute vorhaben, nach dem Frühstück kommen Sie zu mir, denn ich habe was über Katendijk rausgefunden!<< , befahl sie.

Amalie gähnte in den Hörer.

>>Wie haben Sie das gemacht?<<

Sie fand die Frage witzig, aber typisch für Amalie.

>>Internet ist doch was Feines und gestern habe ich mir für einen Euro so ein kleines Notebook gekauft und die ganze Nacht gegockel.<<

>>Ge-was?<<, Amalie atmete genervt auf.

>>Gegockelt!<<

>>Das ist bestimmt ein englisches Wort und ich glaube nicht, dass die Engländer das Wort Gegockel kennen.<<

>>Egal, kommen Sie einfach, das wird uns bestimmt weiterhelfen.<<, unterbracht Lissy sie schnell belehrend.

Amalie nahm ihre Armbanduhr vom Beitisch ihres Bettes. Noch keine halb Acht und das nannte sich Urlaub. Sie

133

reckte und streckte sich und ging noch verschlafen ins Bad.

Was sollte sie schon so Spannendes über ein Nest in Friesland raus gefunden haben? Sie guckte in den Badezimmerspiegel. Gott, um diese Zeit konnte man auch wirklich jede Falte in ihrem Gesicht sehen.

Aus dem Nebenzimmer hörte sie Geräusche. Bastians Handy-Melodie ertönte auch schon. Sie vernahm seine verschlafende Stimme, die in einem Gähnschwall unterging. Nur was er sagte, verstand sie nicht. Dann polterte es. Die Dusche ging an, ein Krachen und Fluchen.

Eilig zog sie sich an und rannte die Treppe runter in den Speiseraum, doch Bastian war noch nicht da. Eine grobe Hand packte sie von hinten und zog sie aus dem Raum zur Rezeption hin.

>>Ich habe Sie vor dieser Verrückten gewarnt!<<, zischte Seebär. Amalie zuckte zusammen; der feste Griff schmerzte an ihrem Arm.

>>Was geht es Sie überhaupt an, mit wem ich mich hier im Urlaub treffe?<<, fuhr sie ihn an. Sie nahm ihren ganzen Mut beisammen. Seebär sah sie bedrohlich an und ängstigte Amalie.

>>Muss es denn eine Verrückte sein? Was für Gruselmärchen erzählt Sie denn?<<

Seine Augen guckten noch zorniger. Forschend, bestimmend und angsteinflößend.

>>Wie kommen Sie überhaupt darauf…<<

>>Probleme?<<

Bastian stand breitbeinig auf den unteren Treppenstufen und sah streng zum Empfang rüber. Amalie riss sich aus Seebärs schmerzenden Griff und Bastian nahm sie mit in den Speisesaal.

>>So ein brutaler Kerl!<<, empört meckernd zeigte sie Bastian ihren Arm, Seebärs Hand hatte sich rot abgezeichnet.

>>Ich will nur nicht, dass Ihnen was passiert...<< Seebär lief ihnen nach. >>Die Alte da oben ist gefährlich.<<

>>Was tut sie denn?<<, fragte ihn Bastian und Seebär schluckte leise auf. Ja, was tat sie eigentlich? Worin bestand die Gefahr, die von dieser Frau ausgehen sollte?

>>Man erzählt sich da so einige Geschichten<<, gab er klein bei.

>>Welche Geschichten?<< Bastian glaubte dem Mann, der sich plötzlich vor ihm klein machte und anfing zu stottern, kein einziges Wort.

>>Sind halt Geschichten. Ihr Mann soll unter ganz eigenartigen Umständen umgekommen sein und ich muss doch meine Gäste schützen. Der Graf ist auch nicht erbaut von ihr...<<

Bastian klopfte brüderlich auf seine Schulter. >>Dann werde ich mal ein Auge auf die gute Frau Pauls werfen. Wenn schon der Graf das sagt.<<

Bastians Antwort reichte ihm offensichtlich nicht und dieser ins Lächerliche gezogene Unterton in seiner Stimme, ließ Seebär innerlich kochen. Er konnte in Bastians Gesicht ein hämisches Grinsen sehen, ließ die beiden jedoch alleine und ging zornig Richtung Anmeldung.

Sie setzen sich und Bastian flüsterte Amalie zu: >>Da stimmte doch kein einziges Wort. Aber ich passe wohl doch besser auf Sie auf. Dieser Riese verbirgt doch etwas.<<

>>Ja, Lissy war nie verheiratet. So eine dumme Geschichte.<<

Er fummelte an der Tageszeitung herum, riss ein Stück Papier raus und schrieb seine Handynummer darauf.

>>Ist vielleicht besser so, wenn mal was sein sollte.<<

Seebär beobachtete sie, konnte aber nur Amalies Haare sehen, da Bastian sie fast komplett verdeckte. Trudi stellte wie jeden Morgen den Kaffee auf den Tisch.

>>Wie geht es Ihnen?<<, sprach Bastian sie an, Amalie gefiel das nicht.

Trudi schlenkerte mit dem Kopf hin und her, dann verzog sie den Mund, als würde sie versuchen zu lächeln.

>>Rat schläft<<, kicherte sie ihn an.

Rat schläft? Was sollte das heißen?

>>Wo schläft Rat?<<

Trudi zeigte ziellos Richtung Norden, ihre Augen wanderten umher, der Blick ging ins Leere.

>>Lassen Sie das arme Mädchen doch in Ruhe.<< Amalie legte ihre Hand auf seinen Arm.

Doch Bastian fragte weiter: >>Wer ist Rat?<<

Trudi gab einen schrillen Laut von sich, die wenigen Gäste, die sich so früh eingefunden hatten, schreckten hoch. Seebär kam von der Anmeldung zurückgerannt und baute sich schützend vor seiner Tochter auf.

>>Was ist hier los?<<, brüllte er in den Saal.

Trudi verzog abermals ihr Gesicht zu einer aussagelosen Maske.

>>Kaffäää!<<

Als sei nichts gewesen ging sie zum nächsten Tisch und stellte dort mit dem Ruf >>Kaffäää<< die hellblaue Kanne ab.

Die Leute sahen sich an, das Mädchen und dann Seebär.

Er schnaubte, schnappte nach Atem und musste jedoch seinen Zorn unterdrücken. Er hätte sich einfach aus der Affäre ziehen können, wenn er den besorgten Vater gespielt hätte, aber der war kein besorgter Vater. Er ballte seine Fäuste in den Hosentaschen zusammen und ging zurück zur Rezeption.

Bastian sah ihm hinterher? Welch ein eigenartiger Typ, und welch eine eigenartige Liebe musste es zwischen den beiden geben. Niemals würde ein Vater so gleichgültig reagieren, schon gar nicht, wenn es sich umso ein hilfloses Wesen handelte.

Nach dem Frühstück schlüpfte Amalie in ihren Regenmantel und den botten hohen Stiefeln und machte sich auf den Weg zu Lissy.

Sie drehte sich dabei öfters mal um. Seit heute Morgen fühlte sie sich nicht mehr besonders wohl in dieser Stadt. Der Nordseezauber war verflogen und tauschte mit einer grauen Realität seinen Platz. Der Schrecken steckte ihr noch in den Gliedern und das beklemmende Gefühl beobachtet zu werden, hatte sich bei ihr eingeschlichen. Seebär hatte ihr mehr als deutlich zu verstehen gegeben, was er von ihren Besuchen bei Lissy hielt, doch, außer Lügen, nie einen Grund für seine Abneigung gesagt.

Lissy hatte ihr kleines schwarzes Notebook auf den breiten dunklen Küchentisch aufgestellt und um das Gerät herum lagen einige Blätter sowie Bleistifte verstreut. In einer großen Tasse klebte dick der Kaffeesatz der letzten Nacht.

>>Setzen Sie sich, ich habe tolle Neuigkeiten.<<, empfing sie Amalie und war nicht müde, sondern munter wie ein junges Mädchen. Ihre blau-grünen Augen leuchteten hinter der feinen Brille. So wie sie dort saß, die grauen Haare hochgesteckt, konnte man sie sich gut als Lehrerin vorstellen.

Bastian ging indessen zu Overman und Boer. Bruin hatte ihn früh morgens aus dem Bett geschellt. Nur kurz informierte er ihn, dass er eine E-Mail an die Polizeistelle geschickt hatte, da zwei Bahnhofsnutten sich bei der Amsterdamer Polizei beschwert hatten.

Sie hatten gesehen, wie ein gut gekleideter Mann einen Jungen vom Bahnhof in einem dicken Schlitten mitgenommen hatte. Vielleicht ging es diesen Damen auch nur darum, dass der reiche Typ ihnen nicht das Geschäft kaputt machen sollte. Dennoch fand Bruin es erwähnenswert, da sie dieses Auto mit dem Unbekannten schon mal in dieser schäbigen Seitengasse gesehen haben und Menschen dieser noblen Klasse nicht dort hingehörten. Immer nahm der elegante Mann Jungs mit, die sie nicht kannten und, bei denen es sich sicher um die Bahnhofsratten handelte. Das Auto kam aber nie mit den Jungs zurück, wenigstens sahen sie das niemals.

Bastian ging ohne anzuklopfen hinein. Ein bekannter Anblick, beide strahlten ihre Kaffeetassen an und auf den Schreibtischen breitete sich ihr Frühstück aus.

>>Gibt es was Neues?<<, begrüßte ihn Boer.

Bastian nickte. >>Ja, Hauptkommissar Bruin hat mir eine Mail hierher geschickt, die hätte ich gerne.<<

Die beiden sahen nervös sich an, dann drückte Overman hastig auf der Tastatur herum.

>>Ähm, stimmt, gerade gekommen, ich druck es Ihnen aus.<<

Gerade gekommen? Bruin hatte ihn schon vor gut zwei Stunden aus dem Bett geklingelt. Welch Einfaltspinsel.

Der Drucker schnurrte, Bastian nahm die Blätter einzeln entgegen und las.

Leider hatten sich diese Damen angeblich keine Nummernzeichen oder die Automarke merken können. Auch seien sie ziemlich betrunken und benebelt gewesen. Also war diese Information mit einer gewissen Vorsicht zu genießen. Dennoch schien sich regelmäßig jemand Wohlhabendes sehr für Jungs aus dem Bahnhof zu interessieren. Bruin wollte sich diese schäbige, heruntergekommene Ecke mal genauer ansehen und die nächste Zeit beobachten lassen. Vielleicht nur eine Finte, aber ein Versuch war es wert.

>>Und? Eine gute Nachricht?<<, fragte Overman und goss sich einen weiteren Kaffee ein.

>>Ja, Bruin hat um meine Hand angehalten.<<

Bastian nahm die Blätter und verließ wortlos die Polizeistation.

Er stopfte die Seiten in seine Jackentasche und schaute von der Strandpromenade in Richtung Norden, zur Villa van het Brucht. Ging einige Schritte weiter und schaute abermals nach Norden und egal von wo er auch Norden suchte, in diesem kleinen Dorf endete Norden immer an der Villa van het Brucht und sein Durchsuchungsbefehl ließ auf sich warten.

Der Herr Graf van het Brucht, immer und überall, der gern zitierte Mann in jeder Lebenslage. Sein Handy klingelte. Amalie, sie schrie so laut rein, dass er sein Handy ruckartig vom Ohr weghielt. Dann hörte er eine andere weibliche Stimme: >>Halten Sie es richtig und schreien Sie nicht so.<<

Bastian schaute verwundert auf sein Handy. Legte es wieder vorsichtig an sein Ohr und vernahm erst ein Rascheln, dann ein Kichern und als drittes meldete sich Amalie wieder.

>>Hier ist Amalie, können Sie hoch zu Lissy kommen? Wir haben eine Spur!<<

Er hörte wieder ein Rascheln, einige Klicklaute, als spiele jemand mit der Tastatur und das Gespräch endete abrupt.

Bastian verschlug es die Sprache. Wir haben eine Spur? Wir? Hatte ihm die alte Lady nicht versprochen mit niemanden darüber zu reden? Wir? Das war ja wohl diese Lissy, bei der sie sich immer aufhielt!

Und? Hatte er seine Handynummer nicht nur für einen Notfall gegeben? Er lief nicht, nein, er rannte durch das Städtchen hoch zu dem Steinhaus. Er kochte vor Wut. Rutsche, zu allem Überfluss, noch in dem schlickigen Sand aus. Warum musste es ausgerechnet gestern Abend wie aus Kübeln regnen? Hellbrauner Modder spritzte an seiner Jeans hoch bis ins Gesicht.

>>Verdammte Scheiße!<<, fluchte er. Wischte sich notdürftig den Dreck vom Körper ab und lief weiter. Alleine die Vorstellung, dass ihn dort nun ein nettes Kaffeekränzchen mit zwei alten Damen, die Detektiv spielten, erwartete, ließ ihn fast innerlich platzen.

Er stürmte in das Haus ohne anzuklopfen, ohne Begrüßung und giftete die beiden Ladys an.

>>Was fällt Ihnen eigentlich ein, Sie…<<

>>In meinem Haus brüllt nur einer und das bin ich! Sie Dreckspatz!<<

Bastian sah Lissy verdutzt an. Der strenge Ton, der bestimmende Blick über ihre Brille. Er atmete tief ein und versuchte sich zu beruhigen. Warum fühlte er sich gerade jetzt wie damals in der Grundschule?

>>Meine Dame…<< Er sprach leiser. Wenigstens versuchte er es, aber seine Stimme zitterte noch vor Erregung. >>Ich bin Kommissar und hier geht es um Mord an Kindern, das ist kein Spiel, was ich hier treibe.<<

>>Wir auch nicht, Herr Kommissar.<<

>>Sie haben aber keinen Spuren nachzugehen, das ist mein Job und außerdem lebensgefährlich.<<

Lissy zog ihre Brille von der Nase, kniff sich erschöpft in die Augen und sah ihn ernst an.

>>Herr Kommissar, wir wissen, dass Mord kein Spiel ist und dass wir uns auch aus den Ermittlungen raushalten müssen. Aber im Hintergrund Hilfe anbieten, das ist

Bürgerpflicht. Ich bin...<< Sie atmete seufzend: >>... war Lehrerin, das Wohl unsere Kinder liegt mir am Herzen.<<

Bastian sackte auf einem der Küchenstühle zusammen. Lehrerin, daher dieser Blick der in Mark und Knochen ging.

>>Außerdem, Herr Kommissar, wenn eine alte Frau wie Amalie Ihre Tarnung auffliegen lassen kann, dann sollten Sie froh sein, über jede Hilfe, die Sie bekommen können.<<

Das saß! Das verschlug Bastian die Sprache!

Hatte Amalie gerade die Worte alte Frau in Zusammenhang mit ihrem Namen gehört? Erbost sah sie zu Lissy rüber. Alte Frau?

>>Gibt es was Neues?<<

Lissy zeigte auf die Blätter, die aus seiner Jackentasche quollen.

Er schüttelte abweisend seinen Kopf.

>>Nein, und welche heiße Spur haben Sie entdeckt?<<

Was sollten die beiden schon groß entdeckt haben? Bastian verdrehte genervt seine Augen, versuchte jedoch einen interessierten Gesichtsausdruck zu machen

>>Ich habe mich heute Nacht mit Katendijk beschäftigt und...<<

>>Habe ich auch schon, nichts als Ferienwohnungen, Hotels, Sehenswürdigkeiten...<<, winkte Bastian gelangweilt ab.

>>Wohl mit dem Schnellzug durch die Erziehung!<<, fuhr sie ihn an. >>Lassen Sie mich ausreden!<<

Er steckte die Hände in die Hosentasche und schaute verstimmt zur Holzdecke hoch. Alter Drachen.

>>Ich habe mich mit den Sagen und Geschichten um Katendijk beschäftigt und diese sehr interessante Geschichte gefunden:

Palle Hark war 1735 Pfarrer in der Gemeinde Katen, dem heutigen Katendijk. Erst im Ende des 19 Jahrhundert wurde offiziell aus Katen Katendijk.

Katen war ein kleines ehrliches, aber armes Fischerdorf in Friesland. Die Bürger lebten im Einklang mit dem, was das Meer ihnen gab und in festen Glauben, dass der barmherzige Gott den richtigen Weg weisen wird.

Im warmen Spätsommer des Jahres 1735 siedelte eine für den Pfarrer unbekannte Bruderschaft in einen verlassenen Hof, den sie Katendijk nannten, weil er gleich am Deich, außerhalb des Dorfes stand und nur über einen schmalen Sandweg zu erreichen war. Zerfledertes Buschwerk hatte sich im Laufe der Jahre um den alten Hof angereichert und das stürmische Meer den Sandboden zerpflückt. Der Hof war zerfallen und nur die Außenmauern standen noch. So sah es dort unheimlich aus und war nicht gerade ein Ort, an dem Menschen leben wollten.

Palle Hark und die Bewohner von Katen sahen diesen Brüdern mit Argwohn entgegen. Aber da sie sich friedlich verhielten und kaum Notiz von dem Leben in Katen nahmen, keine Lebensmittel am Markt kauften und sich auch sonst nicht am Leben von Katen beteiligten, glaubten sie, dass es sich um streng gläubige Mönche handelte, die in der Einsamkeit ein karges und demütiges Leben führen wollten...<<.

>>Und woher wussten sie, dass es Mönche waren?<<, unterbrach Bastian.

Lissy blätterte weiter und stoppte mitten im Text.

>>Sie trugen schwarze Mönchsgewänder, die den ganzen Körper bedeckten. Haupt und Gesicht verschwand unter einer spitz verlaufenden Kapuze. Selbst die Hände steckten in schwarzem Stoff. Um ihre Taillen hatten sie einen schwarzen Stoffgurt mit breiten Krempen am Endstück.

Der Pfarrer schaute ab und zu nach der kleinen Gemeinde, aber die Handvoll Brüder waren weder freundlich, noch schienen sie was gegen ihn zu haben.

Er existierte nicht in ihrer Welt. Sie sprachen kaum ein Wort mit ihm und erledigten ihre Arbeiten am Hofgebäude und in dem Garten und beim Vieh, ohne ihn groß zu beachten.

Sie bauten den verfallenden Hof in Kürze wieder auf, verweigerten ihm aber den Einlass, was Hark schon eigenartig fand, da sie ja alle Gottes Diener waren. Er wollte aber auch nicht ihre Ruhe stören und akzeptierte das abweisende Verhalten höflich.<<

Lissy überflog den Text um einige Stellen.

>>Was jetzt kommt, ist aus dem Tagebuch des Palle Hark:

... im Herbst 1736 kam unerwartet das Böse über Katen. Das Meer spülte an einem kalten Sonntagmorgen die Leiche der vermissten Audra, einem jungen blonden

Mädchen um die 12 Jahre an den Strand. Sie war die Tochter der braven Fischerfamilien Finn hier im Dorf, die ehrlich und gottestreu ihr Leben führten. Blutleer und die Haut weiß wie das Innere einer Muschel war das arme Mädchen.

An den Armen und am Hals, sowie an den Innenseiten der Beine hatte sie tiefe Wunden. Welch ein Teufel hatte sich an dem jungen Leben vergriffen?

Wir beerdigten das Mädchen noch am selben Tag auf dem Friedhof neben der Kirche. Die Bürger tuschelten fortan über den Teufel und seine Diener.

Keine vier Wochen später verschwand der Sohn vom Fischer Piet spurlos: Ein lieber Junge, der seinen Eltern nie Ärger bescherte. Auch ihn fanden wir am Strand. Er lag dort wie weggeworfen. An den Armen und abermals am Hals klaffte je eine große Wunde, als habe man den Knaben zur Ader gelassen. Niemand hier verfügte über die Kenntnisse solch eine Behandlung durchzuführen. Er fand sein Grab am selben Tag.

Die Bürger fürchteten sich und fühlten sich vom Bösen verfolgt. Doch ahnten nicht, was sie Unrechtes getan haben sollen, dass man sich an ihren Kindern vergriff. Sie beteten mit mir nun jeden Abend in unserer Kirche und zündeten zum Schutz von Katen weiße Kerzen an. Sei die Mutter Gottes gnädig zu ihren Kindern.

Ihre Angst jedoch wuchs zu Zorn heran. Sie schworen Rache für den schändlichen Tod der beiden unschuldigen Kinder, deren Blut man genommen hatte. Doch all das Beten und Klagen half nichts.

Kees, der Junge des Dorfschmiedes verschwand in einer kalten Novembernacht. Die Bürger machten sich mit Feuerfackeln auf die Suche nach dem Jungen.

Ihn wollten sie nicht dem Teufel überlassen. Ja, sie glaubten an den Teufel, an Odin und an die Macht des heidnischen Glaubens. Waren wir doch ehrliche Christen, schlummerte in ihnen aber immer nach der Heide, der seine alten Götter nicht aufgegeben hatte.

Es war nur ein Gefühl, welches mich zu der Bruderschaft trieb, und sie folgten mir zu dem verlassenen Katendijkhof in die dunkle Nacht. Die Fackeln wehten im kalten Seewind und drohten zu erlöschen. Angekommen schlugen die Bürger das Haupttor auf und mir verschlug es die Sprache. Keine Ammenmärchen von alten Frauen, sondern die Kirche des Bösen hatte sich hier ausgebreitet.

Diese Monster in ihren schwarzen Kutten. Jetzt sah ich ihren Gott, auf den Enden der Gürtel stand in goldenen Lettern Loki. An den Wänden prangerten blutrote Wappen mit seinen Namen und seine gemein lachende Fratze stand uns als weiße Statur gegenüber. Ein schöner junger Gott, umhüllt von schwarzen Kerzenrauch und dem Duft des heiligen Weihrauches, stärker als ich ihn je bei einer Messe benutzt habe. Gerade zu benommen machte der starke Duft, den sie für ihr barbarisches Werk missbrauchten.

Ich vergaß vor Schreck fast den Jungen, doch die groben Fischer rissen ihn aus ihren Klauen weg von dem grauen Steinaltar, deckten seinen kalten, nackten Leib in Mänteln und retteten ihm das Leben.

Frauen trugen ihn fort von dem schrecklichen Ort. Aber die Männer wollten Rache für ihre toten Kinder und dem Massaker ein Ende setzten. Zahn um Zahn, Auge um

Auge, Blut für Blut. Sie hörten nicht mehr auf mich. Zu stark war Zorn und Trauer. Sie packten die dunklen Gestalten und zerrten sie ins Licht des Mondes, rissen ihnen die Kutten und Kapuzen vom Leib. Hielten die Fackeln an sie dran, denn sie wollten die Gesichter vom Teufel sehen. Sie lachten sie aus, hämisch lachten die Diener des heidnischen Teufels die Fischer aus. Dumme hässliche Teupel seien sie und die Kinder hätten schon ihren Zweck erfüllt. Glaubten doch diese armen Seelen an ein ewiges Leben und an eine ewige Jugend.

Loki hatte es ihnen versprochen, das Blut sei der Saft des Lebens und sein Geschenk an seine Diener. Sie bedauerten nur, dass ihre letzte Opferung gestört wurde, dann hätten sie endlich makellose Körper gehabt, denn nur schöne junge Körper nahm Loki als Gabe an.

Ich schwöre, sie sahen nicht anders aus als wir braven Bürger, keinen Tag jünger oder schöner. Alte, raue Gesichter, mit Falten sah ich. Unter den zerrissenen Kutten traten alte, teilweise fettleibige Körper hervor, unvollendet. Es sei ihre Pflicht gewesen, ihre Körper ganz zu verstecken, da Loki nur schöne Jünger anblicke. Es sei der Weg gewesen, denn sie hätten gehen müssen. Eine der verrückten Seelen kicherte mit verdrehten Augen in die dunkle Nacht, und nannte sich Nadasdy und sei unsterblich und Loki sein Vater, die Gräfin seine Mutter.

Wir kannten keine Gräfin mit solch einem Namen. Ich wollte sie der Gerichtsbarkeit übergeben, verwirrte Leute, doch die Bürger von Katen forderten gleich Gerechtigkeit.

Ich war machtlos und musste mit ansehen, wie sie die halb entblößten Männer wieder ins Haus jagten, sie an die Hauptbalken im Inneren anbanden und den Hof unter Feuer legten.

Erst lachten sie, denn sie waren sich sicher, schon unsterblich zu sein. Sie würden auf unsere Gräber pissen, riefen sie nach draußen. Doch dann erreichte das Feuer ihre Leiber. Sie schrien wie Wahnsinnige. Ihre markerschütternden Schreie und Flüche drangen in die stille kalte Nacht. Ich betete leise für ihre Seelen, mehr konnte ich nicht für sie tun. Sie waren nicht unsterblich, sie brannten wie das alte Heu auf den Hofdächern.

Wir blieben bei der Feuerstelle, die Fischer wollten sicher sein, dass niemand dem Feuer entkam. Sie fanden erst wieder Ruhe, als alles vor ihnen in Schutt und Asche lag. Die Asche verstreuten sie im Morgenwind Richtung Meer. Teufel brauchen kein Grab an dem man für sie beten kann...

Ich fühle mich schuldig an diesen Menschen, da ich deren Tod nicht aufhalten konnte, doch habe auch Verständnis für meine Gemeinde, die den Tod der braven Kinder überwinden musste. Es kehrte wieder Frieden in unsere kleine Gemeinde ein, aber nicht in meine Seele. Nicht mal, als ich die Worte hier niederschrieb, konnte ich Vergebung fühlen. Niemand mit schlechter Gesinnung soll erfahren, was hier passierte...<<

Lissy atmete tief ein. >>Welch eine traurige und bedrückende Geschichte, die sich damals an den Küsten von Friesland abspielte.<<

>>Jetzt wissen wir, wie und warum die ersten Morde in Katendijk waren.<< Amalie schnäuzte sich und prustete in ein Taschentuch rein.

>>Gut, aber wie soll uns das nun weiterhelfen?<< Bastian verstand nicht, was an dieser Sage, dieser Spur so heiß

sein sollte. Es erklärte, wenn überhaupt, vielleicht die Morde an den zwei Mädchen von Katendijk. Jedoch war bis heute kein Täter gefunden worden und auszuschließen war es selbst bei so einer schrecklichen Tat nicht, dass es sich um eine Nachahmung handelte. Schließlich werden die Leute in Friesland ihre Sagen und Märchen kennen. Außerdem hörte sich der Tagebucheintrag wie eine schlechte Horrorgeschichte an. `Loki ist mein Vater.´ Wer konnte schon genau bezeugen, dass es diesen Pfarrer überhaupt gab. In anderen Städten wird von Drachen und solchen Dingen erzählt. Auch kein Wort von wahr.

>>In godsnaam!<<

Lissy schlug mit ihrer Faust auf den Küchentisch. So viel Ignoranz hatte sie schon lange nicht mehr erlebt.

>>Das ist doch offensichtlich, dass die Bruderschaft von Katendijk erneut zusammengekommen ist. Kinder verschwinden und tauchen blutleer wieder auf. Welch tieferen Sinn sollte denn das Blut sonst haben? Einige Irre streben nach dem ewigen Leben! Der ewigen Jugend! Die Diener Lokis sind unter uns! Irre, die sich für die Nachfahren von Nadasdy halten. Und die Geschichten zu dieser Dame kennen Sie hoffentlich?<<

Bastian war ein rational denkender Mensch. Selbst der Kommissar in ihm konnte und wollte sich nicht vorstellen, dass sich im 21. Jahrhundert aufgeklärte Menschen dem Durst nach frischem Blut hingaben. Ausgenommen Vampire oder eher die, die meinten einer zu sein. Doch die zapfen in ihrem Wahn die Opfer anders an. Beißspuren, mal gute, mal dilettantische. Überhaupt, Blut, ein Wundermittel für das ewige Leben? Da gab es heute Moderneres. Nichts sprach für einen Vampir.

Außerdem waren sie neuerdings cool, mussten deshalb auch keinen Opfern mehr auflauern. Es gab genügend Leichtgläubige, die sich gerne beißen ließen und ihr Blut teilten. Satanisten hätte er als real genommen. Nur gab es hier keinerlei Spuren von ihnen. Nicht die typischen Merkmale, wie zerfetzte Kleintiere, Mäuse und Hamster, auch kein Friedhof war geschändet worden. Keine schwarzen Schmierereien an Kirchen oder Grabsteinen. Keine Meldungen von Bürgern, dass sie ihre Messen abhielten. Nichts dergleichen.

Es gab überhaupt keine Hinweise von den Bürgern. Als ob die Toten aus dem Nichts auftauchen. Keine Vorgeschichte, gar nichts. Alles war hier anders.

Und diese Gräfin mit samt Loki? Sie kannte er nicht, Esoterik. Von ihm hatte er mal irgendwann gehört. Konnte den Namen aber intuitiv nicht zuordnen. Jedenfalls nicht dieser Szene. Satan, Teufel, Dämonenfürst, kein Loki oder Odin.

Bastian kramte in den Blättern herum, die auf dem Tisch verstreut lagen. Lissy hatte sich auch mit dem alten Zandvoort auseinandergesetzt und einige handschriftliche Aufzeichnungen gemacht. Er überflog ihre Notizen kurz. Lissy sah ihn ungeduldig an. Dieser freche Bengel gab ihr nicht mal eine Antwort, sondern las einfach in ihren Aufzeichnungen. Sie riss ihm die Blätter aus der Hand. Amalie konnte das Desinteresse von Bastian auch nicht verstehen. Schon einmal hatte sie ihm einen guten Tipp gegeben, doch er reagierte gar nicht. Stattdessen bohrte er hinter dem behinderten Mädchen her, dass sie in keiner Silbe erwähnt hatte.

>>Ich warte auf eine Antwort!<<, motzte Lissy ihn ungeduldig an.

Bastian kniff seine Nase zusammen.

>>Ladys, es gibt nur einen Denkfehler in der ganzen Sache. Die Bruderschaft von Katendijk wurde in Friesland verbrannt. Bis jetzt kannten wir das Tagebuch von Palle Hark nicht, und wer es auch immer noch kennt. Die zwei Morde an den Mädchen waren auch in Friesland, aber wie bekommen wir die Geschichte hier runter nach Zandvoort?<<

>>Da muss es einen Zusammenhang geben. So viel Zufall kann nicht sein. Lissy hat recht. Hier wiederholt sich die Sage der Bruderschaft von Katendijk. Wir müssen nur noch rausfinden, wo sie sind, dann haben wir die Täter.<<

In Amalies Protest hörte Bastian viel zu oft dass Wort `wir´. Die Damen freundeten sich nicht mit dem Gedanken an, dass er und die Polizei die Täter alleine suchen würden. Bürgerpflicht hin oder her. Sie waren einige Schritte zu weit gegangen.

>>Für einen jungen Mann sind Sie verdammt begriffsstutzig!<<, fuhr sie ihn an.

Sein Handy klingelte, Bruin war dran. Er begrüßte ihn einsilbig und fragte, ob er alleine sei.

Bastian ging vor die Türe, einige Schritte hin zur Villa, wo er sich ungestört fühlte.

>>Was ist?<<

>>Gerade haben sie im Kennemer Ziekenhuis einen Jungen eingeliefert. Vor gut einer halben Stunde haben Jogger ihn in den Dünen von Kennemerland gefunden. Bedeckt mit etwas Gras.<<

>>Ins Krankenhaus? Der Junge lebt also noch?<<

>>Mehr tot als lebendig. Die pumpen ihn jetzt mit Blutkonserven voll und Medikamenten. Ich habe ihn dort liegen gesehen. Das muss doch ein Geistesgestörter sein, wieder einen rosa Teddy im Arm und dicke Wunden an Armen und in den Leisten.<<

Bruin Stimme war leise und müde. Er schuftete Tag und Nacht, aber jedes Mal war diese Teufels-Brut schneller als er.

>>Weißt du schon, wer der Junge ist?<<

>>Ja, wir sind alle Anzeigen durchgegangen. Der Junge heißt Tom Velten und wohnte zuletzt bei seiner Großmutter, die ihn seltsamerweise nicht wirklich vermisste.<<

Bastian spürte die Verzweiflung in Bruins Stimme. Der Fall ging dem sonst so harten Polizisten an die Nieren.

>>Bete zu allen Göttern, dass er den Kampf übersteht. Er ist zurzeit unsere einzige Spur.<<

>>Meinst du, es besteht ein Zusammenhang zwischen den Jungs und den Morden an den zwei Mädchen aus Katendijk?<<

Bruin atmete schwer. >>Ich glaube alles, ich würde sogar den Teufel verhaften, wenn es einen Beweis gebe würde. Wir müssen diese Bestien finden, die morden lustig weiter. Noch mehr Kinder gehen einfach nicht. Hier in Amsterdam macht man mir die Hölle heiß.<<

>>Haben denn die Bordsteinschwalben noch etwas von sich gegeben?<<

>>Ich habe noch mal zwei Polizisten zu ihnen geschickt. Du weiß doch, das Volk dort ist nicht besonders gesprächig und wenn kann man immer alles nur mit Vorsicht genießen.<<

Bastian drehte sich zum Steinhaus zurück. Nein, die zwei neugierigen Damen lauerten ihm nicht heimlich auf.

>>Ist nur so ein Gedanke, aber könnten nicht doch Satanisten oder solche Gruppen dahinterstecken? So Irre, die an solche Geschichten glauben?<<

Bruin lachte gequält. >>Klar, aber der Teddybär? Natürlich sind das irgendwelche Satanisten. Verrückte, die sich irgendeine Hoffnung aus dem Blut der Jugendlichen zusammenbrauen. Nur wer? Wer zum Teufel ist es? Ich habe 24 Stunden einen Polizisten bei dem Jungen am Bett sitzen, das ist mir alles zu heiß.<<

>>Ich hab das was über Katendijk rausgefunden. Da hat so 'nen Pfarrer 17-Hundert-und-so, aufgeschrieben, dass damals eine Loki-Bruderschaft auf dieselbe Weise Kinder umgebracht hatte, auch denen wurde das Blut genommen...<<

>>Du sollst dich nicht mit Märchen von 17-Hundert-und beschäftigen, sondern mir helfen den Mörder zu finden!<<, schrie Bruin so laut durch das Handy, dass Bastian es vom Ohr wegzog.

>>Hey, mach ich, aber was 'nen Zufall, dass alles spielte sich in Katendijk ab und dort waren auch die ersten Leichen, denen man das Blut abgezapft hatte, den einzigen Verdächtigen ließ man gehen und drei Jahre später geht es wieder los. Wie blind muss man denn sein, da keinen Zusammenhang zu sehen?<<, schrie er zurück.

>>Gut, dann sag mir, wer und wo!<<

Bruins Stimme zischte wie die einer streitsuchenden Natter.

>>Weiß ich auch nicht! Glaubst du, ich spiel mir an den Füßen rum? Hier sind nur Verdächtige, dieser Pensionsinhaber hat was zu verbergen, seine Tochter verschwindet spurlos tagsüber und dann noch dieser Graf mit der unheimlichen Villa, für die ich bis heute keinen Durchsuchungsbefehl habe!<<

Der falsche Satz zur falschen Zeit.

>>Geh mir bloß nicht auf die Eier!<<

>>Wäre aber zeitlich sehr gut, weil seine Lordschaft nicht da ist. Da stört er nicht!<<

Bruin knallte den Hörer in die Gabel. Das konnte er gerade noch gebrauchen! Als ob er hier nicht schon genügend Ärger hatte! Selbst die Einheimischen, die die Opfer finden, sind keine Hilfe. Sie finden die Jungs nur zufällig, aber kennen sie nicht. Sind erschrocken und haben nicht die leiseste Ahnung, wer der oder die Täter sein könnten. Sagen stets aus, dass es Menschen von außerhalb sein müssen. Denn sie trauen es keinen von ihnen zu und sie behaupten, dass immer mehr das Gebiet meiden. Also wird es noch leichter für sie. Wo es doch jetzt schon ein fast menschenleerer Sektor ist; und genau das Wissen diese Kreaturen.

Bruin ging nicht von einem Täter aus. Eine Person alleine konnte dies nicht schaffen. Und wer immer sie waren, sie mussten sich auskennen und konnten nicht von weit außerhalb kommen.

Dieser Brüllheini rollte ihm Steine in dem Weg und beschwert sich, dass er nicht weiterkam. Ein paar mehr Kollegen vor Ort wären nicht schlecht gewesen. Vor allem mit einer anderen Gemütseinstellung als Overman und Boer. Alleine konnte er nicht das ganze Gebiet hier überwachen. Aber was Briun nicht wollte, wollte er eben nicht.

Bastian ging zurück in das Steinhaus.

>>Nett, dass Sie unsere Arbeit als die eigene angeben!<<, moserte ihn Amalie an. Aha, sie hatten doch gelauscht. Raffinierte alte Biester.

>>Nett, dass wir es mit bestialischem Mord an Kindern zu tun haben!<<, nörgelte er zurück.

>>Junger Mann...<<, raunzte Lissy ihn an. >>Was wollen Sie eigentlich? Wir helfen Ihnen. Wir wollen auch nur, dass diese Qualen ein Ende haben. Oder ziehen Sie es vor, weiterhin mit diesen Obertrotteln unten am Meer zusammenzuarbeiten? Sich über Kaffee und Teilchen zu unterhalten, zuschauen, wie die Topfpflanzen wachsen und die Möwen den Gehweg vollkoten?<<

Sie lehnte sich zurück und verdrehte demonstrativ ihre Arme abweisend ineinander.

>>Meinen Sie nun auch, sie ist nur eine verrückte Alte, die nur Ärger sucht?<<, flüsterte Amalie entmutigt.

Bastian schloss für einen Moment seine Augen, seine Gedanken wirrten in seinem Kopf herum. Das Leben des einzigen Zeugen hing ein einem dünnen Seidenfaden. Eine Sage aus dem 18 Jahrhundert, zwei Mädchen, vor drei Jahren ums Leben gekommen, die Bruderschaft von Katendijk, alle verbrannt, eine Geschichte, die nicht unbedingt außerhalb von Katendijk bekannt sein sollte.

Viele Wege, aber kein richtiger Zusammenhang. Mal schien alles so klar und einen Augenblick später war alles wieder verwischt und verknotet. Er ging einen Schritt nach vorne und zugleich zwei wieder nach hinten...

... und seine einzige Hilfe schienen wirklich diese zwei Frauen zu sein. Aber er durfte sie nicht dieser Gefahr aussetzen. Sie waren kein Hindernis für solche Leute. Aber die ihr sicherer Tod.

Bastian blätterte gedankenversunken in den Ausdrucken über Zandvoort aan Zee herum. Seine Gesichtszüge waren verkniffen, er beachtete die zwei Frauen um sich herum nicht mehr.

Die guckten einander fragend an.

Bei einem Schwarz-Weiß-Bild hielt er einen Moment inne.

Die Abtei St. Antonius. Ein mächtiger furchteinflößender dunkler Steinbau mit Seitenschiffen an der rechten und linken Seite. Hohe Mauern, kleine Fenster, Luken. Ein Steinkreuz prangerte aus der Vorderwand hervor, sonst keinerlei Pracht; einfach, dunkel, groß und stabil. Über dem Eingangstor eine betende Maria aus hellem Stein und vorne ein Springbrunnen. Ein Mönch, ganz in schwarz mit einem Wassereimer in der Hand.

>>Der stand dort an der Villa<<, unterbrach Bastian sein Schweigen.

>>Besser gesagt steht er da immer noch.<<

Lissy kam mit der Teekanne auf ihn zu.

>>Wo heute die Villa von het Brucht steht, stand früher die Abtei. Den Wald zwischen der Villa und meiner

Hütte gab es auch noch nicht. Meine Hütte gehörte früher der Köchin, die nicht in der Abtei bei den Mönchen wohnen durfte.<<

Sie setzte sich an den Tisch, nahm einen große Schluck Tee. >>Wer weiß, was noch war…<<

>>Was noch war?<<, fragte Amalie und sortierte die Ausdrucke zu kleinen Stapeln.

>>Na ja, man hört da doch immer solche Geschichten und das waren ja auch nur Männer…<<

>>Im Dienste Gottes!<<, schnitt Amalie barsch ein.

>>Aber vollständige Männer und dann eine nette Köchin greifbar. In der Nähe, Tag und Nacht, na, na…<<

Bastian schmunzelte, schaute in Amalies empörtes Gesicht und senkte süffig grinsend sein Haupt wieder. Amalie schien wohl sehr christlich angehaucht zu sein.

>>Aber die Mönche konnten das Kloster nachts nicht verlassen und tagsüber hätte man sie gesehen, wenn denn überhaupt na, na passiert ist.<<

>>Außer sie hatten einen geheimen Gang!<<, verkündigte Lissy triumphierend und hielt ein Blatt mit einer Umrissskizze in die Luft.

Es zeigte einen kleinen Abschnitt des Klosters, auf der anderen Seite ihrer Hütte und dazwischen einen mit kleinen Strichen aufgezeichneter Weg. Klein, schmal, sicherlich kein Hauptweg.

Bastian grinste immer noch. >>Genau das meine ich! Und da Sie mir ja so schön helfen wollen, machen Sie sich jetzt auf die Suche nach diesem Gang und ich suche den Mörder.<<

Er stand lachend auf und verabschiedete sich mit den Worten: >>Aber nur finden, nicht hineingehen.<<

Kapitel 9:

Rat

Tom öffnete vorsichtig seine Augenlider. Die Helligkeit stach ihm schmerzlich in seine Augen. Tränen liefen über sein Gesicht. Er hörte unbekannten Geräusche. Pieptöne, Maschinen, fühlte, dass er mit diesen Apparaten verbunden war, aber nicht wie.

Eine andere Welt.

Sein Kopf war leer. Kein einziger Gedanke. Sein Köper war schwach, seine Seele ausgebrannt. Eine Hülle, die lebte, ohne dass ein Mensch in ihm wohnte. Er war müde und kraftlos. Das Atmen glich einem Kraftakt, seine Glieder gehorchten ihm nicht mehr. Er versuchte sich zu bewegen, aber es war nicht mehr als ein kurzes Öffnen seiner Augen, was er nicht mal richtig wahrnahm. Er hörte eine Stimme, dann eine zweite und schlief wieder ein. Seine Seele wusste, er war in Sicherheit.

Jedoch löste sein kurzes Augenzwinkern geradezu Freudenschreie bei Bruin aus. Ein Lebenszeichen, eine wachsende Hoffnung. Er überhörte noch die Warnung des Arztes, keine voreiligen Schlüsse aus Toms Reaktion zu schließen. Bruin war siegessicher. Jetzt hatte er seinen Zeugen. Ein Zeuge, der bitter nötig war, denn wenn die Aussagen der Prostituierten auch nur halbwegs stimmten, dann schwebte erneut ein Opfer in Lebensgefahr.

Sie hatten gesehen, wie einer der Bahnhofsmenschen in eine dunkle Limousine gestiegen war. Rat nannten sie ihn. Ein junger Mann mit blonden Rasterlocken und einem auffällig kleinen Wuchs, der ihn jünger aussehen ließ. Rat dealte mit Drogen, war aber kein großes Tier in der Branche. Hielt sich weiterhin mit kleinen Diebstählen über Wasser und wenn es sein musste, stand er bei den Frauen an der Straße. Beleidigte aber die Freier mehr, als wie er seinen jungen Arsch hinhielt.

Tom wäre der Schlüssel zu seinem Erfolg. Er würde ihm den Weg ebnen, diesen Fall zu lösen. Er ganz alleine! Sein Fall!

Bastian war ebenfalls erfreut, als er aus seinem Zimmerfenster schaute und sah, wie Amalie sich artig nach dem Frühstück auf den Weg zu Lissy machte.

Die zwei Ladys waren beschäftigt und er konnte sich in Ruhe weiter um die Mordfälle kümmern. Beziehungsweise um seinen Hauptschuldigen, den Grafen van het Brucht. Von dem konnte und wollte er nicht ablassen. Der musste was damit zu tun haben. Ein komischer Kauz, der Engel der Armen spielte.

Er klappte seinen Laptop auf und gab im Internet den Namen Graf van het Brucht ein. Wieder keine Angaben, nur zwei Artikel zu der Geschichte der Villa van het Brucht. Damit wollte sich Bastian eigentlich nicht beschäftigen, aber vielleicht hatte es ja doch irgendeinen Nutzen.

Amalie kam verschwitzt bei Lissy an. Sich sicher, dass Bastian beide nur an der Nase herum führte, klopfte sie an. Lissy indessen hatte schon einige ihrer Möbel an die Außenwände geschoben und begrüßte sie in blauer Latzhose und botten Halbschuhen. Die Haare zu einen

Pinselzopf gelegt und die Stirn voller Staub. Ihre Hände waren dreckig und klebrig.

>>Kommen Sie doch rein.<< Sie strich sich mit der schmutzigen Hand über ihre juckende Nase, die nun auch schwarz war.

>>Wollen Sie in diesen guten Kleidern nach dem Weg suchen?<< Lissy guckte Amalie ganz verdutzt an.

Amalie stemmte ihre Hände in die Taille. >>Hallo, der junge Bursche veräppelt uns doch. Der will uns doch nur beschäftigen.<<

Doch Lissy winkte ab. >>Niks, hoor, dieser Gang könnte wichtig sein. Ich hab Ihnen doch von diesen Stimmen erzählt. Vielleicht kommen sie aus dem Gang und wer weiß schon, was im Erdreich noch so alles vom alten Kloster erhalten ist. Komisch, dass ich nie selber auf die Idee gekommen bin, werd´ wohl doch langsam alt.<<

Gott, wenn sie meinte, alt zu werden…

>>Und warum sollte plötzlich dieser Gang so wichtig sein? Der sieht doch nicht mal einen Zusammenhang zwischen der Sage über die Brüderschaft und den Morden heute und dann interessiert ihn ein Geheimgang zu einem Gebäude, das nicht mehr existiert?<< Amalie war wütend.

>>Bleiben Sie mal ruhig, das wird schon einen guten Grund haben.<<

Himmel, was konnte diese Frau naiv sein und das war mal eine Lehrerin.

Lissy hielt Amalie eine breite Jeanslatzhose entgegen.

>>Die trage ich bei der Gartenarbeit.<<

>>Und?<<, fragte Amalie trotzig wie ein kleines Kind.

>>Und? Wollen Sie im Sonntagskleid helfen? Hopp, raus und rein in die Hose.<<

Amalie protestierte lauthals aber vergebens. Lissy schob sie in ihr Schlafzimmer. Widerwillig zog Amalie ihr Kleid aus und schlüpfte in die starre dreckige Jeanshose, die erste in ihrem Leben. Unbequem, starr, und stinkig. Sie guckte in den großen Wandspiegel. Herrje, sah sie blöd aus, wie eine Parodie eines Bauarbeiters und außerdem machte die Hose breite Hüften.

Bruin jagte mit seinem Auto zum Kennemer Stadtkrankenhaus. Er hastete durch den Haupteingang, schlug Türen, die ihm im Weg standen, lautstark auf und rannte eilig an dem Schwesternzimmer vorbei in Toms Zimmer. Nicht ungesehen, denn kaum war er im Krankenzimmer, stürmte ein Arzt samt Schwesternschar hinterher.

>>Was wollen Sie hier?<<, raunzte er ihn leise aber bestimmend an.

Bruin grüßte kurz den Wachpolizisten, den er schon gegen den Willen des Arztes, in grüner steriler Schutzkleidung, aber bewaffnet, neben Toms Bett platziert hatte.

>>Was schon, ich hoffe der Junge spricht endlich.<<

>>Er hat nur einen kurzen Moment seine Augen geöffnet, mehr nicht. Bis jetzt hat er kein einziges Wort gesagt.<<

Bruin drehte sich genervt im Zimmer herum, hob seine Arme, als wolle er zum Herrn beten.

>>Kann man denn da nichts tun? Medikamente oder so? Der muss reden. Ich muss wissen, wo er gefangen war, was er weiß! Es geht hier um scheußliche Verbrechen!<<

>>Ja<<, flüsterte der Arzt zurück. >>Aber er ist immer noch dem Tod näher als dem Leben, also gehen Sie und lassen Sie Tom gesund werden.<<

Bruin wollte nicht verstehen. Er wollte Antworten und hoffte, der Junge könne sie ihm liefern. Wenn er sich selber eingestehen wollte, dann war ihm das Leben dieser Bahnhofsratte egal. Völlig egal! Nur sein Ruf, der war ihm nicht egal.

>>Sie passen genau auf!<<, giftete er den Polizisten an. >>Hören Sie jedes Wort und informieren Sie mich sofort. Jede Silbe kann mich...<<, er räusperte sich. >>Uns zu dem Täter führen!<<

Dann schritt er aus dem Zimmer raus, winkte abweisend dem Arzt zu, steckte seine Hände tief in die Hosentaschen und ging.

Was nützt ein Zeuge, der nicht sprechen kann? Ein Lebender, der eigentlich tot ist? Kleine schäbige Bahnhofsratte!

Bastian öffnete in seinem Computer eine Seite nach der anderen, die sich mit der Geschichte der Villa van het Brucht beschäftigten.

Die meisten Angaben bezogen sich aber nicht auf das Gebäude, sondern auf einen gewissen Herrn Heinrik van het Brucht als Eigentümer, seine herzvollen Taten in der Unterstützung der armen Menschen vom Amsterdamer

Bahnhof. Es sprach aber niemand von einem Grafen. Nur von einem Herren.

Bastian suchte weiter, blätterte und fand einen kurzen Text über die Villa van het Brucht. Erbaut Anfang des 20. Jahrhunderts von dem Künstler Ruid van het Brucht, auf den Ruinen des Klosters St. Antonius.

Er baute seine Villa aus einem Mix, den er heidnisch-christlich nannte. Kreierte mit dem Anwesen sein größtes Kunstwerk, in dessen Aussagekraft er einen zeitlosen Übergang zwischen Vergangenheit und dem Jetzt schaffen wollte. Er stützte, wie bei einem heidnischen Tempel, das Haupthaus mit hohen Türmen ab, übernahm die gesamte Gebäudefläche des Anwesens und vermietet die gut erhaltenen Klosterschiffe rechts und links als Zimmer an andere Künstler.

Im Zweiten Weltkrieg wurde die Villa stark beschädigt und van het Brucht hatte nicht mehr die finanziellen Mittel, sie originaltreu wieder aufzubauen.

Deshalb verkaufte er sie an das niederländische Fabrikantenehepaar Elli und Burghard Buks im Jahre 1955, die beim Aufbau einige wenige Elemente übernahmen, allerdings der Villa ein klassisches, nicht mehr fantasievolles Antlitz gaben und bis auf das Haupthaus alle anderen Teile des Gebäudes abrissen. Jedoch schien die Familie die Villa nie wirklich bewohnt zu haben.

Buks, dachte Bastian nach.

Buks? Van het Brucht?

Der Graf, ein einfacher Herr.

Bastian gab den Namen Buks ein - Treffer! Er fand alles zu der Fabrikantenfamilie Buks, die ihr Geld mit feinsten Back- und Süßwaren machten. Von der kleinen Bäckerei bis hin zur großen Massenherstellung.

Klar, Buks - Schokolade, teuer und nur in Spezialitäten-Läden zu haben.

Bastian suchte nach der Familienchronik und fand sie. Elli und Burghard Buks mit ihren Kindern, den zwei Söhnen, Burghard junior, der Ältere und dem jüngeren Heinrik.

Ein verschüchterter Junge, gleich einer schmalen Holzpuppe, guckte ihn aus dem Internet an. Ein verblasstes altes Bild aus seinen Kindertagen.

Bastian fand viel über den älteren Bruder. Das er einige Jahre ein deutsches Internat besucht hatte, weil die Familie seiner Mutter aus Deutschland kam. Er die Fabrik übernommen hatte und heute die Geschäfte leitete, sowie dessen Sohn, als nächste Generation, aber kaum etwas über Heinrik. Wie ein schwarzes Schaf, das man verbergen wollte. Aber der schmächtige Junge war Heinrik und unverkennbar sein Graf van het Brucht.

Wie eigenartig, da gibt sich so ein Sonderling als Graf aus und meint, man kommt ihm nicht auf die Schliche. Er griff nach seinem Handy und rief Bruin an.

>>Was Neues?<<, fragte dieser aufgeregt.

>>Ja, ich hab´ was sehr Interessantes über deinen Schutzpatron, dem Grafen, rausgefunden.<<

>>Ach, du bist es…<<, antwortete Bruin einsilbig, als er Bastians Stimme erkannte.

>>Und, was soll das sein? Dass er kein blaues Blut hat, sondern wie wir alle rotes?<<

>>Wie witzig! Aber ja, er hat kein blaues Blut! Hey, der ist überhaupt kein Graf, sondern das Nesthäkchen einer Schokoladenfamilie!<<, murrte Bastian zurück.

Bruin antwortete nicht gleich. Sollte ihm das nun weiterhelfen, oder war es Unsinn? Denn schließlich sagt eine falsche Personennennung, gleich einem Künstlernamen, nicht aus, pervers zu sein. Außerdem hatte sich schon genügend Ärger um ihn herum angesammelt.

Er sah fragend von seinem chaotisch überfüllten Schreibtisch rüber zu einem der Regale mit schwarzen Ordnern. Aber die konnten ihm auch nicht den richtigen Weg zeigen.

>>Bist du noch dran?<<

Bastian blickte aus seinem Zimmerfenster raus auf den Strand. Das Meer schlug mit leichten Wellen ans Ufer. Etwas feiner Sand fegte über die Straße. Bruin knurrte etwas Unverständliches, aber dieses Gemurre war Bastian schon gewohnt.

>>Er heißt Heinrik Buks, ist normaler Holländer. Zögling der Buks Backwarenfabrik. Von der holländisch-belgischen Grenze und dort hält er sich auch ständig auf. Und warum? Nichts hier, holländischer Graf und Engel der Armen, ein ganz linker Stinker ist er, sonst nichts!<<

>>Gut, aber das macht ihn doch nicht zu Mörder?<<

>>Wer weiß, ist doch eine komische Geschichte und der soll ja auch nicht alle Tassen im Schrank haben, dem...<<

Bruin bekam einen zweiten Anruf rein und stellte Bastian in die Warteschleife ab. Nervige Musik drangen in Bastians Ohr.

>>Er hat die Worte Graf van het Brucht geflüstert, ganz leise, aber ich habe sie genau verstanden.<<

Der Wachmann vom Krankenhaus. Bruins Herz schlug bis zur Kehle, er hatte seinen Täter!

>>Sie sind ganz sicher?<<

Der Wachmann bejahte seine Frage mit Nachdruck. Er war sich ganz sicher.

Bruin konnte sich ein fieses Grinsen nicht verkneifen, drückte den Wachmann mit den Worten:>>Gute Arbeit!<<, weg. Er hatte den Täter! Sonst keine Anweisungen mehr. Nicht dass er den Arzt verständigen soll, dass er hofft, der Junge kommt durch. Nein, er fragte nicht mal nach, wie es ihm nun ging und ob er überleben würde.

Nur er, er alleine!

Bruin hatte nun alles, was er brauchte. Und er dachte gar nicht daran diese Informationen mit jemand zu teilen. Er überlegte kurz, ob er Bastian in der zweiten Leitung nicht einfach wegdrücken sollte. Aber dann würde er erneut versuchen ihn zu erreichen, was er letztlich noch nerviger fand. Gleichgültig drückte Bruin auf den rot blinkenden Knopf an seinem Telefon.

>>Hey, bekomm´ ich heut noch eine Antwort? Was sagst du zu meinen Informationen?<<

>>Bringt uns nicht weiter, aber du kannst dich mal mit dem Namen Anton Schopf auseinandersetzen!<<

>>Mit wem?<<, wunderte sich Bastian.

>>Anton Schopf, er war bei den Mädchen aus Friesland Verdächtiger und seitdem haben wir keine Spur mehr. Ich glaube, der Mann ist in diesem Fall wichtig!<<

Bastian verstand nur Bahnhof. >>Schopf? Und der Graf?<<

>>Lass den Unsinn und tu was ich dir sage, das ist ein Befehl!<<

Bruin schüttelte den lästig gewordenen Kollegen einfach ab. Was ist es doch manchmal praktisch, wenn man nur eine Stufe höher angesiedelt ist, als die anderen.

>>Lass dir von den beiden Stadtpolizisten helfen!<<

Dann legte er auf.

Lissy klopfte sorgfältig die Außenwände ihres Hauses ab und horchte an ihnen.

>>Ich kann mir nicht vorstellen, dass sich ein geheimer Gang hinter den Außenmauern befindet<<, lästerte Amalie. Saß wie ein trotziges Kind mit verschränkten Armen auf einem der weggeschobenen Küchenstühle und sah Lissy kopfschüttelnd beim Klopfen zu.

>>Hinter den Wänden ist der Wald, da kann man auf nichts Geheimes stoßen!<<

>>Gut, dann ist der Boden dran.<< Lissy rutschte auf ihre Knie, die laut knackten.

>>Na super, sollen wir uns jetzt auch noch die Knochen brechen, nur weil der Herr Kommissar uns loswerden will?<< Amalie verkreuzte noch abweisender ihre Arme.

Lissy seufzte laut auf. >>Und die Stimmen? Die müssen doch einen Grund haben?<<

>>Ach, der Wind trägt das Lachen der Badegäste hier rüber. Einige Vögel, die in der Nacht zu Geistern werden, was weiß ich, aber niemals gibt es hier einen Gang!<<, hatte Amalie gleich zig Erklärungen für diese eigenartigen Stimmen parat.

>>Warum denn nicht? Klöster, Schlösser, alte Burgen, die hatten immer Gänge. Zum Schutz, zur Flucht und warum auch immer.<< Lissy fuchtelte mit ihren Armen in der Luft herum, als suche sie die Antwort an der Decke.

>>Hier aber nicht!<<, protestierte Amalie.

>>Warum gerade hier nicht?<<, protestierte Lissy zurück.

>>Wozu? Nur weil in ihrer Hütte eine Köchin gelebt hat und im Kloster Mönche waren? Wer weiß, ob die Frau überhaupt hübsch war! Und wie sahen die Mönche aus?<<

>>Jahrelang ohne. Unter diesem Druck spielt hübsch keine Rolle mehr! Drauf und ab!<<

Amalie sah Lissy erschrocken an. Drauf und ab? Bei Mönchen? Beim Zölibat?

>>Ihr Deutschen seid echt verkniffen!<<

Amalie verzog zornig ihr Gesicht: >>Wir sind nicht verkniffen! Nur sittlich! ...und überhaupt, will ich viel lieber wissen, was Katendijk und Zandvoort gemeinsam haben, dass hier die gleichen Morde geschehen. Das kann ja nicht daran liegen, dass es hier ein Kloster gab und die Mönche drauf und ab gemacht haben!<<

Lissy lachte laut auf. Oh, da hatte sie aber Amalie an einer ganz moralischen Stelle erwischt.

>>Ich finde das gar nicht so komisch, dieser Bengel kriegt den Fall ohne uns doch nie geklärt! Der läuft doch selbst mit Wegweiser in die falsche Richtung! Das kommt davon, wenn man so jungen Männern zu früh eine Waffe in die Hand drückt!<< Amalie motzte wie ein alter Spatz einfach weiter.

Lissy setze sich auf den staubigen Fußboden. >>Klar, da haben Sie recht. Er braucht unsere Hilfe, aber der Gang könnte auch eine Hilfe sein, und...<<

>>Der Gang! Der Gang!<< Amalie sprang zornig von ihrem Stuhl auf. >>Was für ein Witz! Nein, wir sollten die Verbindung suchen. Hier muss es doch ein Stadtarchiv geben oder so etwas.<<

Lissy dachte kurz nach.

>>Stadtarchiv nicht unbedingt, aber wir haben ein Archiv in der Kirche und der Pastor ist ein hilfreicher und naiver Mensch. Dort können wir ja mal schauen.<<

>>Sehr gut!<< Amalie lief eilig zur Haustür. Endlich mal ein vernünftiger Gedanke an diesem Tag. Vor allem der Erste.

>>Hallo, wollen Sie mir nicht aufhelfen?<< Lissy hielt ihre Hand Amalie entgegen. >>Ich bin nicht mehr die Jüngste. Dass ich aus der Hocke von alleine hochkomme, ist auch schon einige Jahre her.<<

Rat, der kindliche Mann lag benebelt in seinem Kerker im Nirgendwo. Dunkelheit umgab ihn. Er versuchte nicht seinen schmerzenden Körper auf der harten Pritsche zubewegen. Lag einfach nur ruhig und regungslos auf ihr.

Das Schlafmittel hatte bei ihm nicht die gleiche Wirkung wie bei den Jugendlichen, denn Rat sah nur aus wie einer von ihnen. In Wirklichkeit war er junger Mann um die 21 Jahre, der seit Jahren durch die Niederlande wanderte.

Im Sommer schlief er am Strand und hielt sich mit kleinen Jobs und Diebstählen über Wasser. In den kälteren Monaten suchte er ein Quartier in den Bahnhöfen von Rotterdam oder Amsterdam. Ihm war es egal wo. Hauptsache leben ohne Zwang.

Rat kam aus keinem schlechten Elternhaus. Bis er 18 Jahre alt war, ging er artig zur Schule und war ein unscheinbares stilles Kind. Sein Weg schien vorbestimmt. Eine gute Ausbildung, eine gute Frau heiraten und gute Kinder bekommen. Ein guter treuer Bürger bis zum Tod in einem guten Grab.

Aber er brach aus der Idylle aus. Zu bieder war es ihm, zuwider. Von heut auf morgen verließ er sein sicheres Leben und startete das Leben als Rat. Ein schmutziges, billiges und brutales Leben. Nie wissen was das Morgen bringt - und genau das machte den Reiz aus. Kein Sicherheitsnetz mehr haben, frei zu sein. Niemals wieder Rechenschaft für das eigene Leben abgeben zu müssen. Niemanden mehr, der an ihm verdiente oder über ihn bestimmte.

Er strich sich über die Stirn, die kalt und verschwitzt war. In der Dunkelheit konnte er kaum was erkennen. Das wenige Licht aus dem Türgitter reichte nur für eine kleine Orientierung. Ich richtete sich etwas auf. Am Bein rasselte eine Kette. Er zog daran, kalt, dick und rostig.

Er strich sich seine Hände an der Hose ab. In einer Ecke erkannte ein Eimer und daneben lag eine Rolle Toilettenpapier, auf dem Tisch stand eine Flasche Wasser.

Diese Schweine! Etwas Gartenarbeit und sonst alles frei.

Diese schwulen Köter, kaum hatte er von dem warmen Kakao getrunken, wurde er müde und dann ...

.... Filmriss.

Wo bin ich?

Rat wollte nicht schreien, seine Kehle war trocken und es machte keinen Sinn gegen die Mauern an zu schreien. Seine Gedanken waren klar und genau. Er hatte von dem Verschwinden einiger Jugendlicher vom Bahnhof gehört und dass man an einem See, an dessen Namen er sich nicht mehr erinnern konnte, einen von ihnen gefunden hatte.

Sollte er der Nächste sein?

Was würden sie mit ihm machen?

Was waren das für Perverse?

Er zog schützend die Beine an seinen Körper ran, einige Tränen liefen an seinen Wangen runter. Tränen, schon lange hatte er keine mehr gehab.

Kapitel 10:

das Kirchenarchiv

Amalie und Lissy liefen, so schnell ihre alten Beine sie trugen, runter zur alten Steinkirche. Sie sahen schon recht drollig aus. Zwei ältere Damen in Arbeiterhosen, feste botte Arbeitsschuhe an den Füßen, dazu beide nicht gerade mehr wirklich schlank. Voller Staub und zerzausten Haaren. Wie blau gekleidete Heinzelmänner nach Akkordarbeit unter Tage.

Lissy führte Amalie über wackeligem Kopfstein um die zierliche Steinkirche herum zum Pfarrhaus, welches aus dem gleichen bräunlichen Stein, hinter das Gotteshaus gemauert worden war. Alt, märchenhaft, umgeben von einem herrlichen Garten mit wilden Herbstblumen.

Sie klopfte an die Türe und ein freundlicher junger Mann im dunklen Anzug öffnete. Ohne Begrüßung prasselte Amalie mit der Frage nach dem Archiv auf ihn ein. Er verstand nicht, guckte nur die zwei älteren Frauen in ihre Aufmachung verwundert an.

>>Das Archiv, können wir da mal hin?<<, wiederholte Amalie ungeduldig.

>>Ja...<<, stotterte der Pfarrer, öffnete seine Türe weiter und trat heraus. >>Es befindet sich im Keller unter uns. Von der Kirche aus kommt man rein, ich kann Sie hinführen .<<

>>Aber heute noch!<<, befahl Amalie.

Sie trieben den Pfarrer regelrecht vor sich her Richtung Kirche. Er versuchte zur protestieren, aber seine Widerrufe wie: >>... meine Damen! ...bitte langsam, die

alten rutschigen Steine! ... was ist überhaupt los!...
...schupsen Sie doch nicht so!<<, wurden von den Frauen
überhört und nur das Ziel im Auge schoben sie ihn
weiter.

Bruin hatte sich die Verhaftung vom Grafen van het
Brucht leichter vorgestellt. An dem Samariter der
Bahnhofsmenschen wollte man sich nicht die Finger
verbrennen. Zu stark war die Angst vor einem Skandal
und dass der Graf keiner war, wusste man schon. Das
interessierte den Staatsanwalt reichlich wenig und
schließlich war er immer noch ein unbescholtener Bürger,
der gut für das Ansehen der Stadt und der
Stadtprominenz war. Im Vergleich waren die Opfer
nichtssagende Wesen, die die Gesellschaft eh nicht haben
wollte und wenn einer dieser unnützen Esser vom Tisch
weg war, wen störte das schon? Nein, es hätten die
Kinder von wichtigen Leuten sein müssen, wenigstens
noch von normalen Bürgern und nicht vom Abschaum.

Mit dieser Info schleuste sich Bruin in eine Einbahnstraße.

Aber er war ein gerissener Fuchs. Mit viel
Überzeugungskunst erklärte er dem Staatsanwalt, dass er
besser vorsichtig sein sollte. Was wäre, wenn sie voreilig
handeln würden? Er malte dem Staatsanwalt ein wahres
Szenario. Was wohl passieren würde, wenn der Graf
doch der Täter sei und sich, wenn auch nur aus Versehen
an ein gutbürgerliches Kind vergreifen würde? Eines, aus
einer der angesehenen Familien der Stadt. Und er habe
ihn einfach gehen lassen. Ein Skandal, den sich auch ein
Staatsanwalt nicht leisten konnte. Er machte sich dabei
nicht sonderlich viele Gedanken über den Grafen. Er war
sich seiner Sache sicher. Und wäre der Graf nun doch

unschuldig? Nun, als Engel der Armen würde er schon Verständnis zeigen.

Bruin bekräftigte nochmal, dass er die Worte von Tom als glaubwürdig empfand. Doch letztlich war es nicht Toms Aussage, sondern die Angst um den eigenen guten Ruf die dem Hauptkommissar den Weg frei machte und die Freiheit des Grafen beendete.

Die Maus saß in der Falle! Es ging plötzlich ganz schnell. Kaum hatte Bruin die sehnsüchtig erwartete Info von seinen Kollegen an der Grenze über die Festnahme des Grafen, versicherte er seine persönliche Unterstützung und fuhr mit seinem Auto los. Das konnte er sich nicht entgehen lassen. Die Kollegen durften ihm zum Ende hin nicht den Ruhm nehmen. Das war seine Chance!

Im Auto rief ihn der Wachmann vom Krankenhaus über Handy an.

>>Ja, was ist?<<, ging Bruin genervt ran.

>>Ich bin´s, Wachtmeister Reller. Tom hat wieder was von sich gegeben.<<

Ach, der Junge lebte noch?

>>... und was?<<

Bruin zuckte zusammen, sollte er nun eine andere Aussage machen? Würde nun alles wie ein Kartenhaus zusammenbrechen?

>>Er hat goldener Zahn gesagt.<<

>>Goldener Zahn?<<, wiederholte Bruin.

>>Ja, mehr nicht, ist dann wieder eingeschlafen. Aber vielleicht ist es wichtig.<<

Bruin dachte einen Moment nach. Goldener Zahn? Ein Zahn aus Gold. Hatte der Graf so was? Konnte der sich keinen schönen weißen Zahn leisten? Er war doch als Schöngeist bekannt.

>>Mal sehen...<<, antwortete Bruin. >>... mal sehen, wofür das gut sein kann. Aber danke.<<

Es kam nicht sonderlich oft vor, dass Bruin sich bei jemand bedankte. Schon gar nicht bei Untergebenen, die er, wenn überhaupt nur mit Nachnamen kannte. Nicht mal seine engsten Kollegen kamen oft in diesen Genuss von Höflichkeit. Reller verabschiedete sich.

Goldener Zahn? Sei es drum. Kein Widerruf des Namens, keine Hindernisse. Bastian und diese Heinis konnten ihm auch nicht mehr gefährlich werden. Die hatte er ja beschäftigt.

Bastian wanderte indessen missmutig zur kleinen Polizeistation von Zandvoort. Er hatte sich absichtlich Zeit gelassen. Allein der Gedanke an diese Trottel ließ ihn innerlich zaudern. Er sah sie schon mit Kaffee und Kuchen an ihren Schreibtischen vor sich hin schimmeln, und? Er hatte recht. Als er die Stationstüre öffnete roch er schon den frischen Kaffee und hörte, wie jemand sich die Finger mit dem Mund abschmatzte.

>>Oh, der Herr Kommissar?<<, begrüßte ihn Boer und Overman sah eilig zum Faxgerät. Aber es was nichts Neues gekommen und Bastian winkte mit den Worten: >>Wir müssen uns mit Schopf beschäftigen!<<, ab.

>>Schopf?<<, fragte Boer und drückte Bastian einen Kaffee in die Hand.

>>Ja, Anton Schopf, der Verdächtige bei den Mädchenmorden in Friesland. Sie hatten den Fall gefunden. Erinnern Sie sich noch?<<

Er setzte sich auf einen freien Stuhl vor Boers Schreibtisch und heißer Kaffeeduft stieg ihm in die Nase.

>>Aber wozu, dem konnte man ja nichts nachweisen. Der kann doch überall sein.<<

Bastian rückte den Stuhl mit einem gleichgültigen Gefühl etwas vom Schreibtisch weg und streckte seine langen Beine aus.

>>Stimmt, aber Kommissar Bruin meint, er sei eine heiße Spur und der sollen wir nachgehen.<<

>>Schopf?<<, lachte Overman. >>Bruin verarscht Sie doch.<<

Verarscht kam sich Bastian auch vor. Anton Schopf. Da könne er auch nach dieser Gräfin suchen.

Boer gab den Namen Anton Schopf in seinen Computer ein und schüttelte kurz darauf verneinend seinen Kopf. >>Wird nur in Verbindung mit den Mädchenmorden aus Katendijk aufgeführt. Sein Bild aus der Akte und dass man in wieder gehen lassen musste. Keine Beweise und kein Zusammenhang zu den Taten. Da ist nichts, da kommt auch nicht mehr.<<

Er druckte Bastian noch mal das Bild aus. Genauso erfolgreich hatte Bastian sich die Spur vorgestellt. War doch eine Finte.

>>Sagt Ihnen der Name Gräfin Nadasdy eigentlich etwas?<<

>>Nö, warum?<< Overman biss von einem dicken Schokokeks ab. >>Klingt nach Ungarn, Moldawien, oder Transsylvanien .<<

Das Transsylvanien? Sollte wohl ein blöder Scherz sein.

>>Ja, genau das.<< Er dachte kurz nach, grinste dann breit mit seinen Schokoladen verschmierten Mund.

>>Das von Stoker, dem Blutsauger und seinem Lebenselixier.<< Dabei verdrehte er seine Augen so, dass nur noch das Weiße zu sehen war.

Lebenselixier?

Der Saft des Lebens?

Der Saft des Lebens ist Blut, schoss es Bastian ins Gedächtnis.

>>Boer, geben Sie mal den Namen Nadasdy im Internet ein?<<

>>Suchen wir jetzt ein Phantom?<<, lachte Overman ihn aus. Doch Boer tat, was Bastian wollte und fand schnell einige Einträge und Bilder über diese Gräfin.

Bastian sah sich das Bild der Gräfin an, wenn es wirklich ihr Abbild zeigte.

Ein feines schmales junges Gesicht mit flinken Augen, die etwas Unschuldiges hatten. Ein zartes Antlitz, die dunklen Locken meisterhaft am Hinterkopf zusammengebunden. Der zierliche Köper steckte in einem wertvollen Gewand mit breiten Spitzenkragen.

Ein Gewand ihrer Zeit. Er las ihre Chronik und sie passte zu einer Bruderschaft, die dem Blut verschrien war:

Elisabeth Nadasdy, besser bekannt als Blutgräfin Erzsebet Bathory.

Geboren 1560, gehörte zu einer der mächtigsten und vornehmsten Familien Ungarns an. Ironie der Geschichte: die Familie war weitläufig verwandt mit dem Hause Dracula und die Gräfin folterte die Bauerntöchter ihres Reiches. In eisernen Käfigen mit scharfen Dornen vergaben sie ihr Blut unter, dessen die Adelige zu duschen beliebt. Sie warf die Opfer nackt im Winter in den Schnee und übergoss diese armen Kreaturen noch mit Wasser, damit sie mehr litten. Sie war des Teufels Schwester. Lebte im Glauben, die Haut verjüngt, wenn man sie mit frischem Blut einsalbte.

Nur durch eine Unachtsamkeit einer Dienerin, die sie darauf blutig schlug, erkannte sie den Wert des Bluts. Deren Blut war auf ihre Hand gespritzt und die Haut der Gräfin wurde wieder fein und zart. Das Mädchen wurde auf der Stelle getötet und ihr frisches warmes Blut in einem Bottich aufgefangen.

Ewig junges Leben zog in ihren Körper ein.

Die ständige Heirat zwischen den Adelsfamilien hatte zu genetischen Degenerationen geführt. Elisabeth litt an epileptischen Anfällen.

Mit elf Jahren wurde sie mit Ferenc Nadasdy verlobt, der sie die Foltermethoden lehrte. Jedoch verwirklichte die Gräfin ihre gewalttätigen Phantasien erst nach dem Tod des Ehemannes.

Ihr Sadismus richtet sich dabei ausschließlich gegen junge Frauen und Mädchen aus der Umgebung. Vielleicht verrückt geworden von den eigenen Taten, der Folter und der bestialischen Morde an den Töchtern ihres Reiches, nahm sie sich immer mehr Leben. Kostete das Recht des Adels aus, die Angst der kleinen Bauern, niemals die Hand gegen ihre Eigner zu erheben und sah sich als ewig Lebende, das Blut ein Lebenselixier! Sie würde niemals sterben, niemals im Sarg vergammeln! Ergötze sich aber an den letzten Sekunden der Todgeweihten.

Erst als ein Mädchen fliehen und über die Schandtaten reden konnte und die Gräfin sich aus Mangel an Bauernkindern an die feinen adeligen Töchter vergriff, schritt man ein. Doch nur ihre Diener bezahlten mit ihrem Leben, dass die Gräfin ihnen zur Hölle auf Erden gemacht hatte.

Denn die Folter will gelernt sein und einem geschwätzigen Diener kann man den Mund zunähen, dann schweigt er. Die Diener wurden hingerichtet und verbrannt, doch die Gräfin niemals angezeigt. Sie mauerte man in ihrem Schloss ein und ließ nur mit einem Schlitz für Essen und Trinken. Sie starb drei Jahre nach der Verhaftung. Als lebende Tote dämmerte sie ihrem Tod entgegen.

Eine grausame Domina, die homosexuell veranlagt war. Die in jungen Jahren mit Vorliebe Männerkleidung trug und männlichen Beschäftigungen nachging.

>>Ekelhafte Person<<, schüttelte Boer sich angewidert. >>Dagegen ist Dracula richtig niedlich.<<

In Bastian löste die Biografie der adeligen Dame keinerlei Gefühl aus. Papier ist geduldig und aus kleinen Taten können im Laufe der Zeit große werden. Alles könnte ja auch nur die Rache der Bauern gewesen sein. Sie, die keine Rechte hatten und sich niemand für ihre Bedürfnisse interessierte. Einzig ihr Mund war eine Gegenwehr und eine Macht des Widerstandes. Geschichten, von einer Generation zur anderen weitergegeben, und jede neue Zeit spann etwas dazu.

Genauso befremdend, wie der Tagebucheintrag von diesen Pastor aus Katendijk. Außerdem gab es schon wieder eine Information zu viel. Diese Dame soll homosexuell gewesen sein. Aber die Bruderschaft von Pfarrer Hark hatte keine besondere Vorliebe bei dem Geschlecht der Opfer gehabt. Jungs, wie auch Mädchen. Hier aber fielen nur Jungs einen bestialischen Mörder in die Hände. Passte also wieder nicht!

>>Dann geben Sie mal Loki ein.<<

>>Den heidnischen Gott? Der alte Weg?<<

Overman sah Bastian verwundert an. Erst Schopf, dann eine Märchenfigur und nun die Götter von Anno Knack.

>>Ja, Loki!<<

Bastian kam sich ja selber schon lächerlich genug vor. Nur bizarre Sagen und Kuriosa aus der Vergangenheit.

Boer gehorchte erneut und fand schnell alles zu diesem Gott:

Der Erzschuft unter den germanischen Göttern, arglistig und heimtückisch.

Loki ist schmuck und schön von Gestalt,

aber bös´ von Gemüt und sehr unbeständig

Er übertrifft alle anderen in Schlauheit und in jeder Art von Betrug

(Gylfaginnig)

Ein Meister im Einschmeicheln und stets bedacht, dass er den Lohn für seine Hilfe bekommt. Ein Gestaltenwandler, der sich mal als Tier und mal als Mensch zeigen kann. Als Adler, als Stute, als Fliege, oder als ein altes Weib, das gleich wieder schön sein kann. Als alten Mann, der gleich wieder jung sein kann. Er ist von schöner Gestalt und das konnte mit ewigem Leben gleichstehen.

Wer ewig leben will, will dies in einem jungen schönen Körper erleben. Und wenn jemand so wirr in seinen Gedanken schon ist, dass er an dieses Wunder glaubt, dann ist er auch wirr genug diesen Weg zu gehen und schreckt auch nicht vor Mord zurück. Und es macht Sinn, dass es immer das Blut von Jugendlichen war, junger Lebensgeist erweckt das Leben und vernichtet das Alter, dachte Bastian, als er sich die kurze Beschreibung über Loki durchlas.

Wiederum fand Boer nichts über Anhänger oder Jünger dieses Gottes. Er tauchte zwar manchmal in der Satanisten-Szene auf, war jedoch gegenüber Luzifer und

Satan ein kleines Tier und eine genaue Zuordnung konnten sie nicht finden. Er war ein Gott des alten Weges. Nur diesen Weg gingen eher Frauen. Doch diese Frauen mordeten nicht und hatten nichts mir Blutritualen zu tun. Frauen, die ihr Heil in der Natur fanden und alles Leben als heilig ansahen. Alles hatte eine Seele. Wer so ein Gedankengut in sich pflegt, mordet nicht, sondern tritt dem Leben mit Liebe und Respekt entgegen.

Das passte auch nicht.

Sahne mit Bratwurst.

Erdbeerkuchen mit Senf.

...und die Bilder über Loki schienen auch nur Ausgeburten der Fantasie zu sein.

>>Hat euch Loki weitergeholfen?<<, unterbrach Overman die beiden.

Boer zog unwissend die Schultern hoch, Bastian dachte nach. Sinn, und gleichzeitig Unsinn.

>>Gibt es hier eigentlich eine Art Stadtmuseum oder ein Archiv über die Geschichte von St. Antonius?<<

>>Klar, der Pfarrer hortet alles, was er in die Finger bekommt. Der freut sich sicherlich, wenn sich mal wieder jemand für die alten Geschichten interessiert.<<

>>Gut Overman, dann dürfen Sie mich jetzt mal dahin begleiten.<< Bastian grinste ihn breit an, Overman verzog sein Gesicht genervt, aber er war im Dienst.

Lissy und Amalie folgten dem Pfarrer. Eine unscheinbare Seitentüre innerhalb der Kirche führte in den Keller hinunter. Sie sollten bloß vorsichtig sein, die Stufen seien schon alt und teilweise rutschig, doch die Frauen wollten nur ins Archiv. Egal waren dann alte Stufen, eine spärliche Beleuchtung auf dem Gang oder niedrige Temperaturen.

Das Kellergewölbe war eisig kalt, als ginge man durch eine Tiefkühltruhe. Die beiden Ladys konnten im faden Licht nicht viel erkennen, aber waren beide der Ansicht, dass der Korridor entschieden länger als die Kirche über ihnen war. Wie ein ins Erdreich eingeschlagener Tunnel. Aber sie gingen nur einige wenige Schritte weit rein. Der junge Pfarrer stoppte an einer dicken schwarzen Holztüre.

>>War mal ein altes Schiff. Also eine Wand davon. Eine Außenwand<<, erzählte der Pfarrer unbeholfen und schloss mit einem lauten Knarren auf.

Die zwei Frauen stürmten in die riesige, frostige Halle. Der unebene Steinboden war ein Mix aus kleinem und großem Stein in unterschiedlichen Brauntönen. So war er wohl einst von seinen Erbauern gelegt worden und nie erneuert.

Es roch nach altem Papier und ganz zart nach Weihrauch. Der Pfarrer machte Licht und im Hellen konnten sie die fein geordneten Papiere und Unterlagen in modernen Holzregalen sehen. Einige Bücher und Manuskripte mit wertvollen alten Zeichnungen lagen geschützt unter Glaskästen. Einzelne Seiten in fein geschwungener Handschrift hatte der Pfarrer hinter Glas gesichert aufgestellt. In der Mitte stand ein Tisch mit bequemen Stühlen für die wenigen Gäste, die des Pfarrers Kleinod ab und zu besuchten. Das Kirchenarchiv war sein ganzer Stolz. Er hielt es persönlich sauber, restaurierte so gut er es konnte die Schriften und verwaltete seinen Schatz eigenständig und alleine.

>>Hat das hier eigentlich auch einen Wert?<<, staunte Lissy, die selber zum ersten Mal hier unten war.

>>Für mich schon<<, kicherte der Pfarrer verlegen.

>>Was für Schriften sammeln Sie hier genau?<<

Amalie sah sich um, aber konnte in der chaotischen Ordnung des Pfarrers keinen Sinn sehen. Hier unten sah es zwar sehr angenehm aus, aber keines der Regale hatte eine Beschriftung, was die Suche hätte einfacher gemacht.

>>Einige Gemeindebücher, Nachweise über Taufen, Heiraten, Sterben, wobei die ganz alten in Amsterdam zu finden sind. Und die Listen vom alten Kloster und einige Alltagsgeschichten, die hier in Zandvoort geschehen sind, sowie Zeitungsberichte, die meine Vorgänger gesammelt haben.<<

>>Listen aus dem Kloster?<<, unterbrach ihn Lissy.

>>Ja, die hat der Künstler Ruid van het Brucht überlassen, als er sie im Keller der Klosterruine fand.<<

>>Der Künstler Ruid van het Brucht? Ich denk, die Villa heißt nach den Grafen van het Brucht?<<, fragte Amalie und blätterte in einigen Papieren ziellos herum.

>>Das weiß ich nicht. Nur, dass der Künstler damals um 1937 als junger Mann sein Anwesen auf den recht gut erhaltenen Ruinen gebaut hatte. In den Kellern hat er einige Schriften von dem Kloster gefunden und sie der Kirche gegeben. Vielleicht war er ein Verwandter. Adelige sind ja gerne Künstler.<<

Er lächelte verlegen.

>>Gibt es denn besondere Schriften, die man im Kloster gefunden hat?<<

Der Pfarrer sah Lissy nachdenkend an.

>>In wie fern besonders?<<

>>Na, ja über geheime Gänge...<<

>>Nein, nicht schon wieder!<<, schnitt ihr Amalie lautstark ins Wort. >>Keine geheimen Gänge, sondern etwas über den Ort Katendijk! Oder einer geheimen Bruderschaft, oder dergleichen!<<

>>Geheime Bruderschaft?<<, zuckte der Pfarrer erschüttert auf. >>Im Kloster gab es nur die Mönche, christliche Männer! Meine Damen!<< Er schnappte schnell hintereinander nach Luft. Sein Gesicht errötete.

>>Genau, und da gab es eine Köchin und Mönche sind ja auch nur Männer und über einen geheimen Gang...<< Lissy zwinkerte dem Pfarrer eindeutig zu. >>... nicht, Sie verstehen doch.<<

>>Ja, drauf und ab!<<, meckerte Amalie einer Ziege gleich.

>>Wie ist doch egal, ob schnell oder langsam. Aber der Gang, der ist wichtig!<<, meckerte Lissy zurück.

>>Nein, Lissy, die Bruderschaft ist wichtig, die Jünger Lokis, die sich für die Kinder von dieser Gräfin Nadaschük, oder wie die hieß, hielten und in Katendijk gemordet hatten!<<

Geheimgang? Mönche und Köchin? Drauf und ab? Bruderschaft? Loki? Nadaschük? Der Pfarrer atmete schnell und heftig auf, sein christliches Herz pochte zum Himmel hoch.

>>Meine Damen, was suchen Sie hier? Wir sind hier im Hause Gottes und nicht in einer Schenke!<<

Freudenhaus, geschweige Bordell, konnte er nicht über seine Lippen bringen.

Overman und Bastian hatten sich indessen bei dem Pfarrhaus eingefunden. Overman klopften einige Male heftig gegen die Haustüre. Doch keine Reaktion.

>>Hallo Herr Pfarrer! Hallo! Ha-llo! Sind Sie da?<<, rief Overman lautstark. Als er immer noch keine Antwort bekam, bollerte er noch härter gegen die Türe und rief, nein brüllte lauthals nach dem Pfarrer.

>>Hat der keine Klingel?<<, raunzte Bastian Overman an und schaute genervte nach einer Schelle. >>Mit dem Gebrülle kann man ja Tote wecken!<<

Tote weckte Overman nicht auf, aber sein Geschrei und das heftige Bochen kamen unten im Keller an. Wenn auch eher leise und von dem beiden Damen nicht gehört, nutzte der Pfarrer sofort diese sachten Rufe mit samt den dumpfen Lauten, die unten ankamen und ihn aus dieser misslichen Situation erlösten. Er wäre selbst dem Wispern einer Maus nachgekommen. Bloß weg hier!

Ohne sich zu verabschieden, rannte er aus dem Kellerarchiv hoch, trocknete seine Stirn mit einem hellen Taschentuch und lief aus der der Kirche heraus zu seinem Pfarrhaus, Bastian und Overman regelrecht in die Arme.

>>Oh, doch da…<<, begrüßte ihn Overman. >>Wir hatten angeklopft, aber keine Reaktion. Gut dass Sie unser Rufen gehört haben, wir müssen mal ins Archiv.<<

Der Pfarrer sah sie verwirrt an. Schon wieder Archiv-Interessierte? So viele hatte er sonst nicht einmal in einer Woche in der Hauptsaison.

>>Und warum?<<

Die beiden Männer wunderten sich über den schnippischen Ton in seiner Stimme. Waren Besucher neuerdings nicht mehr willkommen?

>>Weil wir etwas über eine geheime Bruderschaft um den Gott Loki in Zusammenhang mit...<<

Weiter kam Bastian nicht. Der Pfarrer trocknete sich erneut die Stirn ab, einem moralischen Herzinfarkt nahe, gab er seiner Empörung freien Lauf: >>Noch mehr Verrückte?! Das ist ein Ort des Glaubens und kein Sammelsurium von irgendwelchen Heiden, Brüdern, Lokis oder sonstigen Spinnern!<<

>>Noch mehr Verrückte?<<, wiederholte Bastian verwundert.

>>Frau Wied und eine andere ältere Damen, aber die kenne ich nicht! <<

>>Die verrückte Alte von oben?<<, platzte es aus Overman gleichzeitig mit Bastians: >> Frau Amalie ist unten?<<

Sie packten den verschreckten Pfarrer, drehten ihn um und schupsten ihn in Richtung Kirche, drängten ihn weiter durch die Kirche runter in den Keller, wo sie schon von dem Gezanke der beiden wohlbekannten älteren Damen begrüßt wurden.

>>Was machen Sie denn hier?<<, knurrte Bastian sie an.

>>Und Sie?<<, fragten beide in gleicher Tonlage zurück.

>>Sie sollten doch nach dem geheimen Gang suchen!<<

>>Wir sind doch nicht blöd. Da müssen Sie sich schon was Besseres einfallen lassen!<<, meckerte Amalie und legte einige Blätter ins Regal zurück.

>>Außerdem könnte es hier ja bessere Aufzeichnungen über das Klostergelände geben!<<, warf Lissy ein.

>>Aber Sie sollten oben suchen!<<

Bastian tobte. Wieder taten die zwei Ladys nicht, was er ihnen gesagt hatte. Er war doch nicht deren Kindergärtner. Mussten die im ständig in die Quere kommen? Ein Sack Flöhe war gar nichts gegen die beiden.

>>Ich hör hier immer Gang und Kloster! Was soll das alles? <<

Der Pfarrer stand kurz vor einem Nervenzusammenbruch. Hier war eine Kirche, ein Ort des Glaubens, das Haus des Herrn und er der Hüter und nicht der Bibliothekar der Hölle.

>>Wir suchen für den jungen Mann einen geheimen Gang zwischen dem Kloster und meinem Haus, das früher das Haus der Klosterköchin war...<<

>>Nein, wir suchen einen Zusammenhang zwischen Zandvoort und der Loki-Bruderschaft von Katendijk!<<, schnitt Amalie erneut energisch Lissy ins Wort.

>>Sie suchen hier unten gar nichts! Sie sollten oben suchen!<<, krakeelte Bastian mit.

Sie zeterten und zankten. Und keiner stand dem anderen in Lautstärke und Ausdauer etwas nach. Wie zwei alte Hennen, die lauthals gackernd mit ihrem Hahn schritten, der auch nicht seinen Schnabel halten wollte. Das Archiv verwandelte sich in einen wild-tosenden Hühnerstall. Der

Pfarrer sah Overman fragend an, aber der konnte ihm auch nicht weiterhelfen.

Gott, diese zwei alten Ladys nervten. Er hatte zwei Lämmer losgeschickt und raus kamen zwei Werwölfe.

>>Also Herr Pfarrer, ich bin Kommissar Bastian Raaf aus Amsterdam und ermittle mit Overman zusammen bezüglich der Morde hier am Vogelmeer, von denen Sie bestimmt auch schon gehört haben.<<

Bastian bemühte sich um innere Ruhe, was ihm in Gegenwart dieser Damen nicht leicht viel. Der Pfarrer nickte.

>>Und es kann sein, dass eine alte Sage aus Norddeutschland der Auslöser für diese Taten ist.<<

Er setze sich, unter den mürrischen Blicken von Amalie und Lissy, schließlich hatten sie dies herausgefunden, verkehrt herum auf einen der Stühle.

>>Dort berichtet der Pfarrer Palle Hark über eine geheime Bruderschaft vom Katendijk, die im Namen des Gottes Loki Morde an Kindern begangen haben und mit deren Blut eine Art ewiges Leben und Jugend herbeizaubern wollten. Und vor drei Jahren wurden in demselben Ort zwei Mädchen genauso wie die Jugendlichen vom See hier umgebracht. Und die Morde tragen dieselbe Handschrift wie 17 Hundert und...<<

>>Und was haben die zwei Damen damit zu tun?<<, stoppte der Pfarrer den Kommissar. Sie konnten nun wirklich keine Kolleginnen mehr sein.

>>Nichts, die sollten den Gang zwischen dem alten Kloster und Haus suchen!<<

Der Pfarrer setzte sich zu Bastian an den Tisch und etwas schien ihm plötzlich sehr schwerzufallen. Er sah verlegen an die Decke, dann zu Bastian, versuchte an seinen Augen vorbei zu schauen, was er nicht konnte.

>>Nun, es fällt mir als ein Mann Gottes schon schwer, aber ja, ich habe Aufzeichnungen von dem Kloster, die nicht nur über das Klosterleben berichten, sondern auch über Bestrafungen der Mönche bei Fehltritten...<<

>>Welche Fehltritte?<<, unterbrach Lissy und setzte sich zu den Männern.

>>Na, drauf und ab!<<, kam es von Amalie, die einige Regale weit weg von ihnen stand und versuchte, weiter in den Aufzeichnungen Hinweise zu finden.

>>Auch, aber da war wohl noch mehr. Meine Vorgänger haben die Schriften hier versteckt und mich immer vor deren Inhalt gewarnt. Sie seien die Verführung und ein Zeugnis des Bösen. Zu stark war die Angst, dass selbst das Lesen verführen könne.<<

Er atmete schwer leidend auf.

>>Mein Geist war willig, aber manchmal bin ich auch nur ein Mensch. Eines Abends habe ich die Tonkrüge mit den Schriften aus einem geheimen Versteck oben in der Kirche herausgeholt und da ich des Lateinischen mächtig bin, gelesen.<<

>>Was stand dort?<<

Bastian hasste es, wenn man seinen Mitmenschen die Worte einzeln aus der Nase ziehen musste.

Der Pfarrer tupfte abermals mit seinem Tuch über die Stirn.

>>Ich kann Ihnen erzählen, was ich dort gelesen habe, auch wenn es mir als Pfarrer schwerfällt, aber wenn es um den Mord an Kindern geht, vielleicht hilft es Ihnen ja weiter…

… die Geschichte beginnt so um 1733 und das Verhältnis zwischen einem der Mönche und der Köchin, die namentlich nie erwähnt wird, war noch das Harmloseste… <<

Mit einem spitzen: >>Haa!<<, unterbrach Lissy den Pfarrer kurz.

>>…und die wahren Geschehnisse haben die beiden Liebenden auch vor Schlimmeren bewahrt, denn einige Mönche, angeführt von einem Benedikt Nadasdy lösten sich von rechten Weg und suchten ihr Heil bei den heidnischen Göttern.

Die waren bei der Bevölkerung noch gut vertreten und somit ständig präsent. Hier lebten einfache arme Leute, die den Witterungen der See ausgeliefert waren. Damals befand sich hier auch keine Stadt, sondern nur einige Katen. Es war ein karges Fischerdorf.

Dieser Benedikt, von dem die Aufzeichnungen nicht angeben, wer er wirklich war und woher er kam, wird als eine große Erscheinung mit stechenden Augen beschrieben.

Eine dunkle Aura umgab ihn, hinterlistig, arrogant, eingebildet, einnehmend. Kein guter Mönch. Für seine Mitbrüdern war er unheimlich und sie gingen ihm lieber aus dem Weg. Doch zwei entkamen ihm wohl nicht, denn sie schlossen sich ihm an…<<

>>Und dann? <<, störte Overman und lehnte sich bequem in seinen Stuhl zurück.

>>... dann haben sie nicht mehr Gott, sondern Loki angebetet. Sonderbar, denn er ist nicht wirklich ein richtiger Gott, mehr ein Halbgott und auch nicht der bekannteste. Odin, Wotan und einige andere hätte ich ja eher verstanden, aber dieser Benedikt behauptete, ihm sei Loki gleich einem schönen jungen Mann in seiner Klosterzelle erschienen und habe ihm das Geheimnis des ewigen Lebens und der nicht enden wollenden Jugend erzählt.

Schön sei er gewesen, nicht genau Mann, nicht genau Frau mit langen blonden Haaren und einer dunklen Seele des Mönches gleich. Er war sich seiner sicher, auch lehnte er ab, Jesus oder ein Heiliger sei ihm erschienen, nein, es war Loki, sein eigener Vater.

Loki soll sein irdischer Sohn gefallen haben, er sei so schön wie seine Mutter und so listig wie er selbst. Als Halbgott nicht von Natur aus ewig lebend, versprach er ihm das ewige Leben und die ewige Jugend und wollte dafür nur eins, eigene Jünger, sowie alle Götter Jünger haben, nur er eben nicht.<<

>>Woraus besteht das Geheimnis des ewigen Lebens?<< Bastian hoffte, er würde endlich auf den Punkt kommen.

>>Davon stand dort nichts, aber die Schriften sind nicht mehr vollständig. Benedikt tat so, als ginge er seinen Pflichten als Mönch nach, lebte verlogen das gottestreue und arme Leben eines Mönches. Aber er wusste genau, wer von seinen Mitbrüdern des Glaubens schwach war und suchte zwei von ihnen aus. Leider kann ich Ihnen nicht die Namen nennen. Aber die beiden reichten wohl nicht als Anhängerschar und deshalb suchte Benedikt weitere Anhänger und fand diese in der Dorfgemeinschaft. Die jüngeren Söhne der Familien

Vrees und Claude werden genannt. Sie beteiligten sich an den dunklen Messen zum Willen des neuen Gottes...<<

>>Vrees und Claude? So heißen doch immer noch der Fleischer und Seebär. Wissen Sie, ob es Nachfahren von denen sind?<<, stoppte Lissy den Mann. Der Pfarrer schüttelte unsicher seinen Kopf.

>>Kann sein, liegt ja nahe, die Menschen sind nicht viel gereist. Wenigstens feierten sie in den Kellergewölben des Klosters nachts heimlich ihre grässlichen Messen. Aber eines Abends wurden sie dann entdeckt. Der Abt glaubte seinen Augen nicht. Ein heiliger Altar wurde entweiht, das Haus Gottes besudelt. Diese Teufelsanbeter hatten ein Kind zur Ader gelassen und sudelten sich in dessen Blut, tranken es, rieben sich die nackten Körper damit ein.

Es roch nach Weihrauch, stark, wie einer Droge gleich. Dies hatte den Abt auch in den Keller gelockt. Eine Fratze sah ihn an, das Abbild eines heidnischen Gottes aus weißem Stein starrte in seine Seele. Die Mönche benommen und nicht mehr in der Hand des Herren, der arme Mann... und zur gleichen Zeit schlich wohl ein Mönch des Öfteren zu der Köchin. Die Entdeckung der heidnischen Messe im Hause Gottes mit samt der verbotenen Zeichen und der Entweihung des Klosters, sowie der Treiben zwischen Magd und Mönch waren zu viel für den damaligen Abt. Er vertrieb die Bruderschaft bei Nacht und Nebel aus dem Kloster - in der Hoffnung, niemand würde was davon mitbekommen. Den lüsternen Mönch verbannte er in ein anderes Kloster und was aus der Köchin wurde, weiß ich nicht. Auch nicht, was aus diesen Götzenanbetern wurde und ob sie je vor ein weltliches Gericht treten mussten.<<

>>Und das geschah alles um 1733?<<, fragte Bastian, um sicher zu sein, diese Jahreszahl gehört zu haben.

>>Ja, Herr Kommissar, um 1733<<, bestätigte der Pfarrer.

>>Tja, 1735 schrieb Pfarrer Hark von einer Bruderschaft, die Loki anbeteten und die er die Bruderschaft von Katendijk nannte. Passt doch alles zusammen. Gut, dass wir nicht weiter nach diesem Gang gesucht haben.<< Amalie triumphierte. Sie hatte Recht. Einfach besseres kriminalistisches Denken.

>>Aber es gibt einen Gang, haben Sie denn nicht zugehört? Da hatte ein Mönch was mit der Köchin in meinem Haus. Und den suchen wir nun, nicht Herr Kommissar?<<, widersprach ihr Lissy, die natürlich, nur ihre wichtigen Information aus den Worten des Pfarrers rausgehört hatte. Sie hatte Recht. Eben ein besseres kriminalistisches Kombinieren.

>>Warum ist der Gang denn so wichtig?<<

Doch diese Frage des Pfarrers wurde von einem lauten Husten Bastians übertönt.

>>Nun, meine Lieben. Sie suchen jetzt oben den Gang, sind ja auch schon passend dafür angezogen. Dann mal fleißig, fleißig.<<

Um sicher zu sein, dass sie auch wirklich gingen, begleitete Bastian die beiden Damen bis zum Kirchentor, sah ihnen nach und kehrte erst wieder ins Archiv zurück, als die beiden nicht mehr zu sehen waren.

>>Warum fällt es Ihnen eigentlich so schwer, über so eine alte Geschichte zu sprechen?<<, fragte Bastian den Pfarrer, als er ins Archiv zurückkehrte.

Der Pfarrer sah Bastian ratlos an. Er, der sein Leben für Gott gegeben hatte, sollte keine Hemmungen haben, über so einen Fehlgriff in seiner Gemeinde zu sprechen? Auch wenn sie im 18 Jahrhundert stattfand, er ist mit ihm und der Kirche verbunden.

>>Alle Pfarrer dieser Gemeinde haben geschworen, mit niemanden jemals über diese Geschichte zu sprechen. Ich auch. Der Abt schwor, dass Leben in diesen Götzenaugen war, das ihn einnehmen wollte, um das Gute aus ihm zu vertreiben und ihn zu einem Diener des Bösen zu machen.<<

>>Das heißt, eigentlich dürfte die Geschichte hier in der Stadt nicht sonderlich bekannt sein<<, stellte Bastian fest und der Pfarrer bestätigte seinen Gedanken.

>>Stimmt, bis heute haben sich alle an den Schwur gehalten und meinem Gewissen hilft es nur, dass ich vielleicht das Morden an Kindern verhindere, mehr auch nicht.<<

>>Doch was ist mit den Familien Vrees und Claude?<<, erinnerte Overman. >>Ohne denen was unterstellen zu wollen, aber sie könnten doch davon wissen.<<

>>Könnten, das müssen wir rausfinden.<<

Bastian sah dem Pfarrer tief und ernst in die zitternden Augen.

>>Zu diesen Schriften hat sonst keiner Zugang?<<

Der Pfarrer verneinte energisch, nur seine Vorgänger und er wüssten, wo sie versteckt seien und hüteten das Geheimnis. Niemand hätte je wieder diese Schriften gesehen oder würde sie sehen.

>>Aber warum diese Angst vor diesen Schriften?<<, verstand Overman nicht. >>Nur weil ich das lese, werde ich doch nicht abhängig.<<

>>Damals war der Teufel uns näher als heute<<, versuchte der Pfarrer zu erklären. >>Er sucht immer noch gerne die Diener Gottes auf und auch die Götter des alten Weges wollen wieder zurück in die Gedanken der Menschen. Was wir heute hinnehmen, weil wir es ständig im Fernsehen sehen, war früher etwas Besonderes. Bedrohliches! Zu mal angeblich jedes Mal, wenn der Inhalt des Textes verkündigt wird, Zandvoort vom Meer verschlungen würde. Aber das halte selbst ich für Aberglauben.<<

>>Wissen Sie denn, ob das Kind damals ein Junge oder ein Mädchen war?<<, fragte ihn Bastian, doch der Pfarrer verneinte. Dies würde in den Schriften nicht erwähnt. Nur von einem Kind wurde gesprochen. Ob dies denn nach der langen Zeit überhaupt wichtig sei, wollte der Pfarrer wissen.

Doch Bastian antwortet mit einer recht eigenartigen Gegenfrage: >>Ich wüsste da gerne noch was, ist auch eher privater Natur.<<

Der Pfarrer misstraute Bastians freundlicher Stimme.

>>Weshalb hat man so ein riesiges Gewölbe in den Untergrund geschlagen? Ist doch saukalt hier unten.<<

>>Weil wir hier am Meer wohnen!<<, bekam er kurz als Antwort.

>>Äh, und?<< Bastian verstand die Logik nicht.

Der Pfarrer, sichtlich am Ende seiner noch vorhandenen Nerven, stemmte seine Hände in die Taille und zeterte drauflos: >>Und? Das Meer ist nicht in seinem Ufer gefangen. Irgendwo mussten ja die Toten sicher aufbewahrt werden!<<

>>Das war mal eine Gruft?<<

>>Was haben Sie denn gedacht? Meine Tiefkühltruhe?<<

Reichlich angewidert verabschiedeten sich Bastian mit Overman vor der Kirche von dem Pfarrer, der sichtlich froh war, diese Besucher los zu sein und sich wieder in die Ruhe seiner Kirche verkriechen zu können.

Overman fand Bastians Abscheu übertrieben. Als Kommissar musste er jawohl schon an ekelhafteren Orten gewesen sein, als in Mitten einer ehemaligen Grabstätte. Er fummelte an seinem Handy herum und verkündigte lachend: >>Oh, ich habe die Telefonnummer vom Pfarrer gespeichert. Hätte gerade gar nicht so laut schreien müssen!<< Was Bastian einfach kommentarlos so hinnahm.

Sie entfernten sie einige Schritte weit weg von der Kirche Richtung Innenstadt.

>>Eigentlich passt jetzt alles zusammen, ein Mönch, der sich für den Sohn Lokis hält und dessen Mutter eine Gräfin Nadasdy Badaski ist.<<

>>Nö, Overman, passt nicht<<,   widersprach Bastian seinen Kollegen.

>>La Gräfin starb um 1610 und unser Benedikt lebte erst 1730 und was mehr oder weniger. Da muss Loki aber ne verdammt alte Schachtel bestiegen haben, wenn er mit der ein Kind gehabt haben soll.<<

Bruin war spürbar enttäuscht, als er in den Verhörraum durch einen blinden Spiegel sah.

Er konnte den Grafen sehen, der ihn aber nicht. Einzig sein eigenes Gesicht reflektierte sich im Spiegel vor ihn. Doch der Graf wusste, es war kein einfacher Spiegel. Er spürte ihre Blicke.

Der Hauptkommissar hatte sich bis jetzt nicht wirklich mit dem Grafen beschäftigt, noch wusste er, wie er aussah. Er erwartete eine schöne große, vielleicht Angst einflößende Gestalt. Wenigstens Respekt, aber dieses jammernde Häufchen Elend konnte nicht der Fang seines Lebens sein. Diese dürre Person ohne Glanz und Licht.

Er sah komisch aus mit seinen schlecht rabenschwarz gefärbten Haaren, durch die er ständig mit seinen Händen fuhr. Die helle Haut glich einem Toten. Seine Augen sahen trostlos aus roten Augenhöhlen. Er zitterte am ganzen Leib, sah nicht nach rechts oder links, nur auf die Tischplatte, als könne sie ihm eine rettende Antwort geben. Gott, was für eine mickrige Figur.

>>Der spricht nicht, der stammelt nur…<<, unterbrach ein Polizist Bruin bei seinen ablehnenden Gedanken. >>…aber Sie können es ja mal versuchen.<<

Er öffnete Bruin die Zimmertür, ging mit ihm in den grell beleuchteten Raum und setzte sich abseits auf einen Hocker.

>>Ich bin Hauptkommissar Bruin aus Amsterdam<<, stellte er sich dem Grafen vor und setzte sich vor diese bibbernde Gestalt.

Der Graf schaute nicht hoch zu ihm, sondern fixierte weiterhin mit seinen verweinten Augen die Tischplatte.

>>Wollen Sie einen Kaffee oder was essen?<<

Er reagierte nicht.

Bruin kramte in seiner Jackentasche und zog eine verknüllte Zigarettenpackung raus.

>>Rauchen Sie?<<

Keine Reaktion von der Ansammlung Kümmernis.

>>Dann frage ich Sie direkt!<<

Bruin atmete schwer, als wüsste er längst, dass aus dem hageren Schatten vor ihm kein Wort zu viel rauszulocken war.

>>Wo haben Sie den Jungen, der sich Rat nennt, versteckt?<<

Der Graf schüttelte unsicher seinen Kopf.

>>Es hat mildernde Umstände für Sie, wenn Sie mit mir reden.<<

Bruin versuchte den freundlichen Bullen zu spielen. Der, der ihm helfen wollte. Der, der ihn verstand.

Brennende Tränen liefen über das Gesicht des falschen Grafen.

>>Sie haben diese Jungs gebraucht. Für irgendwelche abnormen Spiele...<<, sagte Bruin leise.

>>Sie spinnen doch!<<, schoss es plötzlich aus dem zitternden fahlen Mund des Grafen. Er sah hoch. Rot verweinte Augen guckten den Kommissar unsicher an.

>>Was haben Sie dann mit den Jungs gemacht?<<

Immer noch war Bruins Stimme ruhig und beherrscht.

Buks senkte sein Gesicht wieder, schüttelte angewidert seinen Kopf hin und her. Dann hob er plötzlich sein Haupt um Bruin genau in die Augen sehen zu können. Diese kalten eisfarbigen Augen sahen in seine Seele.

>>Ihre Kollegen haben mir schon solch absurde Fragen gestellt. Ich weiß aber nichts von diesen Jungs. Nicht mehr als das, was in der Zeitung stand. Was habe ich mit diesem See zu tun?<<

>>Mit dem See? Nun, Sie sind oft am Amsterdamer Bahnhof, man kennt Sie dort gut.<<

>>Genau! Und wie sollte ich dann ungesehen kleine Jungs in mein Auto zerren können?<<, schoss Buks zurück.

Der Hauptkommissar musste sich eingestehen, dass diese Kreatur vor ihm geradezu in Selbstmitleid zerlief, aber der Geist war hellwach. Es würde doch kein leichtes Spiel für ihn werden. Schwacher Körper mit starker Unbeugsamkeit.

Auch tags darauf Amalie wollte nicht mit dem Gezeter aufhören. Diese blöde sinnlose Suche nach diesem Geheimgang. Und wieder diese stinkenden Klamotten anziehen, die breite Hüften machten! Was sollte das bringen? Nur ein weiterer Tag verschwendet! Und noch unsinniger fand sie das tatkräftige Treiben von Lissy.

Sie klopfte den Fußboden mit ihrer Faust ab und klebte mit ihrem Ohr, so weit sie in ihrem Alter noch runter kam, auf den Steinboden fest und horchte. Schließlich würde sich der Eingang zu einem Gang hohl im Gestein anhören, hatte ihr Lissy erklärt.

Amalie weigerte sich, auf allen vieren auf dem Boden herumzurutschen und sich die Finger wund zu schlagen. Sie saß mit verschränkten Armen auf einem Küchenstuhl und sah kopfschüttelnd zur knienden Lissy rüber.

>>Wenn Sie mir helfen, finden wir den Gang schneller.<<

Amalie verzog ihren Mund zu einer launischen Schnute. >>Nein, was soll das denn? Der Bengel will uns doch wieder nur aus dem Weg räumen und wer sagt überhaupt, dass dieser geheimnisvolle Gang hier genau unter Ihrem Haus endet? Der kann ja nun mal überall sein.<<

>>Juist, dat klopt.<<

Lissy richtete sich auf und setzte sich mit ausgestreckten Beinen auf den kalten Boden. >>Kann, aber erst schauen wir mal hier nach und dann können wir immer noch nach draußen gehen.<<

Amalie schüttelte energisch ihren Kopf. >>Allein schon, dass Bastian sich von diesen Dorfheinis helfen lassen will. Die finden ja nicht mal ein Stück Käse, wenn es in der Mäusefalle steckt.<<

Sie dachte einen kurzen Moment nach, grantelte dann weiter: >>Da muss ich einschreiten<<, und verließ ohne ein weitere Wort das kleine Haus und ließ die verdutzte Lissy einfach mit ihren Gangsuchaktionen für sich zurück.

Overman war zur Fleischerei von Will gegangen. Es widerstrebte ihn, einem alten Bekannten unangemessene Fragen zu stellen. Denn sollte sich Bastians Überlegungen als eine Finte herausstellen, nun, er müsste hier weiter

Dienst schieben und mit den Leuten leben. Bis jetzt hatte er ein schönes ruhiges Dasein und kam gut mit allen aus.

>>Dag Will<<, grüßte er den bulligen glatzköpfigen Mann. Overman sah sich, in dem mit orangefarbigen Girlanden geschmückten Laden, mit den blau-weißen Wandkacheln und dem lachenden rosa Gummischwein auf der Theke, um. Der Raum war kalt und es roch nach frischer Wurstware. Doch es war sicherlich nicht nur die Kälte der Warentruhe, die Overman ergriff, sondern auch das kalte unangenehme Gefühl in sich. Ihm war nicht wohl bei der ganzen Sache.

>>Ähm, ich brauche Rookworst<<, stammelte er.

Sehr lecker, besonders zum Frühstück eine würzige, etwas fettige Wurst. Er war nun mal der Fleischer und nicht der Bäcker.

Will griff nach einigen. >>Reichen die?<<

Overman nickte.

>>Sag mal, wie weit kennst du dich mit deiner Familie aus?<<

Will guckte ihn mit zusammengesunkener Stirn fragend an. Welche Familie denn? Seine Eltern? Eine eigene Frau hatte er nicht und schon gar keine Kinder.

>>Wie weit kennst du die Geschichte deiner Familie?<<, fragte Overmann erneut.

Will legte die Wurst in einen großen dampfenden Wasserkessel. >>Bestimmtes Jahrhundert?<<, scherzte er.

>>So 17-Hundert-und?<<, flüsterte Overman heiser und versuchte cool zu wirken.

>>17-Hundert-und? Hat das einen bestimmten Grund?<<

Will sah in den vor sich hin siedenden Topf voller Würste.

>>Nö, nur so<<, stotterte der Polizist.

Will angelte die warmen Würste aus dem großen Kessel, legte sie in Plastikschalen und steckte diese in eine rot-weiß karierte Papiertüte.

>>Blöder Scherz, macht für dich und Boer drei Euro... ach, geht aufs Haus, alter Freund.<<

Bastian versuchte indessen sein Glück bei Seebär und er hatte auch Glück. Denn als er auf die Portierglocke an der Rezeption drückte, reagierte niemand. Seebär schien nicht da zu sei und hatte die Türe zu seiner Wohnung nicht verschlossen. Sicherlich würde er gleich wiederkommen, aber für Bastian war nun jede Minute wichtig.

Er ging leise rein, ins Wohnzimmer, dann in den anliegenden Flur und wurde wieder von so einem eigenartigen Geräusch aus Knattern und Summen begrüßt. Nur ganz leise und wenn er lief, verhallte das Knattern und Summen unter den Lauten seiner Schritte.

Bastian schlich näher an das Zimmer am Ende des Ganges und drückte sein Ohr feste an die Türe. Diese musste verdammt dick sein, denn die Geräusche von draußen konnte er besser hören, als die Laute an seinem Ohr. Er presste sich noch dichter an die Türe. Endlich mal für einen kleinen Moment keine Verkehrslaute. Jetzt konnte er das Knattern und vor allem diesen gleichbleibenden Summlaut ganz genau hören.

Dort war ein Mensch drin! Dieses mystische Summen kam von einer menschlichen Stimme, die monoton immer dieselbe Melodie abspielte.

Bastian drückte die Türklinke runter, verschlossen. Hier wurde jemand gefangen gehalten oder weggesperrt. Trudi oder der verschwundene Junge und dies schien noch logischer zu sein. Trudi kannte man doch, die musste nicht vor den Besuchern des Hotels versteckt werden.

Plötzlich hörte er hinter sich ein Poltern und das feste, rauchige Husten vom Seebär. Er musste weg. Wenn er ihn nun hier finden würde, dann wäre er gewarnt. Bastian rannte den Flur entlang und entdeckte das geöffnete Schlafzimmerfenster, welches er schon einmal als Fluchtweg nutzte. Er sprang raus und rannte schnell um das Hotel herum, lief auf die andere Straßenseite und griff eilig nach seinem Handy und rief die Polizeistation an. Boer meldet sich gähnend, Bastian fiel ihm ins Wort.

>>Ich brauche Sie, wir müssen das Hotel durchsuchen, dort ist ein Mensch eingesperrt, ordern Sie noch Kollegen an! Schnell! Ich komme zu Ihnen!<<

Kapitel 11:

Bruks

Amalie sah Overman ratlos neben dem Fleischergeschäft stehen. Sie lief eilig zu ihm, schnappe nach Luft und stützte sich an seinem Arm ab. Sie war halt doch nicht mehr die Jüngste. Das Runterrennen ins Dorf hatte sie ganz schön mitgenommen.

>>Was sagt er?<<, atmete sie schwer.

>>Wer?<<

>>Na, wer schon? Der Fleischer!<<, knurrte Amalie ihn an.

>>Er hat…<<, dann stockte er und sah Amalie verwundert an. >>Was geht Sie das eigentlich an? Sind wir neuerdings bei der Polizei? <<

Amalie stützte schnaufend ihren Oberkörper auf ihren Beinen ab. Klar war sie nicht neuerdings bei der Polizei, aber sicherlich besser, als er jemals sein wird!

>>Haben Sie etwas über seine Familie rausbekommen?<<

Overman verdrehte genervt seine Augen, was ihr als Antwort reichte.

>>Toll, Herr Polizist, dann versuch ich es und Sie warten hier!<<

Entschlossen, ohne erst auf seine Antwort zu warten, trat sie in die Fleischerei.

>>Sie wünschen?<<

Zu ihrer Verwunderung sprach er sie bemühend in Deutsch an.

>> Sie heißen doch Will Claude?<<

Er nickte.

>>Ich bin Geschichtsprofessorin an der Duisburger Universität und interessiere mich für die Familiengeschichten von Zandvoort und wollte fragen, ob ich vielleicht etwas über Ihre Familie erfahren kann?<<

Er lachte sie hämisch aus.

>>Sie sind Amalie Pauls und viel zu oft bei der Alten da oben.<<

Woher wusste er das? Woher kannte er ihren vollständigen Namen und wo sie sich aufhielt? Amalie tat jedoch so, als hätte sie die Antwort nicht richtig verstanden.

>>Stimmt, weil sie mir bei meiner Arbeit hilft, deshalb nur.<<

Er beugte sich über die Glasfläche seiner Auslagetheke, sah ihr tief und bestimmend in die Augen. Auch diesmal war es nicht die Kälte der Truhe, die ein neues Opfer gefunden hatte. Amalie spürte einen eisigen Griff auf ihrer Seele.

>>Es wäre besser, wenn Sie jetzt gehen<<, flüsterte er gemein.

Erschrocken lief Amalie rückwärts zur Türe. Welch ein fieser stinkiger Kerl.

>>Und?<<, empfing Overman sie und zog sein klingelndes Handy aus der Hosentasche. Boer war dran und orderte ihn zur Polizeistation ohne zu sagen, warum.

>>Ich muss weg, Arbeit!<<, verabschiedete er sich, doch Amalie wollte sich nicht abwimmeln lassen.

Sie konnte seinem schnellen Gang kaum standhalten und ihre Atmung glich erneut einer schnaubenden Lokomotive.

>>Der wusste, wer ich war!<<, japste sie.

>>Und?<<

>>Der hat mich aber zu ersten Mal in seinem Leben gesehen.<<

>>Schon mal am Laden vorbeigegangen?<<

>>Selbst wenn, woher kannte er meinen Namen, meinen vollständigen Namen und sprach gleich deutsch mit mir?<<

Overman stoppte abrupt seinen eiligen Gang. >>Schon seltsam.<<

Er blickte kurz von der Strandpromenade auf den Strand runter. >>Nicht mal ich weiß Ihren genauen Namen und er schon. Hat er Sie gleich in Deutsch angesprochen?<<

Sie nickte. Amalie war froh, dass er eine Laufpause eingelegt hatte. Luft. >>Ja gleich, er wusste, dass ich Amalie Pauls heiße und immer oben bei Lissy bin, die er die Alte nannte. Komisch nicht?<<

>>Wer weiß das denn noch alles?<<

Er sah sie ernst an und Amalie dachte kurz nach.

>>Nur Bastian, Sie nun, Lissy.... und Seebär, ja er weiß es und hat mich öfters davor gewarnt, dass ich mich nicht mit Lissy abgeben soll. Der wird regelrecht aggressiv, wenn es um sie geht.<<

>>Und er heißt Vrees! Vrees und Claude waren in der Bruderschaft Lokis!<<

Er packte die immer noch nach Luft hechelnde Amalie an ihrer Hand und lief mit ihr los. >>Kommen Sie, ich muss zum Büro und dann reden wir mit dem Kommissar. So langsam glaube ich, dass diese Lissy doch nicht spinnt!<<

Bruin hatte schlechte Laune. Er hatte es sich einige Stunden auf zwei zusammengestellten Stühlen bequem gemacht und spürte gegenwärtig jeden einzelnen Knochen im Leib. Er orderte Bruks erneut in das kalte farblose Verhörzimmer und trat mit einem dampfenden Kaffee zu ihm.

>>Auf ein Neues!<<, blaffte er Bruks an, der die Nacht wohl entschieden besser in seiner Zelle verbracht hatte.

Er sah ausgeglichener aus, fixiere ihn nun mit seinen hellen klaren Augen.

>>Hat das Schlafmittel gutgetan? <<

Der Graf lachte abweisend. >>Ist das verboten?<<

>>Nein, nur wenn man damit Kinder bis zum Tod betäubt. Und Sie benutzen eines, dass Ihnen nur ein Arzt verschreiben kann.<<

Heute wollte er nicht mehr den freundlichen, verständnisvollen Polizisten spielen. Er wollte ihn nicht mehr verstehen, noch Verständnis für seine Taten zeigen.

Er ekelte ihn an!

Bruks lachte erneut gequält auf, biss sich auf die Unterlippe und wünschte sich an einem anderen Ort zu sein.

>>Manchmal, aber Schlafmittel kann man in jeder Apotheke bekommen. Schlafstörungen bedeuten nicht

lebensmüde sein. Eine halbe Schachtel liegt in der Villa, die andere Hälfte bei mir Zuhause und hier habe ich etwas Leichtes von dem Wärter bekommen. Wenn das Mittel zu stark wäre, würde ich ja wohl kaum mehr hier sitzen.<<

>>Warum nennen Sie sich eigentlich Graf van het Brucht?<<

>>Ist ja wohl nicht verboten, oder?<<

Nichts schien diesen ausgeschlafenen Mann aus der Ruhe zu bringen. Bruin widerte sein Anblick an. Vor seinen inneren Augen spielten sich brutale Szenen ab. Schreiende Kinder, Blut floss... und der Graf als lachender Irrer in der Hauptrolle.

>>Nein, aber eigenartig. Warum ein Graf? Sie kommen doch aus einer gutsituierten Familie. Die Bruks sind einigermaßen bekannt, wohlhabend, das könnte doch reichen.<<

Er lachte den Kommissar an. >>Schön, Sie kennen meine Familiengeschichte und wissen auch, dass mein Bruder der Geschäftsmann in der Familie ist und ich nur der kleine Bruder. Und deshalb muss ich in Ihren Augen wohl verrückt sein, nach Geltung lechzen und mir einen Titel mein eigen nennen.<<

Er nervte Bruin. Als kleines Elend war er ihm lieber gewesen.

>>Der Titel ist nicht meine Idee gewesen und war erst nur ein Spitzname, weil ich mich als einziger in der Villa van het Brucht aufhalte und deshalb von Bekannten so gerufen wurde. Tja und als ich anfing, mich um die Armen, Verlassenden zu kümmern, wurde ich für die Sagenden der Stadt zum Grafen.<<

>>Für die Sagenden?<<, wiederholte der Kommissar seine letzten Worte irritiert.

Er lachte erneut auf und Bruin wusste beim besten Willen nicht, was ihn an der Situation so erheiterte.

>>Zum Beispiel Ihr Chef!<<, und betonte Ihr Chef mit einem hohen angewiderten Ton, mit dem er Bruin beleidigend treffen wollte. Der Arm des Gesetzes zu sein, heißt noch lange nicht, die Moral gepachtet zu haben.

>>Reiche Geschäftsleute, Direktoren, für sie wurde ich der Graf van het Brucht und warum nicht? Als Graf lebt man gut und ich mag meinen Titel auch. Im Laufe der Zeit nannte ich mich dann schon selber so. Aber damit habe ich mich keiner Straftat schuldig gemacht.<<

>>Wie weit geht Ihr Grafen-Dasein?<<

Bruks schaute beleidigt weg. Ihm war klar, was Bruin vom ihm dachte und was er hören wollte.

>>Ich weiß, wer ich bin und wer die gespielte Person ist. Ja, den Grafen habe ich sehr gut drauf mit samt adeligen Ahnen. Schöne Bilder bekommt man günstig auf jedem Trödel.<<

>>Und Ihr Möchte-Gern-Vampir-Dasein?<<, lachte Bruin ihn aus.

Bruks antwortet widerwillig, er wäre kein Möchte-Gern-Vampir.

Alles zielte doch nur auf eine Antwort hin. Er sollte sich schuldig bekennen. Er sollte zugeben, ein Mörder, ein Schänder und ein blutgeiler Übergeschnappter zu sein.

>>Ich weiß nicht, was Sie meinen, meine helle Haut? Meine dunklen Haare? Mein Hass darauf mit rotblonden

Haaren zur Welt gekommen zu sein? Als Kind gehänselt und verspottet. Gut, sie sind im Laufe der Zeit blonder geworden, aber egal. Ja, das Problem habe ich als Erwachsener lösen können und ob es Ihnen gefällt, interessiert mich überhaupt nicht. Es ist mir aber neu, dass Menschen mit heller Haut automatisch Blut zu sich nehmen müssen.<<

>>Aha, rote Haare sind also der Grund?<<

Bruin lachte Bruks ausfallend ins Gesicht. Er hatte schon klügere Ausreden gehört.

>>In der Regel haben rothaarige Menschen Sommersprossen....<<

>>In der Regel sind Polizisten auch körperlich fit und haben keinen Wampen-Ansatz!<<, antwortet Bruks schnell und selbstbewusst auf die schlaue Bemerkung Bruins. Er sah dem Kommissar verspottend in die Augen, die sich von einem ablehnenden in einen erbosten Blick verzogen.

>>Wo ist der Junge?<<, fauchte Bruin ihn an.

Kleine widerliche Adelstunte! Jetzt würde er die Situation wieder leiten! Lange genug hatte dieser Abartige Welpenschutz genossen!

>>Ich weiß nichts, von einem Jungen und habe keine Jungs entführt oder ihnen was angetan. Ich würde Ihnen gerne helfen, aber Sie haben den Falschen.<<

Bruin schlug mit flacher Hand hart auf den Tisch ein.

>>Hören Sie auf den klugen Aristokraten zu spielen. Sie sind eine lächerliche Gestalt. Sehen aus wie ein Vampir für Arme. Nirgends konnte ich etwas über Frauen in ihrem Leben finden.<<

Bruin hatte sich nicht wirklich mit dem Leben des Grafen beschäftigt. Aber er konnte gut kombinieren und hatte genügend Berufserfahrung um sich denken zu können, warum jemand so handelte. Außerdem, irgendwie müsste er ihn ja knacken können.

>>Vielleicht haben sie Angst vor erwachsenen Frauen, weil sie ihnen überlegen sind. Keine leichte Beute, was liegt da wohl näher, als sich an Kinder zu vergreifen?<<

Doch auch diese Anspielungen zerrten nicht an der inneren Ruhe des falschen Grafen. Besonnen antwortete er dem hektisch atmenden Kommissar: >>Es soll auch Menschen geben, die keinen Wert auf ein saloppes Sexualleben legen und es gab schon Frauen in meinem Leben, denn auch ich bin nicht in diesem Alter zur Welt gekommen.<<

Klugschwätzer!

>>Sie sind regelmäßig am Hauptbahnhof!<<

>>Wie Millionen anderer Menschen auch, einige sogar täglich. Und wie Sie auch wissen, war bei mir immer die Presse dabei. Ich war nie alleine! Wie hätte ich mich dann an den Kindern vergreifen können?<<

Scheiß Presse!

Bruin nahm einen tiefen Schluck aus seiner Kaffeetasse, seine Gedanken wanderten umher. Immer ein Gegenargument auf den blassen Lippen!

>>Sie haben doch ein Problem mit dem Älter werden?<<

>> Sie nicht?<<, schoss der Graf zurück.

Bruin grinste zynisch. >>Nicht so wie Sie. Ich schmiere mir keine teuren Cremes ins Gesicht und jammere über ein paar Falten am Allerwertesten. Es gibt so einige Spinner, die an das Wunder des Blutes glauben.<<

Bruks lehnte sich in seinem Stuhl zurück, verschränkte abweisend seine Arme vor sich.

>>Wenn ich Falten am Allerwertesten hätte, könnte ich sie liften lassen. Mit Blut mache ich gar nichts und sicherlich bring ich keine Kinder um, zapfe deren Blut ab und...<< Ekel und Abscheu stieg in ihm hoch. >>Bade darin oder trinke es oder was auch immer. Sie sollten in der Satanisten-Szene suchen. Noch mal, ich bin nicht Ihr Täter!<<

Bruin grinste ihn noch breiter an. Der saubere Herr Graf hatte aber viel Ahnung von den Dingen, die man so mit dem Blut anderer machen konnte.

Bruks Wunsch, an einem anderen Ort zu sein, stieg ins Unendliche. Äußerlich war er ruhig, innerlich verkrampfte sich alles in ihm zu einer beißenden Angst. Egal, was er sagte, Bruin wollte ihn als Täter haben. Er sah ihm die Besessenheit an, als ruhmreicher Kommissar aus diesem Fall hervorzugehen. Dafür würde er über Leichen gehen. Bei diesem Gedanken lächelte er kurz. War er doch der gewünschte Täter, aber der Kommissar der skrupellose Leichengänger.

>>Genau diese Leute fühlen sich in alten Gemäuern wohl. Gemäuer wie die Villa, die Ihnen gehört. Es wäre strafmildernd für Sie, wenn Sie mit mir zusammenarbeiten würden, nicht gegen mich.<<

Bruks sprang von seinem Stuhl auf, schlug gegen eine der Zimmerwände. Seine kühle Fassade bröckelte. Seine Nerven waren angespannt und seine Gedanken kreisten im Kopf umher. Er sollte vorsichtig in der Wahl seiner Worte sein.

>>Die Villa hat bestimmt viele Räume und einen schönen Keller und damit viel Platz für eine Blutmesse. Still, kein Laut dringt nach draußen, niemand, der Sie stören könnte, niemand, der Sie sehen würde...<<

>>Außer meiner Nachbarin, die ständig in den Büschen lauert und mich beobachtet<<, warf Bruks ein. Er hätte doch im Traum nicht daran gedacht, dass diese neugierige alte Frau mal ein Rettungsanker sein könnte.

Wer sollte denn diese Nachbarin sein? Hatte Bastian ihm nicht alles erzählt? Hatte er Informationen, die er nicht hatte?

>>Aber sie kann nicht in den Keller sehen.<<

Der Graf setzte sich wieder auf seinen Stuhl zurück, atmet einige Male tief durch und verwandelte sich zurück ein kühles Sein.

>>Ich benutze nur einen einzigen Kellerraum. Dort lagere ich einige Weinflaschen und ansonsten meide ich diese alten Räume und Gänge, die tief ins Erdreich gehen und größer sind als meine Villa. Ich habe Angst in der Dunkelheit. Das Ganze da unten ist mir unheimlich. Stammt alles noch aus der Zeit des Klosters. Wer weiß, was dort so lagert? Dort bekommt mich niemand hin.<<

>>Angst vor der Dunkelheit?<<, wiederholte Bruin belustigt. >>Das soll ich glauben? Genau wie die schöne Geschichte, dass die Villa, reich bestückt, immer ohne eine Menschenseele in den Dünen steht, wenn Sie nicht dort wohnen.<<

Bruks sah den Kommissar verwirrt an. Er verstand ihn nicht.

>>Sie lassen immer die Villa alleine. Niemand, der auf sie aufpasst. Schließlich würde ja auch kein böser Dieb sich an Ihren Schätzen bereichern, denn Sie sind ja der liebe Graf, der nur Gutes tut.<<

Sein Sarkasmus widerte Bruks an. >>Ich bin vielleicht sonderbar, aber nicht blöd. Natürlich ist die Villa nicht menschenleer, wenn ich verreise. Dann könnte ich ja auch gleich Einladungen zum Klauen verschicken. Pad, Herr Claude und Herr Vrees passen immer auf die Villa auf. Pad ist mein Fahrer, er ist 100 prozentig immer dort und die anderen beiden übernehmen, wenn es mal anders ist. Herr Claude ist der Dorffleischer und Herr Vrees hat ein Hotel gleich am Strand.<<

>>Immer?<<, donnerte Bruins Stimme und ein Hall durchdrang den Raum.

>>Ja immer<<, wiederholte der falsche Graf. >>Durch Claude und Vrees habe ich doch Pad erst kennengelernt. Er war Matrose auf dem Schiff, genau wie die beiden und suchte eine Arbeit. Sein richtiger Name lautet Benedikt Nadawuski oder so ähnlich. Aber ihn nennen alle nur Pad. Ist ein netter Kerl und er hatte ja auch gute Fürsprecher.<<

Bruin stand auf, dreht ihm den Rücken zu und flüsterte mit warmer Stimme: >>Es gibt einen Zeugen, ein Junge hat überlebt und nannte den Namen Graf van het Bruch.<<

Er drehte sich schnell um, wollte die Reaktion Bruks sehen. Doch dieser schüttelte abermals verständnislos seinen Kopf, sah auf den Boden, zitterte am ganzen Leib. Das saß, jetzt würde er zusammenbrechen.

Achte auf deine Worte, mahnte Bruks innere Stimme ihn erneut.

>>Er hat sogar ein besonderes Merkmal an Ihnen gesehen, einen goldenen Zahn.<<

Aus Bruks Gesicht wichen die Züge des Kummers zu einem kleinen Hoffnungsschimmer. >>Ich habe keinen goldenen Zahn.<<

Er zog seine Lippen auseinander. Öffnete den Mund weit wie beim Zahnarzt. Kein goldener Zahn. Nicht ein Hauch von Gold. Ein makelloses Gebiss, wie das eines Schauspielers.

>>Aber Pad hat einen <<, bemerkte er nebenbei.

>>Pad hat einen, wissen Sie das genau?<<

Bruin war sich nicht sicher, ob dies nur eine schnelle billige Notlüge war. Bruks nickte eifrig, Erleichterung in seinen Augen. >>Klar, hab ihm doch die Behandlung bezahlt. Der arme Schlucker hatte doch kein Geld. Also muss ich es wissen!<<

Für einen langen Moment hielt Bruks inne und dachte nach. Bruin konnte in seinem Gesicht sehen, dass sich in ihm einzelne Gedanken-Splitter zu einem Ganzen zusammensetzten.

>>Ich habe ihm damals meine Schlafmittel gegeben, weil er meinte, dass er Schmerzen haben könnte. Er darf sogar meine schwarze Limousine benutzen und hat einen eigenen Schlüssel für das Auto. Aber er scheint nicht oft zu fahren und sie ist immer in einem tadellosen Zustand. Aber er mag dieses Auto…<< Bruks stoppte abrupt seine

Ausführungen. Sortierte seine Gedanken abermals. Sah überlegend zur Zimmerdecke, dann den Kommissar fragend an und erzählte fast schon gleichgültig weiter:

>>Das Schlafmittel hat er gut vertragen. Er hat mir erzählt, er konnte nach Jahren mal wieder richtig durchschlafen. Als ich ihn fragte, was denn seinen Schlaf ständig unterbrechen würde, sah er mich nur traurig an. Kennen Sie diesen Blick, wenn jemand Ihnen ohne ein Wort zu sagen, tausend Worte sagt? <<

Er guckte Bruin in die Augen, doch dieser versuchte, mit seinem Blick keine Regung preiszugeben. Er kannte nicht ohne ein Wort zu sagen, tausende Worte sagen. Er kannte nur die harte Realität, Tatsachen und Beweise.

>>Na ja, ich kenne diesen Blick jedenfalls. Ich hab ihn auch nicht weiter nach den Gründen befragt, sondern besorgte ihm über meinen Hausarzt auch diese Tabletten. War ganz einfach, wurde nie gefragt, wofür ich diese Mengen eigentlich brauche. Auch nicht in der Apotheke.<<

>>Mengen?<<, unterbrach Bruin ihn. >>Wie hoch waren denn diese Mengen an Schlafmitteln?<<

>>Pad muss wohl sehr starke Schlafstörungen haben. Ich brauche in der Woche eine oder zwei Tabletten, aber er orderte ständig neue Packungen und immerhin sind da 20 Stück drin...<<

>>Verdammt!<<

Das war keine billige Notlüge! Jedes einzelne Wort passte sich zu einem Ganzen zusammen. Bruin sprang auf, beachtete den verschreckten Bruks nicht mehr und rannte aus dem Verhörzimmer zu seinen Kollegen. >>Los, wir brauchen Unterstützung, das ganze Dorf muss zerpflückt werden!<<

>>Schön, dass Sie auch schon kommen!<<, brüllte Bastian Overman an. >>Ich brauche jetzt hier jeden Mann und habe schon Hilfe angefordert! Wir müssen das Hotel von diesem Seebär durchsuchen!<<

>>Na, hoffentlich haben Sie genügend Kollegen angefordert, denn die Fleischerei sollten wir uns auch mal genauer anschauen!<<, brüllte Overman zurück und zog eine hechelnde Amalie in den Raum. >>Der kennt Sie für meinen Geschmack zu gut. Der weiß alles über Sie und dabei hat er Sie heute zum ersten Mal gesehen. Der hat Dreck am Stecken und Sie müssen wir beschützen. Solche Leute sind doch zu allem fähig! Denken Sie daran, was der Pfarrer uns erzählt hat über die Claudes und Vrees! <<

Bastian steckte eilig seine Pistole in den Seitenhalfter. >>Okay, dann übernehmen Sie mit Boer die Fleischerei, aber warten meinen Befehl ab, nicht eher! Ich will sie alle. Ohne Vorwarnung!<< Dann kniete er sich vor Amalie nieder um ihr ernst in die Augen schauen zu können. >>Sie bleiben bitte, bitte hier. Jetzt wird es richtig gefährlich.<<

Draußen schnappte er sich Overmans Schlüsselbund und verschloss die Eingangstür der Station.

>>Sie können doch nicht...<<

>>Doch, kann ich! <<, knurrte Bastian Boer an. >>Sie hat hier ein funktionierendes Klo und `ne Kaffeemaschine!<<

Bastian lief zurück zum Hotel und versteckte sich in einer Seitengasse, welche man vom Hotel aus nicht sonderlich gut einsehen konnte. Dort warteten auch schon die georderten Kollegen von der Polizei und Rettung. Er griff nach seinem Handy.

>>Overman, Sie können jetzt die Fleischerei stürmen, ich schicke Ihnen noch einige Männer rüber, wir gehen nun ins Hotel.<<

Einige Polizisten liefen Richtung Innenstadt und der Rest folgte Bastian ins Gasthaus.

Sie stürmten ins Innere. Einige Gäste saßen nichts ahnend im Frühstücksraum bei einem Kaffee. Seebär wurde überrascht, sodass er nur starr wie eine Steinfigur an seiner Rezeption stehen bleiben konnte. Erschrocken sah er in Bastians Pistole. Die anderen Polizisten rannten die Treppe hoch und zwei von ihnen bauten sich im Essensraum auf.

>>Sehr schön, und nun werden Sie mir zeigen, wen Sie diesem Zimmer gefangen halten! <<, fuhr Bastian Seebär an. Er jappte und schluckte gleichzeitig laut auf. >>Niemand!<<, keuchte er mit hochrotem Kopf. Schweißperlen säumten sich um seine Mütze.

>>Los Mann, Türe aufmachen! <<, schrie Bastian.

Seebär hob unsinnigerweise seine Arme hoch, dann drehte er sich zur Türe, spürte die Waffe in seinem Nacken, zog langsam einen Arm wieder runter und öffnete seine Wohnungstüre.

>>Bitte nicht schießen, ich zeige Ihnen ja alles<<, stammelte er ängstlich und von dem riesigen Mann blieb nur ein kleines Kerlchen übrig. Er knipste sofort das Flurlicht an, so sehr bangte er um sein kleines

erbärmliches Leben. Sie sollten seine Bewegungen genau sehen können und nicht auf den Gedanken kommen, von den Waffen Gebrauch machen zu müssen.

>>Nicht schießen, ich zeige alles<<, rief er ständig mit zitternder Stimme vor sich her.

Vor dem geheimnisvollen Zimmer blieben sie sehen.

>>Öffnen! Sofort!<<, brüllte Bastian.

Seebär holte zögerlich einen großen alten Schlüssel aus seiner Hosentasche, steckte ihn ins Schloss, die Türe öffnete sich knarrend und ein fader Lichtschein schaute heraus.

Bastian schubste Seebär in den Raum rein. Es roch muffig, alt, schimmelig und durch das zarte Licht konnten er und seine Kollegen kaum etwas sehen, nur die Schatten einiger dicker Spinnennetze spiegelten sich wieder. Ein Polizist strich die Wände rechts und links neben der Türe ab, endlich fand er einen Lichtschalter. Der düstere Raum erhellte sich. Sie waren umgeben von einigen wahllos aufgestapelten Kartons aus denen rosa Plüsch herausschaute. In einer schäbigen Ecke versteckte sich eine menschliche Gestalt hinter einem alten ausgedienten Holztisch, auf dem eine schwarze Nähmaschine Anno 1800 mit Seitenkurbel stand. Neben ihr lag ein fast fertiger rosa Teddybär. Genauso einen Teddy hatten die ermordeten Jungs bei sich.

Das Wesen umschlang mit den Armen den eigenen Körper und summte diese Melodie, die Bastian mehrmals gehört hatte. Summte und summte, wie ein Hilfeschrei.

Trudi!

Ihr mächtiger unförmiger Körper zitterte, ihr Gesicht versteckt sie in den eigenen Armen. Sie summte weiter, konnte nicht verstehen, wer da in ihre heile Welt eingedrungen war.

Pfleger drängten sich an ihnen vorbei. Einer von ihnen versuchte vorsichtig die bebenden Arme von ihrem zusammengesunkenen Körper zu lösen; vergebens. Das Summen wurde bedrohlich lauter. Wie ein Bienenschwarm, der sich zum Angriff sammelte. Selbst das einfallende Licht ängstigte sie. Gleich einem hilflosen kleinen Kind kauerte sie auf einem Hocker. Ein Arzt strich ihr zärtlich über das Gesicht.

>>Wir nehmen sie mit!<<, rief er zu Bastian rüber und zog eine Spritze auf.

Es war Trudi und nicht der Junge. Bastian verstand es nicht. Er war froh, das Mädchen aus seinem Verlies befreit zu haben. Nur, wo war der Junge?

Bastian hielt weiterhin seine Waffe in Seebärs Nacken. Warum seine eigene Tochter?

Trudi schrie laut auf, als ein Arzt ihr mit einer Beruhigungsspritze behutsam in den Arm stach. Sie schlug nach dem Arzt und jetzt sahen alle, dass sie schwarze Handschuhe trug. Hatte dieses arme Geschöpf was mit den Morden zu tun? Bastian wehrte sich innerlich dagegen, das zu glauben. Er sah an Seebär vorbei auf die wimmernde Frau. Sah ihre angsterfüllten Augen. Ihr Verstand konnte nicht verarbeiten, was hier geschah. Sie konnte in den Männern nicht ihre Rettung erkennen. Sie waren fremd und taten ihr weh.

Er packte Seebärs Arm, drehte in auf den Rücken, sodass sich dieser mit schmerzverzerrtem Gesicht nach vorne beugen musste. >>Schau, was du deiner eigenen Tochter angetan hast!<<, schrie er und schubste ihn in die Arme eines anderen Polizisten. > Nehmt ihn mit, dafür soll er büßen!<<

Sie schleppten Seebär ab und Bastian ging mit ihnen hinaus zu den Polizeiautos. In einem konnte er Claude sehen, der ihn mit nach hinten gefesselten Armen hasserfüllt ansah.

>>Er hat keinen großen Ärger gemacht.<< Overman stellte sich zu Bastian. >>Aber leider konnten wir in dem Haus keine einzige Spur von dem Jungen finden. Nichts wies auf ein Gefängnis hin.<<

>>Hier auch nicht. Er hatte seine eigene Tochter eingeschlossen in einem Raum voller rosa Plüsch und einer alten Nähmaschine.<<

>>Hat sie etwa die Teddybären genäht?<< Overman konnte sich beim besten Willen nicht vorstellen, dass Trudi in irgendeinem Zusammenhang mit den Morden stand. >>Scheint so. Aber dass sie bewusst was mit den Morden was zu tun hat? Soweit geht ihr Verstand nicht<<, grübelte Bastian.

Plötzlich wurden ihre Gedanken von lauten Polizeisirenen unterbrochen. Bastian rannte zur Hauptstraße rüber und sah, wie mehrere Polizeiwagen Richtung Villa fuhren.

>>Wir wurden angefunkt! <<, rief einer der Rettungsärzte hinter Bastian her. >>Wir sollen zur Villa van het Brucht kommen !<<

Bastian sah ihn fragend an. Wer hatte ihn angefunkt? Doch der Arzt stieg in sein Rettungsauto und fuhr ohne Erklärung los.

Bastian lief zurück, schnappte sich Overman, sprang mit ihm in seinen schwarzen Golf und preschte ohne ein weiteres Wort zu verlieren dem Rettungswagen hinterher. Er warf Overman sein Handy zu, er solle Bruin anrufen und fragen, wer den Befehl gegeben hatte.

Bruin befand sich auf der Autobahn Richtung Nordseeküste, die Nerven angespannt wie Stahlseile. Einsilbig informierte er Overman, dass er die Wagen zur Villa geschickt hatte, legte sofort auf und war nicht willig, weitere Fragen zu beantworten.

>>Verdammte Scheiße!<<, schrie Bastian. >>Was soll das?<<

>>Er will den Ruhm für sich alleine, ist doch klar<<, lächelte Overman spöttisch.

Bastian hätte dieses Spiel doch schon längst durchschaut haben müssen, wenn selbst er, ein kleiner Dorfpolizist, dies alles erkannt hatte.

Kapitel 12:

Nadasdy

Die Kollegen hatten die Villa schon eingenommen.

Bastian und Overman rannten ins Gebäude. Sie hörten über und unter sich schnelle Laufschritte, hinter dem Haus knarrte die aufgebrochene Türe der Holzhütte und ein Polizist lief gerade von ihr zurück in die Villa.

>>Wir müssen runter!<<, rief Overman und zog Bastian mit.

>> Sind Sie sicher?<<

>>Ja, wo würden Sie denn jemanden verstecken? Reichlich wenig Ahnung von diesen Blutgläubigen!<<

>>Ach, kennen wir uns in der Szene plötzlich besser aus?<<

Overman überhörte Bastians spitze Frage und zog ihn mit. Sie rannten durch die Eingangshalle in den linken Seitenflügel. Vor ihnen hatte schon jemand eine unscheinbare Holztüre gewaltsam aufgerissen. Eine steile graue Treppe führte sie runter in einen dunklen Gang. Overman tastete die Wände ab.

>>Mist, hier muss es doch Licht geben, das kann doch nicht sein.<<

An Taschenlampen hatte beide natürlich nicht gedacht.

Sie hörten schnelle Schritte. Wer auch immer dort lief, war um einiges besser ausgerüstet. Oder einfach schlauer.

Overman fühlte einen Knopf an der Wand. Doch bevor er ihn drehte, drang aus kleinen staubigen Wandlampen

Licht in den dunklen Stollen, der eher an einen Bunker als an ein altes Gewölbe erinnerte. Wer, war wieder geschickter gewesen.

Mit angezogenen Pistolen in den Händen schlichen sie den düsteren Korridor entlang, hörten abermals Schritte. Abrupt endete dieser Gang vor ihnen und auf der rechten Seite erstreckte sich ein kleiner Raum mit einigen spärlich gefüllten Weinregalen. Sie gingen hinein und wieder war jemand schneller als sie gewesen. Eines der Wandregale war an einer falschen Betonwand befestigt worden, die nun wie eine Tür offen stand. Schwaches nebeliges Licht drang aus dieser Öffnung und die schnellen Schritte schienen von dort zu kommen.

Bastian ging vor Overman hinein. Ein alter Steingang mit einer nach unten führenden Steintreppe baute sich vor ihnen auf, noch schlechter beleuchtet, nur spärlich dreckige Lampen erhellten ihn.

>>Wie eine Gruft<<, flüsterte Overman.

Von Gruft hatte Bastian genug. Überall war hier eine Gruft.

Eisige Luft kletterte an ihnen hoch. Sie gingen vorsichtig die rutschige, abgelaufene uralte Steintreppe runter. Das karge Licht malte gespenstische Schatten an die graue Steinwand, die mit Moosen überwuchert war. Bastian musste plötzlich an das Kirchenarchiv denken und dessen wahre Bestimmung.

>>Bleiben Sie stehen!<<, donnerte es durch den alten Gang. Wieder schnelle Schritte. Bastian und Overman liefen der Stimme hinterher, irrten durch den abgedunkelten Flur und stoppten hastig atmend in einem großen kreisförmigen Saal.

>>Wo sind wir hier?<<, flüsterte Bastian.

Sie sahen sich erschrocken um. Das wenige Licht beschwor Dämonen in den abgedunkelten Raum. Mit bizarren Bewegungen tanzten sie am Mauerwerk.

An den Steinwänden prangerten zwei blutrote Wappen mit dem Namen Loki in ruß-schwarzer Farbe. Einige Schwerter hingen wie gekreuzigt an den Wänden.

Die Schatten von hohen Kerzenständern zerrten mit ihren Klauen an den alten Mauern. Auf der einen Seite standen graue Steinquader, wie aneinander gereihte Hocker und in der Mitte ein riesiger Steinaltar. Bastian ging auf ihn zu. Eine Mulde in Form eines menschlichen Körpers war einst in ihm eingeschlagen worden, unter der Kopfstelle eine kleine Öffnung, in Höhe der Arme, des Unterleibes und der Beine jeweils kleine Abflüsse.

>>Hier haben sie ihnen das Blut abgenommen, und ...<<, Overman zeigte auf einen kleineren, abseits stehenden Steinaltar, auf dessen graue Platte noch zwei kleine rot-glitzernde Glaskrüge standen. >>... in diesen Kehlchen aufgefangen.<<

Dann stand er vor ihnen!

Einem unhörbaren Befehl folgend schauten beide von den Altären weg und richteten ihren Blick auf ihn!

Eine weiße, fast menschengroße Steinfigur guckte ihnen tief in die Augen. Das lange, in den Stein geschlagene Haar umschlang seinen schmalen Hals und das fein geschnittene Gesicht mit hohen Wangenknochen.

Hypnotisierende Augen.

Die Figur verfolgte ihre Blicke. Es sah sie immer an. Egal von welchen Winkel des Raumes Bastian und Overman zu ihm rüber schauten.

Böse, teuflisch, dämonisch.

Augen, die in ihren Seelen marterten.

Ein Mund, der sie anwiderte und anzog.

Kein Mann, keine Frau.

Nicht von dieser Welt.

>>Das muss dieser Loki sein.<< Bastian kniff die Augen zu, um diesem Blick zu entkommen. >>Dem möchte ich auch nicht um Dunklen begegnen.<<

>>Aber der Bildhauer hat ganze Arbeit geleistet<<, bemerkte Overman anerkennend.

>>Sie sollen stehen bleiben!<<, schnitt es in diesen mystischen Moment hinein. Bastian und Overman rannten weiter, hinaus aus dem Saal, hinein in den daran angeschlossenen weiterführenden Gang. Endlich konnten sie den Rufer erkennen. Vor ihnen liefen zwei Polizisten.

>>Ich bin Kommissar Bastian Raaf!<<, rief Bastian ihnen zu, doch sie reagierten nicht. >>Und ich Overman von der hiesigen Polizei!<<, versuchte es Overnman, aber auch darauf reagierte niemand.

Sie liefen weiter den hallenden Schritten hinterher. Plötzlich fiel eine schwere Türe krachend gegen die Steinwand. Staub wirbelte auf und erschwerte zusätzlich die eh schon schlechte Sicht. Bastian und Overman kämpften sich durch diese braun-graue Dunstwand, immer auf Höhe der Geräusche vor ihnen.

Overman fiel plötzlich ein, dass er ein Feuerzeug bei sich trug und fuchtelte mit diesem in der Luft rum, was aber vergebliche Mühe war. Sie irrten weiter, bis sie aus einem Seitengang nebeliges Licht wahrnahmen und sich diesem vorsichtig näherten. Zwei Polizisten standen mit erhobenen Pistolen in dem Kellerraum.

>>Ich bin Kommissar Raaf mit dem Kollegen Overman von der Zandvoorter Polizei!<<, rief Bastian und ging bedacht mit Overman in den Raum.

Kein Keller.

Ein Verlies.

Ein Überbleibsel aus vergangenen Tagen.

An einer Wandseite rosteten eiserne Handfesseln vor sich hin und eine schwere rotbraune Kette führte durch den Raum zu einem Feldbett, auf dem ein friedlich schlafender Junge lag und nichts mitbekam. Ruhig und still.

Ein Mann mit tiefdunklen schulterlangen Haaren und einem dunklen Gesichtsbart, geradezu diabolisch, zielte mit einer Pistole auf den jungen Körper.

>>Noch mehr Besuch<<, lachte sie ein zweiter Mann an, der sich breitbeinig im Verlies vor ihnen aufstellte.

Overman rieb sich den Staub aus seinen Augen. >>Das ist doch der Penner, der uns diese Axtgeschichte erzählt hat. Nur heute sieht er nicht so verlaust aus und eine andere Augenfarbe hat er auch. Und Sie sind doch dieser Pad!<<, erkannte Overman den zweiten, spöttisch vor ihnen stehenden Typen und sah den Mann, den Penner, mit der Pistole neben dem Jungen besorgt an.

>>Stimmt, ich bin der, den Sie Pad nennen und das ist Herr Anton Schopf. Mein treuer Bruder im Sinne des Herrn.<<

Overman hatte sich nie sonderlich mit Pad beschäftigt. Er wusste, dass er der Fahrer vom Grafen war, ihn von hier nach dort fuhr und seine Spendenbesuche begleitete. Ansonsten war ihm der Mann nie aufgefallen.

>>Schopf?<<, maulte Bastian und sah wütend zu Overman rüber. >>Und warum haben Sie ihn dann nicht auf dem Archiv-Foto wiedererkannt?<<

>>Na ja, da hatte er keinen Bart und kurze Haare und sah halt so anders aus, ganz anders. So in normalen Klamotten, nicht in diesen schwarzdreckigen, mit der alten Mütze. Der Mann hat tausend Gesichter.<< Overman versuchte sich rauszureden, seine Stimme überschlug sich beim Atmen. Jedoch wollte ihm kein vernünftiger Grund in den Sinn kommen, warum er so liederlich gearbeitet hatte.

>>Ja, er ist Anton Schopf, mein Bruder, mein Leben...<<, lachte Pad heiser. >>Mein Fahrer und mein Henker, wenn es sein muss.<<

Schopf ging mit seiner Pistole noch näher an den jungen Körper ran, die Polizisten fixierten ihn.

>>Sie können machen, was Sie wollen, aber wir geben hier die Regel an, und wenn Sie nicht auf uns hören wollen, dann stirbt der Junge, so einfach ist das.<<

Sie fühlten sich sicher. War es doch der Ort ihres Vaters und Wohltäters. Ihres Gottes.

Mit harter hallender Stimme befahl Pad:>>Die zwei Polizisten raus hier! Vor dem Dorftrottel...<<, und damit meinte er Overman. >>… und dem anderen habe ich keine Angst.<< Er lachte wie der Teufel selbst.

Widerwillig gab Bastian den Befehl, dass die Polizisten den Kellerraum verlassen mussten. Das Leben des Jungen war in Gefahr und dieser Pad machte auf ihn einen gefährlich verrückten Eindruck. Er war von dieser Welt weggerückt. Er kicherte, sprach bedacht leise, verdrehte seine Augen auffällig oft, bis nur noch das Weiße zu sehen war und konnte jedoch innerhalb von Sekunden wieder erschreckend klar bei Verstand sein.

>>Gut, sie sind draußen, geben Sie nun den Jungen frei.<<

Pad griff in seine Anzugtasche. Bastian hielt erschrocken seine Pistole auf ihn, doch er lachte nur belustigt und zog einen großen alten Schlüssel aus seiner Tasche.

>>Keine Angst, Kommissarchen, ich öffne damit nur eine weitere Türe.<<

Er ging zur Außenwand des Kellers. Klopfte an einigen Steinen, horchte, klopfte erneut und zog dann welche aus dem Mauerwerk. Staubig rutschten andere hinterher und vor ihnen erschien eine alte vermoderte Holztüre. Er steckte seinen Schlüssel ins Schloss. Der Schlüssel steckte erst fest, ließ sich kaum drehen, doch dann konnte er die quietschende Türe öffnen. Vor ihnen lag ein weiterer dunkler Gang.

>>Ich kenn mich hier gut aus. Schließlich habe ich hier lange als Mönch gelebt.<<

>>Hier gelebt als Mönch?<<, wiederholte Bastian und ließ ihn nicht aus den Augen.

Er drehte sich zurück zu Bastian und Overman. >>Ja, ich bin Benedikt Nadasdy...<<

>>Und bilden sich ein, ewig zu leben und ihre Mama ist eine gewisse Bathory, die Blutgräfin! Der Papa ist Loki!<<, brüllte Bastian ihn genervt an.

Weiß Gott war jetzt nicht die Zeit für Ammenmärchen. Er wollte den Jungen hier raus bringen. Er musste den Jungen hier raus bringen. Lebend! Aber Pad hatte nichts zu verlieren. >>Ich bin Benedikt Nadasdy!<<, dröhnte seine Stimme durch das Verlies. >>Gott ist mein weinender Zeuge. Mein Vater der wahre Herrscher dieser Welt und ich sein Sohn. Lokis Sohn. Der seinen Willen auf Erden erfüllen wird.<<

>>Sie sind ein kleiner Matrose vom Güterkahn Magdalena und daher kennen Sie auch Schopf, Claude und Vrees und haben von ihnen von diesem Mönch und der Loki Bruderschaft erfahren. Das ist alles! Und nun lassen Sie von dem Jungen ab!<<, rief Overman in der Hoffnung, doch noch etwas normalen Verstand in der verirrten Seele anzutreffen.

Pad lachte heiser. >>Nein, ich habe auf sie gewartet, wir alle kehren einmal zurück, um unsere angefangene Arbeit zu erledigen. Sie sind meine Brüder und werden ewig die Jünger Lokis sein. Wir werden seine Kirche gründen und mit ihm die Pforten des Jenseits schließen.<<

>>Sie sind verrückt! Sie ermorden Kinder und suhlen sich in dessen Blut!<<, brüllte Bastian zurück und ließ dabei Schopf nicht aus seinem Blick entweichen.

>>Und wenn schon, sie kommen doch alle wieder, sie werden auch Jünger Lokis. Er hat sie alle bei sich. Sie sind in Sicherheit, ohne Leid und Schmerz.<<

>>Man könnte Sie glatt für einen Heiligen halten. Aber der Benedikt Nadasdy wurde im Mittelalter verbrannt und mit ihm diese Teufelsbrut! Und diese Gräfin war zu dieser Zeit schon lange tot!<<

Bastian wollte nicht mit diesem Verrückten diskutieren. Pad legte seinen Kopf wie ein Kind auf seine Schulter.

>>Ich stehe doch vor Ihnen.<<

Er glaubte seinem dunklen Märchen, das sich wie der Wahnsinn in sein Gehirn eingebrannt hatte. Er war ein Gottessohn wie Jesus und ihm stand die gleichen Anerkennung und Ehrerbietung zu.

>>Können wir diese Plauderei nicht ohne den Jungen vorsetzen? Ich bringe ihn raus und wir klären alles oben, gut?<<, warf Overman ein, der den Jungen und die auf ihn gerichtete Pistole hypnotisch ansah.

>>Was willst du Idiot denn?<<, blaffte ihn Schopf an. >>Du und der andere Dämlack!<<

Ja, er kannte Schopf. Nicht nur das er ihn nicht auf dem Archivbild erkannt hatte. Nein, noch schlimmer, er war der Penner, der ihm die Axtgeschichte erzählt hatte. Den er im Büro gehabt hatte und dem er nicht hatte glauben wollen, nur möglichst schnell loswerden. Hätte er damals gehandelt, wäre vielleicht nichts geschehen. Aber zerfressen von ihrem Irrsinn, hätte diese Blutbruderschaft eine andere Lösung gefunden. Einzig dieser Gedanke befreite Overman von seinen wachsenden Schuldgefühlen. Sie hätten einen anderen Weg gefunden, um ihren Wahnsinn auszuleben und diese Tatsache erlöste Oberman von seinem quällenden Bedenken, welches in diesem Moment einfach nur unnütz war. Er konnte sich wieder konzentrieren und wollte keinen weiteren Fehler machen. Jeder Muskel, jeder Nerv, jeder Gedanke musste funktionieren. Er musste schneller sein als diese Geistesgestörten.

>>Wir wussten, dass ihr faulen Scheißer auf unser kleines Schauspiel reinfallen würdet. `Uhu´, der Graf verfolgt mich mit der Axt.<< Schopfs Augen leuchteten satanisch auf. >>Ich war sogar so frei, auch zu erzählen, wo unser Jagdgebiet ist. Sogar, dass wir hier unsere Lebensspender aufbewahren. Keine Reaktion. Nichts! Wir wussten nun, dass ihr harmlose kleine Idioten seid. Da ist die Alte von nebenan ja gefährlicher als ihr beiden Helden. So haben wir uns euch vom Hals gehalten. Der schäbige Penner mit der Alki-Fahne! Und auf die Alte habt ihr auch nicht mehr gehört und damit für uns den Weg frei gemacht hier in den Kellern der ehemaligen Abtei. Vielen Dank für eure gewissenhafte Hilfe und Unterstützung.<<

Schopf und Pad lachten Overman aus, der beschämt und wütend auf den Boden guckte. >>Trotz allem lasst den Jungen gehen!<<, zischte er und beißende Schuldgefühle nahmen ihn wieder völlig ein.

Er zog die Wangen zu tiefen Grübchen zusammen. Einmal locker gelassen, einmal zu viel nicht den Geschichten von Frau Wied geglaubt. Er hätte alles verhindern können, wenn er nur genau hingeschaut hätte. Auch nur ein Mensch, spürte er, wie Zorntränen in seinen Augen brannten. Doch jetzt musste er funktionieren. Sie wollten doch nur eine weitere Chance von ihm.

Pad und Schopf fanden die Situation komisch und lachten den besorgten Polizisten ins Gesicht. Pad nahm das Gesicht des Jungen. >>So jung, so lieblich, so voller süßem Blut.<<

Er genoss seinen theatralischen Auftritt in dieser Schmierenkomödie.

>>Komm!<<, rief er Schopf zu und der hob den Jungen unsanft vom Feldbett. Zog seinen schlafenden Körper über den staubigen Boden zu der alten Außenwandtüre. Er bückte sich etwas nach vorne, um den schlafenden Körper halb auf seine Schulter zu heben. Einem Baby gleich trug er ihn dann in seinen Armen. Stellte sich hinter Pad, der die beiden Polizisten nicht aus den Augen ließ. Schopf kehrte ihnen nicht den Rücken zu. Er schmunzelte nochmal und schritt, nein stolzierte, mit Rat in den Gang rein. Er wollte ihre niedergeschlagen Gesichter sehen.

Rat war ihr letztes Geschenk. Er war der Schlüssel zu ihrem ewigen Leben in einem jugendlichen Körper. Und sie waren sich keiner Schuld bewusst, glaubten sie doch an den Wahn in ihren Gedanken, die Kirche ihres Vaters aufbauen zu müssen. Keines ihrer Opfer war tot. Sie hatten kein Leid erfahren, sondern warteten in seinem heiligen Reich. Er hatte ihre Seelen von dem schmerzhaft geführten Leben befreit. Ihnen ein Zuhause gegeben. Eine Familie, da die eigenen sie nicht mehr haben wollten. Er war rein…

… und Rat war verloren!

Plötzlich durchzuckte ein ohrenbetäubender Knall das Verlies. Qualm, gleich einer Explosion, fegte in den Kerker. Eine Druckwelle ließ die alten Mauern beben. Dicke graue Staubwolken blähten sich ruckartig auf und Schopf brach schreiend noch vorne gebeugt zusammen. Der Junge fiel aus seinen Armen. Kullerte an Pad vorbei, der nicht verstand, was gerade passierte. Blut war an die

Außenwand geklatscht. Etwas in Pads Haare und auf seine Händeflächen. Ungläubig sah er sich seine Hände an.

Overman packte sich den Jungen, die zwei Polizisten sprangen in den Kellerraum zurück. Einer schnappte sich den überraschten Pad, der immer noch verwirrt auf das Blut an seinen Händen sah. Der andere drückte den verletzten Schopf zu Boden.

Laute Schritte hallten durch die Gänge hinter ihnen und kamen auf sie zu. Als hätten die anderen Kollegen nur auf dieses Kuriosum gewartet. Ein Zeichen, um einzuschreiten und den Jungen doch noch zu retten. Nur Bastian konnte sich in sich einen Moment nicht mehr bewegen. Sein Körper war wie hartes Blei. Sein Gehirn versagte. Was war hier los? Dieser abartig-laute Knall konnte schließlich nicht aus heiterem Himmel gekommen sein. Oder in diesem Fall, aus der Hölle.

Aus dem dunklen Gang quoll eine nach Munition stinkende Dreckwolke und dann hörte man zwei weibliche Stimmen heftig husten.

>>Kommen Sie da raus!<<, schrie Bastian mit zitternder Stimme, nur langsam wieder Herr seiner Sinne werdend, in die Dunkelheit.

>>Wir haben auch gar nicht vor, hier drin zu bleiben!<<, antwortete eine ihm vertraute, zu vertraute weibliche Stimme. Amalie kroch aus der Wolke hervor, strich sich hastig einige Haare aus dem Gesicht.

>>Gut, dass alle noch hier sind, der Schuss hat Lissy in den Gang zurückgeschleudert. Die liegt wie eine Schildkröte auf dem Rücken und ich kann sie nicht alleine heben <<, keuchte sie.

Das konnte jetzt nicht passiert sein. Nie und nimmer. Das war nur ein böser Traum. Vor ihm stand Amalie, voller Staub und weißem Mauerdreck, richtete dürftig ihr Haar und faselte was von einem Schuss.

Während Overman nach den Sanitäter rief, kletterte Bastian in den dunklen Gang und nur wenige Schritte von ihm rappelte sich gerade Lissy stöhnend auf. Ihr Körper weiß und grau verstaubt, das Gesicht mit schwarzem Pulver überzogen, aber fest in den Händen eine Schrotflinte wie aus einem billigen Piratenfilm.

>>Hemels!<<, schnaubte sie, reckte ihren Hals und Nacken wie eine Katze am Morgen und schritt benommen an Bastian vorbei ins Licht des Verlieses.

Sie erholte sich jedoch sehr schnell, als sie sah, dass Pad in Handschellen abgeführt wurde, Schopf blutend am Boden lag und ein Arzt ungläubig eine Schrotkugel, Marke `Alligator Jagd´, aus dessen Allerwertesten zog.

>>Den Jungen haben sie schon rausgetragen, ich glaube, er lebt<<, freute sich Amalie und griff nach Lissys Hand, die sie einige Male fest drückte.

>>Wieso haben Sie eine Schrotflinte?<<, schrie Bastian fragend aus dem Tunnel und kroch langsam ins Verlies zurück. Lissy baute sich empört vor ihm auf. Welch eine dumme Frage! >>Glauben Sie, wir gehen unbewaffnet in so einen Gang, wir sind schließlich zwei hilflose Frauen!<<, meckerte sie zurück.

>>Hilflos?<<, tobte er. >>Sie haben dem Mann gerade mit Schrot in den Arsch geschossen!<<

Was fiel dem Bengel denn jetzt ein? Und nicht in diesem Ton wieder! In den Arsch geschossen! Was für eine Erziehung hatte er denn genossen?

>>Das ist ein Erbstück! Ich wohne doch nicht mitten in den Dünen ohne Schutz. Ich bin doch nicht verrückt! Außerdem habe ich einen Waffenschein!<<, rechtfertige sich Lissy und regte so noch mehr Bastians Zorn an.

>>Für eine uralte Schrotflinte?<<, keifte er Lissy an. Seine Augen formten sich zu tiefen Schlitzen. Lissy knurrte noch etwas Unverständliches.

Sie glichen zwei kampfbereiten Hunden. Bauten sich drohend voreinander auf. Egal, dass er sie um Längen überragte. Egal, dass sie seine Großmutter hätte sein können.

Amalie legte demonstrierend ihre Hände in die Taille und beugte sich wütend nach vorne zu Bastian hin. >>Und? Herr Kommissar hat hier wieder schön ein Schwätzchen gehalten! Ohne uns wären die weg gewesen! Und der Junge tot! Jawohl!<<, provozierte sie ihn. Sie nahm Lissy erneut bei der Hand und beide verließen motzend und meckernd diesen undankbaren Ort mit samt seinen undankbaren Personen. Dieser bärbeißige, unbeholfene Polizist, mit samt seinen schlechten Manieren konnte sie doch mal gern haben. Schließlich wäre ohne sie hier nichts gelaufen!

Bastian setzte sich auf den Tisch neben der Geheimtür, vergrub seinen Kopf in beide Hände.

>>Alles in Ordnung?<<, sprach Overman ihn an. Bastian nickte nur.

Nichts war in Ordnung. Gar nichts. Seine Gefühle fuhren Karussell. Er war froh darüber, dem blutigem Treiben ein

Ende gesetzt und Rat das Leben gerettet zu haben -und nun? Nun hatte er erneut diese zwei alten Hexen am Hals. Diese Schrotflinte! Damit hätte man einen Dinosaurier umnieten können. Warum nicht gleich mit Handgranaten um sich schmeißen? Wie sollte er das denn erklären können? Würde das ein schöner Bericht werden.

>>Notwehr, das war reine Notwehr, das kriegen wir schon hin<<, lachte Overman, der sichtlich erleichtert war, dass der Junge außer Gefahr war und er nicht auch noch für seine Fehler büßen musste.

Als Bastian die steile Treppe aus dem Keller hoch in den Wohnbereich schritt, hörte er schon die markante launische Stimme seines Chefs.

Bruin hatte sich auch schon eingefunden und schien irgendwie nicht ganz damit einverstanden zu sein, dass die Bruderschaft, die Täter gefasst und das letzte Opfer in Sicherheit waren. Er stapfte wütend im sandigen Boden herum. Knurrte und brummte etwas vor sich her.

Auf einer der einladenden Zierbank neben dem Eingangsportal saßen Amalie und Lissy in ihrer verdreckten Arbeiterkluft und neben ihnen stellte sich vorsichtshalber Overman. Er versuchte, die Schrotflinte hinter seinen Rücken zu verstecken und konnte sich dabei das Lachen beinahe selber nicht verkneifen. Gleichzeitig konnte er so aber auch die zwei Damen an übereifrigen Protesten hindern. Denn auf den Mund gefallen waren sie bestimmt nicht. Er wusste ja, dass sie sich als Heldinnen sahen und sauer auf Bastian waren. Ein falsches Wort und sie hätten los gelegt und mal klargestellt, wer hier die besseren Kriminologen waren.

Doch noch mehr Ärger konnte der Kommissar nicht brauchen. Schon gar nicht, wenn Bruin anwesend war.

Selbst Boer hatte die Villa schon erreicht und saß etwas verloren auf seinem Fahrrad und schaute forschend zu ihnen rüber.

>>Gute Arbeit!<<, lästerte Bruin mit einem gequälten Lächeln. >>Hätte es nicht besser machen können.<<

Das musste er sich eingestehen, Bastian war schneller gewesen. Nicht er, sondern sein Untergebener hatte den Fall gelöst. Und genauso würde man es in allen Zeitungen lesen können. Er spielte nur noch die Rolle einer unscheinbaren Randfigur.

Sollte Bastian nun lachen, sich freuen, weinen, fluchen, ihm eine in die schiefe Visage hauen? Glaubte Bruin echt, er habe sein falsches Spiel nicht durchschaut? Er wollte den Ruhm, die Lorbeeren, und er selber sollte nur der kleine Handlanger sein, den einige Informationen bekommen und die Drecksarbeit erledigen sollte .

Er grinste ihn mit einem abfälligen Blick an. Bruin verstand und stieg in sein Auto. >>Wir sehen uns morgen für den Bericht.<< Dann folgte er dem Polizeiwagen mit den Verhafteten.

Bastian klopfte sich den Staub von der Kleidung runter, schaute sich um und konnte zwischen den Büschen eine Art Falltür erkennen.

>>Jaha, wir haben den Gang gefunden!<<

Lissy lachte triumphierend zu ihm rüber und zeigte bekräftigend auf eine alte brüchige Kellerklappe im sandigen Waldboden.

>>Der war gar nicht in meinem Haus, sondern in meinem Garten versteckt und die Idee kam von Amalie.<<

Von wem auch sonst?

Vom ersten Tag ihrer Begegnung am Frühstückstisch hatte sie bei ihm so ein komisches Gefühl ausgelöst. Jetzt wusste er, was es bedeuten sollte.

Eigentlich war es ja egal, aber er wollte es trotzdem wissen. Seine Stimmung war wie nach einigen Bieren zu viel befremdend heiter. >>Und wie sind Sie aus der Polizeistation rausgekommen? Ich hatte doch die Türe abgeschlossen!<< Amalie ging auf ihn zu, tätschelte einige Male seine Wangen wie die eines kleinen Jungen.

>>... aber nicht die Fenster, Herr Kommissar, nicht die Fenster .<<

Kapitel 13:

Rosa Teddybären

>>Schön, Sie hier zu sehen<<, flüsterte Bastian, als er in das Krankenzimmer reinkam. Er stellte sich zwischen Amalie und Lissy und legte seine Arme locker um ihre Schultern.

>>Werden sie wieder gesund? <<, fragte Amalie ihn. >>Sie sehen aus wie zwei schlafende Engel.<<

Bastian nickte. >>Ja! Beide haben es geschafft.<<

>>Danke, dass Sie uns zu ihnen gelassen haben.<< Lissy tupfte sich eine Träne aus ihrem Gesicht und versuchte gleich danach wieder zu lächeln.

Die Körper der Jungen lagen still in ihren Betten. Einige Apparate surrten und es roch so typisch nach Krankenhaus: nach Medizin, Reinigungs- und Desinfektionsmitteln. Sie schliefen, als hätten sie mit dem blutdürstigen Fall gar nichts zu tun gehabt.

>>Und was ist aus Trudi geworden? <<

Bastian guckte in Amalies traurige Augen. >>Nun, sie ist fürs erste in einem Heim für geistig behinderte Menschen untergebracht worden. Ein schönes Heim. Wieder an der Nordsee, so hat sie gar nicht mitbekommen, was genau um sie herum passiert ist. Sie glaubt, sie ist zuhause und dort kümmert man sich liebevoll um sie.<<

>>Aber warum haben sie das dem armen Kind angetan? Sie haben sie doch wie ihre Opfer einfach nur gebraucht.<< Jetzt hatte auch Amalie Tränen in den Augen. Wieso können Menschen so grausam sein?

>>Ihr Vater hatte sie wie die anderen Brüder einfach nur benutzt. Da sie stark ist, musste sie die Leichen entsorgen und da sie nicht weiß, was sie tut oder tat, kann man sie auch nicht verurteilen. Auch mussten diese Brüder nicht damit rechnen, dass sie je mit einem Hotelgast über die Taten sprach. Die Teddybären waren auch von ihr, aber warum, können wir nur mutmaßen. Vielleicht weil schlafende Kinder alle einen Teddybär im Arm haben. Wir haben rausgefunden, dass sie, als Seebär Matrose war, in einem anderen Behindertenheim lebte. Dort hatte man ihr das Nähen von Stofftieren beigebracht und das scheint ihr auch heute noch Spaß zu machen. Sie näht immer noch, jetzt für ihre Mitbewohner und Pfleger.<<

>>Aber warum keine Fingerabdrücke?<< Bei all dem Kummer, eine kriminalistische Ader versiegt nie. Nun wollte Amalie alles wissen.

>>Sie trugen alle immer Handschuhe.<< Bastian stoppte kurz, grinste breit, da in Amalies Augen die kleinen Tränen einer wachsenden Neugierde wichen.

>>Ich weiß noch nicht, ob sie es wegen der Abdrücke taten, oder weil Loki es so wollte. Sie waren ja noch nicht perfekt. Sogar Trudi musste Handschuhe tragen, egal ob beim Nähen, bei den Blutmessen oder wenn sie die Leichen wegschaffen musste. Aber nicht, um Trudi zu schützen, sondern die Bruderschaft wollte bloß sich selber schützen.<<

Er hielt noch einen Moment inne, nur um noch mal in die vorwitzigen Augen von Amalie zu schauen. Eigentlich hatte er sie in sein Herz geschlossen. Seine kleine sture Assistentin mit samt ebenso engstirniger weiblicher Unterstützung.

>>Sie war Seebär egal, nur ein Klotz am Bein. Er hat sie in diesem Heim nie besucht oder sich um sie gekümmert. Erst als er das Hotel übernahm und man in Trudi eine gute schweigende Hilfe erkannte, wurde sie interessant. Aber sie blieb ihm egal, nach seiner Verjüngung wollte er sie wieder loswerden und nicht in seinem ewigen Leben mitschleppen. Wir haben Unterlagen gefunden, dass er sie wieder in einem Heim unterbringen wollte. Sie heißt nicht mal Trudi, sondern Sophie Tatjana, nach ihrer Mutter, die nach ihrer Geburt verstarb.<<

Lissy schniefte leise vor sich hin. Tränen liefen an den Wangen herunter.

>>Hey, meine Liebe, so nah am Wasser gebaut? Wer hat denn diesem Schopf volle Kanne in den Arsch geschossen und dem Jungen das Leben gerettet?<<

Lissy lächelte verlegen und schniefte erneut leise auf. Ja, das war sie, aber er hätte es netter ausdrücken können. Volle Kanne in den Arsch geschossen ziemt sich nicht in Gegenwart von Damen. Würde er das je lernen?

Sie sah ihn mit einem strengen erzieherischen Blick an, um dann jedoch mit ruhiger Stimme zu antworten: >>Es war übrigens kein Erbstück, sondern lag in dem Gang herum und ich schwöre, es war mein erster Schuss.<<

>>Dafür saß der aber ordentlich!<<, pfiff Bastian zwischen seinen Zähnen anerkennend und drückte die beiden noch näher an sich heran.

>>Meine Lieben, alles wird gut. Diese Bruderschaft ist hinter Gittern, diese zwei Jungen konnten wir retten und auch der Nicht-Graf war unschuldig, wenn er auch sehr mitgenommen über die Geschehnisse in seinem Haus ist. Er überlegt, ob er die Villa verkaufen will. Ist eben ein

Seelchen für sich.<< Dann presste er ein Lachen auf seine Lippen. >>... und das Ding mit der Schrotflinte haben wir auch irgendwie geklärt. Wo auch immer die herkam.<<

>>Aber ich will trotzdem wissen, wie das alles nun wirklich zusammenhängt? Etwas stimmt nicht!<<, protestierte Amalie wie ein trotziges Kind.

Die Berichte aus der Zeitung reichten ihr nicht. Da stand noch lange nicht alles drin. Vor allem, nicht das was sie wissen wollte und einfach so abspeisen ließ sie sich schon mal gar nicht.

Bastian schmunzelte amüsiert. >>Gut, es hat in der Abtei einen Benedikt Nadasdy gegeben, der wohl auch irgendwie um tausend Ecken mit dieser Blut-Gräfin Bathory verwandt und selbst auf Blut, ewiges Leben und ewige Jugend fixiert war. Logischerweise war der auch leicht verrückt oder erblich belastet, da er glaubte, dass der heidnische Gott Loki zu ihm in seiner Schlafzelle sprach, sein Vater sei und er eben diese Bruderschaft gründete.<<

Er holte tief Luft. Amalie ging das alles viel zu langsam. Der Kommissar war doch sonst nicht so langatmig in seinen Ausführungen. Lissy hörte gar nicht richtig hin. Sie schaute sich nur die zwei schlafenden Jungs an. Die einzigen, die diese Blutmeute überlebt hatten.

>>Unser Benedikt ist aber als Kristof Alker in Nord-Holland zur Welt gekommen. Fuhr zur See und lernte dort Schopf, Claude und Vrees kennen, die ihm bei einigen Bieren etwas zu viel von ihren Ahnen erzählten. Sie selbst hatten bis dahin als junge Männer keinerlei Bedürfnis nach Blut.<<

>>Wegen einigen paar Bier zu viel, wird man doch nicht verrückt <<, stoppte Amalie seine Ausführungen.

Er legte ihr seinen Zeigefinger lachend auf den Mund und versuchte weiterzuerzählen.

>>Als auf der Magdalena einmal Feuer ausbrach, wurde Alker dabei schwer am Kopf verletzt. Als er aus einem kurzen Koma im Krankenhaus wieder aufwachte, hatte sich irgendwie seine Persönlichkeit verändert. Er hielt sich nun für Benedikt Nadasdy und als Beweis dafür sah er, dass er sich weder verbrannte, noch Wunden oder Male an seinem Körper hatte. Weil er ja schon einmal auf dem Scheiterhaufen gelandet war. Dann fing er an, die Bruderschaft von Katendijk erneut aufzubauen. Wie dieser Mönch hatte er ein sehr einnehmendes Wesen und duldete auch keinen Widerspruch. Er hatte eine dunkle Seele.<<

>>Dann waren sie es auch, die die Mädchen getötet hatten?<< Bastian nickte Amalie zustimmend zu.

>>Ja, waren sie! Als es dort zu heikel wurde, kamen Claude und Vrees auf den Gedanken, ihre Messen in den Kellergewölben der Villa van het Brucht zu feiern und vermittelten dafür Pad, wie sie ihn nun nannten, an den Grafen, damit der nichts merkte. Und da die beiden vorher schon immer auf das Herrenhaus aufpassten, wenn er nicht da war, hatten sie genügend Zeit, sich die alten Gewölbe anzuschauen.<<

>>Hatte ich doch recht, von wegen schrullige Alte von da oben!<< Lissy erwachte aus ihrer traurigen Stimmung. Von Anfang an hatte sie recht gehabt. Und wer war an allem schuld? Diese beiden Trottel von der Polizei! Die Alte von da oben, hatten sie sie genannt. Dieses Kapitel war für Lissy noch nicht geschlossen. Da hatte sie mit

Overman und Boer noch ein paar klärende Worte zu sprechen.

>>Claude als Fleischer wusste die Adern gekonnt zu öffnen und so kamen sie an das Blut der Kinder.<<

>>Nur, warum erst Mädchen und jetzt immer Jungs?<<, fahndete nun Lissy wieder mit.

>>Wissen wir auch nicht so genau, aber unser Mönch faselte etwas vom reinen Blut und das Mädchen als Jugendliche dies nicht mehr haben. Wegen ihrer Menstruation. Das ist genauso Wahn, wie der Rest der Geschichte. Ich nehme eher an, dass sie so versuchten, Spuren zu verwischen und keine Zusammenhänge entstehen lassen wollten. Sie haben ihre Taten gut organisiert.<<

>>Hoffentlich organisiert man ihnen auch eine harte Strafe und nicht nur einige Jahre in einer Luxus-Klinik, da sie als Kind bestimmt etwas Schlimmes erlebt haben und nun für ihre Taten nicht verantwortlich sind!<<, meckerte Amalie zornig auf. Bastian sah sie fragend an. >>Stimmt doch, liest man doch immer. Bei ihren Taten sind solche Menschen immer voll da, aber wenn es um die Verantwortung geht, dann findet so ein windiger Anwalt einen Grund in der Kindheit und schon sind die Täter selber arme Opfer. Ärmer als ihre Opfer!<<

Sie sah ihn wütend an, er ging einen Schritt zur Seite. Ihr Blick war, als machte sie ihn für die Höhe der Strafen verantwortlich.

>>Warten Sie doch erst einmal die Verurteilung ab...<<

>>Werde ich auch und an der Sache dranbleiben!<<, unterbrach sie barsch. >>Und ich werde auch herausfinden, warum Pad die Rolle mit Schopf tauschte.

Pad war doch der Fahrer vom Grafen! Warum wurde Schopf zu seinem Fahrer?<<

Bastian sah sie belustigt an, was Amalies Wut noch steigerte. Er überlegte kurz, ob er es ihr erzählen, oder sie lieber selber herausfinden lassen sollte. Er entschied sich für erzählen. Wer weiß, welche Wege diese clevere, neugierige Lady gehen würde.

>>Pads Tarnung war es, Fahrer des Grafen zu sein. So hatte er ihn auch besser unter Kontrolle. Da er aber der Chef der Bruderschaft war, brauchte es natürlich einen eigene Fahrer. Den Part übertrug er Schopf. Mehr steckt da nicht hinter. Das hätten Sie sich als Kriminologin auch selber denken können.<< Bastian lachte laut auf. Amalie sah ihn verstimmt am. Worauf der Kommissar noch lauter lachen musste. Kleine Kneifzange.

>>Nicht so laut, die Jungs brauchen jetzt ihre Ruhe<<, flüsterte Lissy und legte ihren Zeigefinger auf ihren Mund. >>Sie haben die Taten nicht gut genug organisiert, sonst hätten die beiden nicht überlebt und schon gar nicht haben sie an alles gedacht. Ist das nicht auch etwas Gerechtes bei dieser abscheulichen Tat?<<

Und bei an alles gedacht wunderte sich Bastian über den Esskorb, den die beiden Damen für die Jungs mitgebracht hatten.

>>Warum haben sie den beiden denn Kekse, Schokolade und Knabberkram mitgebracht? Sie werden wohl noch etwas länger am Tropf liegen müssen.<<

>>Wissen Sie ...<<, unterbrach Amalie ihn schroff. >>Erstens sind die Sachen noch lange haltbar und kuschelige Stofftiere, besonders Teddybären, rosafarbige Teddybären fanden wir etwas geschmacklos.<<

Als der Kommissar die beiden Damen mit den Jungs alleine lassen und gerade die Zimmertüre schließen wollte, hörte er Amalie fragen: >>War das wirklich Ihr erster Schuss? Ich denke, Sie haben einen Waffenschein!<<

>>Sicher ist sicher. Der muss ja nicht alles wissen, der junge Spund.<<

Er schloss leise die Türe und ging amüsiert den Krankenhausgang entlang.

-Ende-

Etwas über Zandvoort aan Zee

Zandvoort aan Zee ist eines dieser typisch gemütlichen Städtchen an der niederländischen Nordsee.

Die Gemeinde gehört zu der Provinz Nordholland und liegt gleich am Meer und sowie am Nationalpark Zuid-Kennermerland mit den Seen: het Vogelmeer, Spartelmeer und t´Wed.

Zandvoort besitzt eine gemütlichen Dorfmitte, nette kleine Läden mit den Dingen, die man so täglich braucht und man sollte auch einem Blick in die Seitenstraßen werfen, dort findet man auch einiges, was man nicht jeden Tag braucht.

Der `Circus´ ist zentral. Ein buntes Gebäude, welches einem Zirkuszelt nachempfunden ist. Jedoch trifft man hier nicht auf Akrobaten, sondern auf Unterhaltungsspiele und Automaten.

Zandvoort ist nicht zu modern, sondern eher ruhig und erholsam. Irgendwie führen alle Straßen zum Rathausplatz mit dem Gemeentehuis, das ich kurzerhand zur Villa van het Brucht umfunktioniert und in die Dünen versetzt, mich aber nicht zu genau an die reale Architektur gehalten habe. Denn diese Villa gibt es nicht in den Dünen bei Zandvoort.

Als Urlauber hat man die Wahl zwischen modernen großen und kleineren Hotels. Sowie gemütlichen Pensionen, die alle nur einige Schritte von der Strandpromenade und vom Meer entfernt sind.

Weiterhin bekannt sind natürlich die Rennstrecke und das Holland Casino gleich am Meer und die ausgedehnten Strände, die besonders im Sommer an den Wochenenden gut besucht sind. Denn mit dem Zug kommen die Amsterdamer bequem in den Strandgenuss. Das heißt aber wiederum auch, mit dem Zug kommt man als Urlauber ebenso bequem nach Amsterdam oder Haarlem. Der Bahnhof von Zandvoort ist nur einige wenige Meter von der Innenstadt und vom Meer entfernt.

In den Nebengassen findet man noch Reste des alten Fischerdorfes, in den Ausfallstraßen stehen einige prachtvolle Villen und mittig thront ein riesiger Turm im Stadtbild.

Keine Erfindung ist die Tatsache, dass Kaiserin Sissi Gast in Zandvoort war und dass man vom linken Niederrhein über Duisburg innerhalb von wenigen Stunden mit dem Zug nach Zandvoort kommt.

Natürlich geht's auch mit dem Auto.

Und es lohnt sich, dort mal vorbei zu schauen....

Das Jutters Museum (Jutters Mu-ZEE-um) gibt wirklich und stellt gesammeltes Strandgut aus. Ebenso gibt es in der Stadtmitte eine sehr schöne Kirche, nur nicht genau die des armen Pfarrers. Auch das Kirchenarchiv war eine Erfindung von mir, genau wie das Kloster St. Antonius und die Beschreibung der Polizeistation. Die musste ich dem Charakter der beiden Dorfpolizisten anpassen.

Nichts von dem gerade Gelesenen ist in Wirklichkeit geschehen,

… denn ich bin nur eine Geschichtenerzählerin.

S. Jones

S. Jones

S. Jones ist das Pseudonym einer deutschen Autorin.

Ihre Geschichten und Romane sind immer mystisch, magisch und geheimnisvoll.

Sie schreibt für Kinder, Jugendliche und Erwachsene, publiziert teilweise unter ihrem richtigen Namen.

Die Bruderschaft von Katendijk ist ihr zweiter Roman. Von ihr wurden Geschichten in unterschiedlichen Anthologien veröffentlich.

FSC
www.fsc.org
MIX
Papier | Fördert
gute Waldnutzung
FSC® C083411

Zeitfracht Medien GmbH
Ferdinand-Jühlke-Straße 7
99095 Erfurt, Deutschland
produktsicherheit@kolibri360.de